2
猪口
Choco
kaworu
[illust]

お友達との昼休み！
ヨシュア・ロートシルト
アーサー・ベル
マリオン・ベル

ケイトリン・シモンズ
キャサリン・シモンズ
フランチェスカ・デラクール

「裏口までコーメイさん達が送ってくれるって」
「にゃん♪」
ヨシュアの店を襲った事件の手掛かりを探しに三兄弟は臣民街へ！
猫 かんちゃん
猫 コーメイさん
猫 リューちゃん
田中家探偵団、出動！

田中家、転生する。

2

Choco
猪口

[illust]
kaworu

口絵・本文イラスト：kaworu
デザイン：杉本臣希

CONTENTS

登場人物紹介

田中家／スチュワート家

一志／レオナルド

田中家の大黒柱。現在は辺境の領主で、魔物狩りの腕は一流。裁縫の腕は国宝級。前世も今世も娘大好きな親バカパパ。

頼子／メルサ

才色兼備な一家の元締め。元公爵家令嬢で、貴重な田中家のブレーキ役……の筈。今世の目標は孫を見ること。

航／ゲオルグ

田中家長男で、現在は魔物狩りの修行中。次期領主として、学園卒業という難関に挑戦中。目下の課題は講師の話を理解すること。

港／エマ

田中家長女で、虫大好きな研究者。巨大蚕の育成でスチュワート家の財政を支えたが、同じくらい厄介ごとを引き起こす大体の元凶。

平太／ウィリアム

田中家末弟で、3兄弟の頭脳役兼姉のパシリ。キラキラ美少年に転生するも、前世に引き続きロリコンを患う何かと残念な弟。お目当ての少女たちは兄に取られがち。

コーメイ（田中諸葛孔明）

エマ（港）と仲良しな三毛猫。港を守るために転生&巨大化し最強のモフモフに。好物は真夏に食べるきゅうり。

リューちゃん（田中劉備）

ウィリアム（ぺぇ太）と仲良しな三毛猫。前世より先見の力があり、田中家転生の未来を予見した。好物はネコ缶。

かんちゃん（田中関羽）

ゲオルグ（航）と仲良しな黒猫。やんちゃな武闘派。必殺技は無音の猫パンチ。好物はネコ缶だったが、転生後は魔物も好んで食べる。

チョーちゃん（田中張飛）

レオナルド（一志）と仲良しな白猫。お気に入りの場所はレオナルドのお腹の上。のんびり優しい。長毛種。和顔。好物はちゅ○る。

王都

フランチェスカ・デラクール

第一王子を支持する派閥に属する侯爵令嬢で、毎年の洗礼を仕切るナンバー２。

キャサリン・シモンズ ケイトリン・シモンズ

海に囲まれ、王国一の港を持つ貿易の街シモンズ領の双子令嬢。
何をするのも一緒。

マリオン・ベル

代々騎士団を率いる名門ベル公爵家の令嬢で、学園に通う令嬢たちの憧れの君。

アーサー・ベル

マリオンの兄で、エドワード第二王子の護衛として学園に通う。

シャルル・コンスタンティン・ロイヤル

現国王様。
戦いでは自ら前線に出る武闘派ワイルド系ガチムチイケオジ（エマ談）。

ローズ・アリシア・ロイヤル

側妃。パーティーで田中家と知り合い、以来お泊りするほど仲良し。
輝くように美しい絶世の美女。

エドワード・トルス・ロイヤル

第二王子。エマの天使スマイルの被害者。
王族としての務めと学業の両立で多忙。

ヤドヴィガ・ハル・ロイヤル

第一王女で、エマとは友達。優しいゲオルグが大好き。ウィリアムは別に……。遊び（特におままごと）には厳しい。

ロバート・ランス

四大公爵家ランス家の令息で、王族の血筋を引いている。
血筋が自慢な我儘貴族。

ヨシュア・ロートシルト

スチュワート家が作った絹を売る商人の息子。エマが好きすぎて時々暴走するが、本人もとても優秀な商人。エマと学園に通うために爵位を買った。

ハロルド

スラムで子供たちと暮らしている。
インテリ系サブカルイケオジ（エマ談）。

ヒューイ

スラムで暮らす少年。

第二十八話

王都到着。

カラカラと深夜の王都を馬車が一台、走っている。

街の明かりは既《すで》に落とされ、月も出ていない真っ暗な道を疾風《しっぷう》の如《ごと》く走り抜《ぬ》ける。


その馬車は大通りを曲がり小道に入り、とある屋敷《やしき》の門の前でピタリと止まった。

「にゃーん」


目的地に着いたと知らせるためなのか、馬車を引いていた馬がおかしな鳴き声で鳴いた。

それもそのはず。

それは馬ではなく闇《やみ》に溶《と》け込《こ》む程《ほど》に漆黒《しっこく》の、恐《おそ》ろしく巨大《きょだい》な猫《ねこ》であった。

◆　◆　◆

「姉様、本当に勘弁《かんべん》して下さい！」

ウィリアム・スチュワートは、もう殆《ほとん》ど口癖《くちぐせ》ではないかと思うくらい何度も言わされるセリフを、今日も律義に姉へと向ける。

「間に合ったのだから、いいじゃないウィリアム」

姉のエマは弟の苦言に悪びれる様子もなく答える。

「間に合ったのは、途中《とちゅう》から夜中でも猫達《たち》が馬車を引いてくれたからです！」

ウィリアムは悪夢のような旅だったと頭を抱《かか》えた。

もう、無理だ。絶対に辿《たど》り着けないと諦《あきら》めかけた時、夜目の利《き》く猫が深夜に馬車を引くのをかって出てくれ、最後は昼夜殆ど休憩《きゅうけい》もなく馬車を走らせ、なんとか昨夜遅《おそ》くに王都に辿り着いた。

辺境の地パレスからの長旅だったとはいえ、普通に馬車を走らせていれば王都には何日も前に到着している予定だった。

しっかりと余裕《よゆう》を持って早めに出発したのだが、着いたのは大幅《おおはば》に遅《おく》れまくりの昨日の深夜という魔訶《まか》不思議なアドベンチャー。

「いや、間に合ってないだろ？　なんでこんな朝早くから俺《おれ》達虫の寝床《ねどこ》を整えていると思ってるんだ？」

ウィリアムとエマの兄、ゲオルグが二人の会話を聞き、ため息交じりに反論する。

何事もなく予定通りに到着していれば、お茶会やら夜会やらに参加して、今年入学予定の学園に通う生徒とお近づきになったり、授業についての情報交換《こうかん》をしたり、何より貴族のマナーに慣れるための予行練習が充分《じゅうぶん》にできた筈《はず》であった。

二人が間に合ったというのは今夜開かれる学園入学を祝う王家主催《しゅさい》のパーティーの事だろうが、それすらも問題が一つ残っている。

エマのドレスの用意がないのだ。

奮発して、王都の仕立て屋に頼《たの》もうなんて誰《だれ》が言った？

王都に到着するのが、ここまで遅れると何故《なぜ》、誰も予想できなかった?

我《わ》が家には【すべての騒動《そうどう》の元凶《げんきょう》】たるエマがいるのに。

辺境から都会に引っ越すから舞《ま》い上がっていたとしか考えられない。

朝から急ピッチで三兄弟《こ》が進めている虫の寝床作りも予定外の作業だ。

元々エマの虫達はパレスから特注の虫専用馬車で大事に運び、馬車の車輪を外すだけで虫小屋として使えるようにした筈であった。


さて、王都への道中、一家に何が起きたのか。

いや、エマは何をやらかしたのか——。


それは、旅の道中で虫が大量に増えたことに他《ほか》ならない。


「だって、パレスでは見られない虫がいたら採集して観察したいじゃない」

エマは虫を愛する少女なのだ。

旅の最中だからと虫への執着《しゅうちゃく》を大人しく抑《おさ》えるなんて事、できる子ではない。

西に珍《めずら》しい蝶《ちょう》がいると聞けば網《あみ》を持ち、東に大量発生している大ミミズがいると聞けばスコップを持って飛び出す生粋《きっすい》の問題児だ。

南のパレスから北の王都。

ただ真《ま》っ直《す》ぐな一本道を走らせれば良かった旅路を、ジグザグと西へ東へと寄り道を繰《く》り返したのだ。

それはもう何度も、何度も。

いつもなら却下《きやっか》されていた我儘《わがまま》も、一年前の魔物《まもの》災害で負ったエマの右頬《みぎほお》から上半身に残る傷痕《きずあと》が両親の判断を鈍《にぶ》らせた。

寄り道の最初の方で、一家以外の使用人の乗った馬車や荷物を先に行かせた三兄弟の母メルサの英断がなければ、虫の寝床どころか自分たちの寝床も危《あや》うかったかもしれない。

同行していた幼馴染みのヨシュアは最後まで一緒《いっしょ》に行くと粘《ねば》ったものの、商人の息子《むすこ》である彼《かれ》には任される店舗《てんぽ》の仕事が大量に待ち受けており、泣く泣く一家……というよりエマと別れて先行する馬車に乗った。

やっとの思いで深夜に到着してからの翌朝。

本来ならゆっくり旅の疲《つか》れを癒《い》やしたいところなのだが、大幅に予定が狂《くる》った代償《だいしょう》として家族全員、慌《あわ》ただしく働いている。

母メルサは王都の屋敷で新たに雇《やと》い入れた使用人達との面談や、新居の諸々《もろもろ》の雑事を一手に引き受け走り回っている。

父レオナルドは今夜のエマのドレスを高速の手捌《てさば》きで仕上げている。

三兄弟はパレス領の主な産業である絹織物の原料を作る蚕と、道中で増えに増えた虫の世話に忙《ぼう》殺《さつ》されていた。

そんなスチュワート一家は、辺境パレスを領地に持つ正真正銘《しょうめい》の伯爵《はくしゃく》貴族様だ。

朝から働き回っている彼らの姿は優雅《ゆうが》な貴族のイメージとかけ離《はな》れており、本人達の自覚も見受けられない。

この一家、揃《そろ》いも揃って家族一緒にうっかり転生した稀有《けう》な存在で、前世は日本のごくごく平凡《へいぼん》な、一般《いっぱん》的な、普通を絵に描《か》いたような【田中家《たなか》】の面々なのである。

一年程前、庭に生えていた松茸《まつたけ》を食べた際、一家は前世の記憶《きおく》を思い出した。

天然物の松茸の美味《おい》しさはそれ程までに衝撃《しょうげき》的だった。

庶民《しょみん》オブ庶民の一家には、貴族の多い王都での暮らしは荷が重い。

特に厄介《やっかい》なのは、元から少々風変わりだったスチュワート家の長女【エマ】だ。

【エマ】と田中家の長女【港《みなと》】の記憶が融合《ゆうごう》された結果、三歩歩けば騒動を起こす……とんでもなくヤバい問題児となってしまった。

名探偵《めいたんてい》の周りには事件あり。

勇者のいる世界には魔王《まおう》あり。

エマのいる所には騒動あり。

辺境という隔離《かくり》された地でさえも、あれ程の騒動を量産したエマが、王国の中心である王都で何も起こさない訳がない。

驚《おどろ》くことに転生を予見していた田中家歴代の飼い猫四匹《ひき》もちゃっかりと巨大化転生し、再会を果たしている。

愛猫《あいびょう》達は今、新しい住処《すみか》のパトロール中である。

スチュワート家の王都での新居は大きな猫達が駆《か》け回っても余りある敷地《しきち》面積を有し、四匹それぞれがお気に入りの場所を見つけようと張り切っていた。

「ゲオルグ様、エマ様、ウィリアム様。メルサ様がお呼びです。区切りの良いところで西館の応接間に来るようにとのことで……」

パレスから帯同してきたエマ付きのメイドのマーサが扉《とびら》の外から三兄弟に声をかける。

虫が苦手な彼女《かのじょ》は新たに【エマの小屋】と割り当てられた虫専用の、元は使用人用の住居として使われていた建物の内には絶対に入らない。

マーサは母親のメルサ以外では唯一《ゆいいつ》、エマを叱《しか》ることのできる貴重な人材である。

「分かった、マーサ。ありがとう!」

三兄弟は口々にマーサへ礼を言い、各々《おのおの》の作業を急いだ。

マーサはそんな三兄弟をどうしたものかと思わずにはいられなかった。

ここは、王都なのである。

……普通の貴族の令息、令嬢《れいじょう》達はわざわざメイドにありがとうなんて言わないし、虫の世話なんて以《もっ》ての外なのに、それに突《つ》っ込む者はいない。

ウィリアム様とゲオルグ様が熱心に移動させている蚕の幼虫は体長五十センチメートルと異常な大きさだが、これも突っ込む者はいない。

エマ様に隠《かく》れて目立っていないだけで、実のところは兄も弟も十分おかしいと本人たちは全く気付いていないのだ。


「あっ！　マーサ。ところで西館ってどこ？」

「ちょっと王都の屋敷も部屋も庭も全部、広すぎるよな？」

「寝室《しんしつ》なんて『四畳半《じょう》』で良いんですよね……本館よりこっちの使用人住居だった方に住みたいです」

「「それな！」」

三兄弟の両親も同じような事を言っていたのを使用人全員で止めたばかりだった。

この一家に王都暮らしは無謀《むぼう》だとマーサの心配は尽《つ》きない。

「西館までの地図を書きますので、お待ちください」

「「「ありがとう、マーサ！」」」

三兄弟の素直《すなお》な感謝の言葉にマーサは本当に困ったものだと肩《かた》を落とす。

◆　◆　◆

田中家緊急《きんきゅう》家族会議。

マーサが描《か》いてくれた地図を頼《たよ》りに辿り着いた、西館にある書斎《しょさい》に一家は集まった。

西館に一家しかいないのはメルサが気付かれないように使用人達に仕事を割り振《ふ》り、人払《ひとばら》いしていたからに他ならない。

「今日から、王都の生活が始まるわ」

メルサが重い口を開く。

「しかも、今夜はぶっつけ本番で王家主催のパーティーに行かなくてはならなくなったわ。事の重大さに気付いているのかしら？　エマ？」

名指しされたエマは急いで頬張っていたサンドイッチを呑《の》み込む。

引っ越しの後始末、新居のチェック、虫の世話……目が覚めてから忙《いそが》しく働いていたので遅めの朝食をとりながらの家族会議だった。

「母様、私はいつだってちゃんとしているではありませんか？　礼儀《れいぎ》やら作法はたしかに得意ではありませんが、前世での経験値があります。何年、社会人として働いて来たと思っているのですか！」

心外な！　と頬を膨《ふく》らませつつエマは母に反論する。

ぷくっと膨らませた右側の頬には一年前に魔物災害で負った大きな傷痕があり、残念ながら全く説得力はなかった。

「エマ、どの口がそれを言うんだ……？」

「姉様、パレスから王都までの間、一体何回騒動を起こしたか……もう、忘れたのですか？」

ゲオルグとウィリアムが頼むから、本当に頼むから大人しくしてくれと嘆《なげ》く。

そう、虫を捕《と》るだけならここまでギリギリに到着することはなかった。

エマは虫を捕る傍《かたわ》ら、行く先々で騒動を誘発《ゆうはつ》しまくったのだった。

エマの奇行《きこう》で一番とばっちりを受けるのはいつだって兄と弟である。

「まあまあ、王都では魔物が出現することはないのだから大丈夫《だいじょうぶ》だよ」

娘《むすめ》に激甘《げきあま》の父レオナルドがやんわりとフォローを入れる。

その間もレオナルドの手は高速で動き続けて、今夜のエマのドレスに細やかな刺繍《ししゅう》が瞬《また》く間に出来上がってゆく。

「あなたは甘《あま》すぎます！　何よりも恐ろしいのは人間なのですよ？　妬《ねた》み嫉《そね》みの足の引っ張り合い。出る杭《くい》は打たれ、欲望のまま人を傷つける……特に未熟な子供が通う学園なんて、酷《ひど》いところですよ！」

何かを思い出したのかメルサは顔をしかめる。

「……母様の学園生活に、一体何が……？」

「え？　学校ってそんなにヤバいとこでしたっけ？」

「いや、魔物の方が俺は怖《こわ》いと思うけど……」

メルサの実家は王都に居を構える公爵《こうしゃく》家だが、不自由なく暮らしていた訳ではなさそうな口振《くちぶ》りに、三兄弟は一気に不安になってくる。

「とにかく、一に目立たず、二に目立たず。三、四も目立たず。五に目立たずよ！」

何が何でも目立つな。

王都における田中家の目標……戒《いまし》めだとメルサは念を押《お》した。

「あと、ゲオルグ。魔物学はなんとしても合格する事。勉強嫌《ぎら》いも直しなさい。跡継《あとつ》ぎなのですよ？」

「……はい」

パレスを継《つ》ぐには、魔物学のテストの合格が必須《ひっす》条件であった。

数ある条件の中でも一番難しいもので、ゲオルグは自信のなさからか、力なく返事をする。

「あと、うちは学生結婚《けっこん》大歓迎《かんげい》です。素敵《すてき》な出会いがあれば、ガツガツ行きなさい。なんなら、できちゃった婚……授《さず》かり婚もウェルカムですよ」

「「「げっ!?」」」

異世界に転生しても母の孫を抱《だ》きたい攻撃《こうげき》が緩《ゆる》むことはなかった。

王都の目標とにかく目立つな。

第二十九話　初めての社交界とテンプレ展開。

学園入学前に開かれる王家主催《しゆさい》のパーティー。

入学を控《ひか》えたスチュワート三兄弟も招待された。王都では初めての社交の場でゲオルグとウィリアムにエスコートされエマは馬車を下りた。

白地のエマシルクの生地《きじ》全体に、特別製の紫《むらさき》の糸で細かい刺繍《ししゆう》が施《ほどこ》されたドレスを纏《まと》い、頭に薄《うす》いベールを被《かぶ》り、顔の傷痕《きずあと》を隠《かく》している。

王都のドレスの流行《はや》りは年々露出《ろしゆつ》度が高いものになっていたが、エマのドレスはその対極のデザインで、露出がとても少ない。

残念ながら胸の成長の方は順調に遅《おく》れていて、全体的にほっそりとしているエマには見せられるような箇所《かしよ》もないのだった。

ゲオルグとウィリアムは、エマと同じ模様の紫の刺繍で飾《かざ》られたシャツに黒の礼服姿。

王族主催のパーティーということで二人共片マントを羽織っての正装。

ゲオルグはこの一年で身長が伸《の》び、礼服姿も様《さま》になっている。

ウィリアムは安定のキラキラ美少年だ。

黙《だま》っていれば、貴族然とした美しい三兄弟に見える。……黙っていれば。

会場となる広間に入るとゲオルグは飲み物を探しに、ウィリアムは既知《きち》の隣接《りんせつ》する領の友人を見つけ挨拶《あいさつ》に行ってしまい、ほんの少しエマから離《はな》れた。

普段《ふだん》なら絶対にしないが、二人も王都での初のパーティー出席に緊張《きんちょう》していたのかもしれない。

騒動《そうどう》の源、全《すべ》ての元凶《げんきょう》たるエマから目を離して何も起こらない訳がない。

パシャ

一人になったエマが、ぽけっと立っていた時を狙《ねら》ったかのように、とある令嬢《れいじょう》が持っていた赤ワインがエマのドレスにかかる。

「あら、ご免《めん》なさい」

言葉とは裏腹に悪びれない笑顔《えがお》で、その令嬢はエマの前に立ち塞《ふさ》がった。

その令嬢の二メートル後ろには、ややふっくらした令嬢と背の高い痩《や》せ気味の令嬢がニヤニヤしながら、こちらの様子を窺《うかが》っているように見えた。

この並び……悪役令嬢と取り巻きみたいだな、と前世で読んだ物語のワンシーンのような光景にエマは場違《ばちが》いにも口元が緩《ゆる》む。

王都で初めて出席したパーティーでドレスにワインがかかるのもお馴染《なじ》みの展開だと、更《さら》にこみ上げてくる笑いを慌《あわ》てて噛《か》み殺す。

目の前の令嬢が空のワイングラスを持って笑う所作は、とても綺麗《きれい》でほんの少しだけ辛《つら》そうに見えた気がした。

まだ始まっていないとはいえ、パーティーの会場内で起きたハプニングに周囲も驚《おどろ》いているのではと思いきや、招待客の殆《ほとん》どは無関心を装《よそお》っていた。

中には諦《あきら》めたような、うんざりしたような顔もちらほら見える。

本日のパーティーは学園入学を祝うもので、招待客は学生に限られていた。

注意してくれるような大人もいないわけではないのだが、示し合わせたかのように全員が見て見ぬ振《ふ》りだ。

メルサからとにかく目立つなと言われた手前、エマにとってはこの反応はとてもありがたい。

もしかしたら、これ毎年よくある事なのかしら？

エマがそう思うくらいには周りは不自然な程《ほど》冷めていた。

その証拠《しょうこ》、と言わんばかりに給仕《きゅうじ》は慌てる様子もなく慣れた仕草で、エマにドレスを拭《ふ》くように布を差し出す。

「まあ！　ご丁寧《ていねい》にありがとうございます」

給仕に礼を言ったエマは自分のドレスには見向きもせず、足元にできたカーペットの汚《よご》れの方をとんとんと拭き始めた。

「えええ？」

予想外の行動に無関心だった周囲がざわめく。

ワインをかけた張本人のフランチェスカ・デラクール侯爵《こうしゃく》令嬢もこれには驚き、思わず口を開いた。

「あなた馬鹿《ばか》なの？」

普通《ふつう》、一番心配するべきなのはドレスだ。

王家主催のパーティーは貴族令嬢にとっては大切な晴れ舞台《ぶたい》。

ドレスがワインで汚れてしまえば、その大切な舞台には上がれなくなってしまう。

それなのに泣きも喚《わめ》きもせず、ドレスそっちのけでこの令嬢はカーペットなんかの染《し》み抜《ぬ》きに勤《いそ》しんでいるのだから意味が分からない。

冷静だった給仕達《たち》も、予想外の行動をするエマを止めようと珍《めずら》しく慌てている。

自分のドレスよりカーペットを心配する令嬢なんて、いる筈《はず》がないのだから……。

いつもなら半狂乱《きょうらん》でドレスを拭いて、染み込《こ》んだ赤い汚れを見て泣きながら家路につくパターンが早々に崩《くず》れていた。

これは、王都周辺の貴族なら誰《だれ》もが知っている第一王子派からの洗礼。

言ってみれば嫌《いや》がらせの恒例《こうれい》行事。

全ては王族が来る前に始まり王族が来る前に終わるスピーディーな嫌がらせだった。

第一王子派は貴族の中でも格式の高い家が多く、これまでに洗礼を受けた令嬢は文句を言えず泣き寝入《ねい》りするしかなかった。

毎年、狙われるのは第二王子派の家の令嬢で、彼女《かのじょ》達は泣く泣くパーティーを欠席するか、集まって決して離れず集団行動で自衛するしかなかった。

そんな中、ぽけーと一人立っていたエマが狙われるのは最早《もはや》、必然だろう。

王都ではスチュワート一家は本人達の自覚の有無《うむ》は関係なく、第二王子派の筆頭と噂《うわさ》されている。

充分《じゅうぶん》過ぎる程、いや大本命に狙われる立場なのだった。


空のグラス片手にフランチェスカ・デラクール侯爵令嬢は未《いま》だにカーペットを優《やさ》しくとんとんして赤ワインの染みと戦っているエマに話しかける。

「ねぇ、あなた本当に馬鹿なの？」

今までの令嬢と違う様子に焦《じ》れていた。

まだ少しは時間に余裕《よゆう》はあるが、こちらとしてはなるべく早く、退室してもらいたいのだ。

この洗礼は何よりもスピードが命。

王族が現れる前に始まり、王族が現れる前に終わっていなくてはならない。

露見《ろけん》すれば高位貴族の令嬢といえども厳しい罰《ばつ》が科せられるだろう。

特に現国王陛下はそういう貴族への特権的な配慮《はいりょ》などといった措置《そち》を嫌《きら》っていると聞く。

渾身《こんしん》の意地悪な言い方で言っているのだから、せめて泣くなりすればいいのに。

フランチェスカ侯爵令嬢からは、エマがベールを被《かぶ》っているために表情は見えない。

何もかもがいつも通り進まない事に焦りとイライラ、何よりも不安が押《お》し寄せる。

こんな令嬢、初めてだ。

「！」

「エマさん、大丈夫《だいじょうぶ》ですか？」

「何かお困りですか？　エマさん」

「エマさん、何があったのですか？」

いきなり数人の令息達がエマとフランチェスカの間に割って入ってくる。

大半が派閥《はばつ》に属していない田舎《いなか》貴族の令息達だ。

彼《かれ》らはこの一年、定期的にスチュワート家で開かれたお茶会に参加したパレス周辺の貴族の子供達だった。

エマが顔に傷を負った後は、より儚《はかな》く危《あや》うげに見えたのか、令息達の庇護《ひご》欲が刺激《しげき》され、エマのお茶会無双《むそう》は意外にもまだ続いていた。

そんな残念フィルターを装着した令息達の目には、エマがカーペットを拭くのに屈《かが》んだ姿が貧血《ひんけつ》で倒《たお》れそうになっているように見えてしまうのだ。

困ったものである。

「？　私は大丈夫ですよ？　少し静かにお話ししましょう？」

エマが心配して集まってきた令息達をシーと人差し指を唇《くちびる》に当て、宥《なだ》める。

出発前に耳にタコができるほど母親に問題を起こすなと言われていたのに、彼らが騒《さわ》げば目立ってしまう。

母の耳に入ってしまうではないかと集まって来た令息の心配そうな表情を見て、冷や汗《あせ》が一筋、頬《ほお》を伝う。

穏便《おんびん》に、平和に、目立たずに…………できるかな？

「あなた方、なっ何か、勘違《かんちが》いをなさっているのではなくて？　私はうっかり、彼女のドレスに赤ワインを溢《こぼ》してしまっただけですわ！　きちんと謝《あやま》りましたし！」

急に湧《わ》いて来た加勢に、フランチェスカは慌てて声を荒《あら》らげる。

これまでの洗礼で加勢に来る者など一人もいなかった。

ただドレスに赤ワインを溢して謝った、それだけの話だと押し通して、まかり通ってきたのだから。

パレス周辺の令息たちは、王都から離れて暮らしていて、第一王子派の洗礼など誰も知らず、今までの他の招待客とは違う動きをした。

彼らにとってエマは大人しい、引っ込み思案な少女で、隙《すき》あらば自分が守ってあげたいと思っていたので反応は早いし、躊躇《ためら》いもない。

しかし、フランチェスカの言葉を聞いた令息達は別の意味で息を呑《の》む。

あからさまに驚き、顔を歪《ゆが》める者までいた。

「な、なんなのよ？」

令息達の様子にフランチェスカは少し弱気になる。

「……エマさんのドレスに赤ワイン？」

「すっスチュワート家のドレスに？」

「べっ弁償《べんしよう》って、いくらかかるんだ？」

「エマ様が着ているならこのドレスって、当然エマシルクだよな……え？　金貨百枚でも足り……ない？」

令息達の表情はエマを心配する顔から、フランチェスカを憐《あわ》れむ顔へ変わっていた。

エマシルク……と聞いた瞬間《しゆんかん》、フランチェスカの顔も青ざめる。

エマシルクとは、スチュワート家の領地、パレスで作られる最高級の絹の名前。

「わっ私は謝りましたわっ！」

冷や汗がフランチェスカにも流れ始める。

金貨百枚であったとしても簡単に払《はら》える額ではない。

「どうかしましたか？」

遅れて会場に着いた三兄弟の幼馴染《おさななじ》みのヨシュアが、エマと騒ぎに気付いてやって来る。

つい最近、大金と引き換《か》えに男爵位《だんしやくい》を手に入れた豪商《ごうしよう》の息子《むすこ》の彼は三兄弟と一緒《いつしよ》に学園にも通うことになっている。

一年でぐんと背が高くなり、ひょろひょろだった体もこっそり鍛《きた》えた甲斐《かい》あってバランス良く筋肉も付きつつある。

ゲオルグとウィリアムもヨシュアの声でようやく気付き、目を離した隙に何があったのかとエマの元へ駆《か》け寄る。

「よ、ヨシュア！　なんて良いところに！　今日のエマさんのドレス金貨何枚だ⁉」

令息が怖《こわ》いもの知りたさでヨシュアに詰《つ》め寄る。

王国中に情報網《じょうほうもう》を張り巡《めぐ》らせているヨシュアは、エマの手にある赤い染みの付いた布を、フランチェスカと令息達の顔を見比べ、何が起こったのかを瞬時《しゅんじ》に把握《はあく》した。

「姉様、あれほど問題起こすなって言われてたのに……」

ウィリアムがエマのドレスをハンカチで拭きながら、ため息を吐《つ》く。

「ウィリアム様、エマ様は巻き込まれただけです。むしろエマさまから目を離したお二人が悪いのです！」

ヨシュアのエマへの甘《あま》やかしは無限大だった。


第一王子派の洗礼を知っているようなヨシュアの発言と、震《ふる》え上がるほどのエマシルクの弁償額にフランチェスカは風向きが完全に変わったことを察知した。

そうこうしている間にも広間には招待客が集まり続けている。

「そ、そろそろ失礼するわ」

これ以上目立つのは得策ではない……とフランチェスカが逃《に》げの一手に出ようとしたところで、ざわぁと広間中の招待客が一斉《いっせい》に声を上げた。

何事かと周囲の視線を追った先には、王国第二王子エドワード・トルス・ロイヤル殿下《でんか》がいた。

王族は招待客が揃《そろ》ってから入場するのが通例なのだが、何故《なぜ》か第二王子だけが予定よりも早く広間に現れたのだ。

臣下の礼をしようと頭を下げる貴族達を王子は手で制止して、ぐるっと会場を見回し、こちらの方へと真《ま》っ直《す》ぐ歩いてくる。

王子の歩みを妨《さまた》げないようにさぁっと招待客が移動し、道ができる。

フランチェスカは逃げそびれ、一直線に歩いてくる王子に臣下の礼をするしかなかった。

いつからいた？　どこから？　全て見られていたのだろうかと己《おのれ》の不運に唇を噛む。

フランチェスカに倣《なら》いスチュワート三兄弟とヨシュア、パレスの令息達も頭を下げる。

「フランチェスカ・デラクール嬢《じょう》。これは、どういった騒ぎだ？　毎年、貴女《あなた》が立場の弱い令嬢に嫌がらせをしていると噂を聞いたのだが、本当だろうか？」

第二王子の冷たい声がフランチェスカに問いかける。


美しい黒髪《くろかみ》に冷たい表情の王子はこの一年、エマにふさわしい男になるために努力を重ねてきた。人と真摯《しんし》に向き合い、真面目《まじめ》に公務をこなし、自己鍛練《たんれん》を怠《おこた》らない姿に、王も一目置くようになっている。

第一王子派の洗礼の話は第二王子であるエドワードの耳に届いていた。

王子自身は王位を欲《ほ》しいと思った事などないのに勝手に派閥ができ、争いが繰《く》り広げられ、うんざりしていた。

洗礼が毎年行われると聞いて、今回自ら足を運んだのだ。

「な、何のことか私には覚えがございません」

状況《じょうきょう》を見れば明らかなのに、言い逃《のが》れしようとするフランチェスカの態度に、王子は嫌悪《けんお》感を覚える。

フランチェスカの隣《となり》で大人しく頭を下げている令嬢の足元にはワインの真っ赤な染みができていた。

この様子ではドレスはもっと酷《ひど》い状態だろう。

王子はこの可哀想《かわいそう》な令嬢がパーティーに参加できなくなるのは気の毒だと声をかける。

「大丈夫か？　王城で代わりのドレスを用意させるから着替《きが》えるといい」

声をかけられ顔を上げた令嬢は薄いベールを被っているために表情は分からない。

ベールの令嬢のドレスは清楚《せいそ》なデザインに見事な刺繍が施されていた。

これはショックも大きいだろうと王子が思った時、

「大丈夫です、殿下。このドレスは防水加工してありますから」

柔《やわ》らかな聞き覚えのある声にエドワード王子の心臓が跳《は》ねる。

それは、この一年間ずっと会いたいと焦《こ》がれていた女の子の声だった。

「もしかして、エマか？」

王子はすっと膝《ひざ》を突《つ》き令嬢の顔を覗《のぞ》き込む。

令嬢はベールの左側をぺろんとめくり、にっこりと笑って答えた。

「お久しぶりです、殿下」

吸い込まれるような緑色の瞳《ひとみ》が王子を映す。

冷たかった王子の表情が緩み、エマにつられるように、にっこりと笑った。

「ああ、久しぶりだな……エマ」

この、王子の表情の変化に誰もが息を呑んだ。

これほど血の通った柔らかい王子の笑顔を見たことのある者はこれまで一人もいなかったのだ。

◆◆◆

一年ぶりのエマはやっぱり可愛《かわい》い……エドワード王子は予期せぬ再会に驚いていた。

考えてみれば、スチュワート伯爵《はくしゃく》家は第二王子派の筆頭と噂され、エマが洗礼の被害《ひがい》に遭《あ》う確率は高かった。

「エマ、大丈夫か？　怖い思いはしてないか？　私がもう少し早く来れたら良かったのだが……」

臣下の礼を解くことすらもどかしく、直接エマの手を取って立たせる。

「殿下、大丈夫ですよ？　ドレスもウィリアムが拭いてくれたので問題ありません」

エマが汚れなんてないでしょう、とドレスの裾《すそ》を摘《つま》み上げ、拡《ひろ》げて見せる。

王子の目はチラリと見えたエマの細い足首に目を奪《うば》われ、心臓がぎゅんっと収縮したが、何とかポーカーフェイスを繕《つくろ》ってドレスの状態を確認《かくにん》する。

足元のカーペットは悲惨《ひさん》だったが、エマのドレスには染み一つなかった。

「ああ、ドレスは無事なようだ……。フランチェスカ嬢、それでも貴方の罪に変わりはない。言い逃れはできんぞ？　エマへの嫌がらせは、ここにいる皆《みな》が証言するだろう」

エマの隣で礼をしたまま項垂《うなだ》れる令嬢に、王子は冷たい声で断罪する。


王子の言葉にフランチェスカは震えが止まらなかった。

絶対に、バレてはいけなかったのに……。

王都ではスチュワート家の娘《むすめ》が、強引《ごういん》に第二王子と婚約《こんやく》しようと接近していると噂されていた。だが所詮《しょせん》、噂に過ぎなかったのだ。

あんな王子の笑顔は、王都では誰も見たことがない……つまり、王子の方が彼女に夢中なのだろう。

もしかしたら、公表されていないだけで既《すで》に婚約済みの可能性もある。

王族の婚約者に故意にワインをかけたと判断されれば、自分は、デラクール家はどうなる？

フランチェスカは途方《とほう》に暮れた。

自分が一方的に悪い事は、誰よりもよく分かっていた。

「殿下？　別に私、フランチェスカ様から嫌がらせなんて受けてはいませんよ？　彼女、うっかりワインは溢しちゃいましたけど、そこまでお怒《いか》りにならなくても……」

王子の悪役令嬢を断罪するかのような言葉を聞いたエマは、被害を受けた張本人なのにフランチェスカを庇《かば》うという謎《なぞ》の行動に出た。

せっかく王子がエマを庇ったのに、エマはフランチェスカを庇ったのだ。

その姿を見て、何故か周囲が揃って勝手に大きく曲解し始める。

なんて優しい子なんだ……と。

さっきまであんなに酷い事をされていたのに、震える令嬢を助けずにはいられないのだろう……。

大人しく、引っ込み思案な性格と聞いたが、こんなに大勢に注目されて逃げ出したいだろうに、フランチェスカ嬢を心配し庇うなんてエマ嬢は……天使なのか？

あんなに華奢《きやしや》な体で虐《いじ》めに耐《た》え抜き、虐めた相手にまで心を砕《くだ》く……なんて意志が強い優しい子なんだ……。

さっき一瞬ベールをめくった時に見えた笑顔がめちゃくちゃ可愛かった……。

エマの好感度は本人の知らないところでまたもや急激に爆《ばく》上がりしていた。

「エマ……庇わなくていい。エマが優しいのは分かるが、フランチェスカ嬢の嫌がらせは度を越《こ》している」

図に乗った令嬢を放置しても更に付け上がるだけだと王子はフランチェスカを睨《にら》む。

「殿下？　本当に嫌がらせなど受けてないのです。どうかフランチェスカ様に罰を与《あた》えるなんて言わないで下さい」

王子や招待客達のフランチェスカを見る目の厳しさに、エマは驚く。

もとよりエマは嫌がらせを受けた覚えがないのだった。


少し前、ゲオルグとウィリアムがエマから離れ、話し相手がいないのでぽけーと立っていた時、フランチェスカが給仕に赤ワインを頼《たの》んでいる様子をエマは何となく眺《なが》めていた。

お酒いいなぁ……この世界のワインはどんな味なんだろう。

大好きだったお酒の味を懐《なつ》かしく思ったのを覚えている。

転生前、田中《たなか》家は揃いも揃って酒好きで、特に港《みなと》はワインをよく飲んでいた。

しかし、友人にワイン好きが少なく、寂《さび》しい思いもしていた。

昔を思い出しながら眺めているうちに、なんとフランチェスカは堂々と給仕にグラスを差し出し、これでは足りないと既に適量のワインが入っていたグラスの上から更にたっぷりと追加で注がせていたのだ。

その男前な姿に、ただただエマは感動した。

前世の港もワインをグラスに半分弱しか入れてもらえない事に不満があった。

宅飲みの時にはグラスのふちすれすれまでワインを満たして飲んだが、さすがに人前では我慢《がまん》していた。

ぶっちゃければ、香《かお》りを楽しむとかどうでもいい。

とにかく量を飲みたかった。

駄目《だめ》な方の酒飲みだと自覚はあるものの、一応人目は気にする。

だが、フランチェスカは人目があっても給仕に命じてグラスに入るギリギリまで赤ワインを注がせていた。

言っておくが、ここは、自宅ではなく王城の広間だ。

なんなら、王族主催のパーティー会場だ。

誰もが畏《かしこ》まる場で堂々とたぷたぷのワイングラスを満足そうに持って歩くフランチェスカの姿を見て、エマは確信した。


これは、相当の酒飲みだと。


友達《ともだち》になりたい。

友達になって前世で叶《かな》わなかったワイン談義に花を咲《さ》かせてみたいと思っていたら、当のフランチェスカが口元に笑みを浮《う》かべ、こちらに向かって来るではないか。

ああ、酒好きとは、共鳴し惹《ひ》かれ合うものなのか。

まさか、向こうの方から来てくれるなんて……なんて話しかけようかしら。

私、ワインは重い方が好きなの、貴女は？

私は赤も白もどちらも好きだけど、貴女は？

ブドウの種類や産地にこだわりは？

え？　私？　私は美味《おい》しければなんでもござれ……ってあれ？

あっ……今、私まだお酒飲んだらダメな年齢《ねんれい》だった‼

どうしよう！　え？　そうなると、なんて声をかけたらいいの？

お酒？　だから、お酒は使えないのよ……。

ここでエマは、ナンパのシミュレーションに失敗し、プチパニックに陥《おちい》った。

その絶妙《ぜつみょう》なタイミングでフランチェスカが、エマにぶつかりそうになる程近付いて来て、ワインを溢したのだ。

多分、フランチェスカはエマが来る前から大分飲んでいたのではないだろうか。

これは持論だが、酔《よ》っぱらいとは基本、飲み物を溢す生き物なのだ。

そもそも、港と同じペースで飲んだ友人なんてことごとく潰《つぶ》れていた。

飲み物を溢すくらい可愛いもので、吐く、寝《ね》る、泣くは当たり前。

公園のベンチで夜を明かし、溝《みぞ》に嵌《はま》って動けなくなったり、カーネル○ンダースのおじ様を連れて帰ろうとした者までいる。

大概《たいがい》どこの居酒屋でもどこかのテーブルでグラスが倒れているもの。

周囲の冷ややかな反応を見ても、この令嬢は毎年お酒に酔って何かしら仕出かしているのだろう。

勿体《もったい》ないことに、彼女のおかわりのワインはエマのドレスへダイブしてきたが、これはこれで前世の小説や漫画《まんが》などで読んだテンプレ展開の再現のようで面白《おもしろ》い。

偶然《ぐうぜん》後ろに控えている風な令嬢とセットで、悪役令嬢と取り巻きに見ようとすれば見えなくもないし。

「あら、ご免なさい」

フランチェスカは、ワインを溢す程に酔っぱらいながらも直ぐに謝ってくれた。

アルコールで楽しくなってしまっているのか、口元は笑みを含《ふく》んでいる。

素晴《すば》らしい！　陽気に酔えるのはポイントが高い。

エマがお酒を飲めるまで何年か先にはなるが、是非《ぜひ》とも目の前の令嬢と朝まで飲み明かしたい。

そんなことを思って楽しくなっていたエマに、そっと給仕がドレスを拭くようにと布を差し出してくれた。

給仕に礼を言い、ドレスを拭こうと視線を落とすと、先にカーペットにワインの染みができているのが目に入る。

これは、まずい。

赤ワインの染みは早く対処しないと落ちなくなる。

今日のエマが着ているドレスは幸い防水加工を施した試作品で、ヴァイオレットの糸を混ぜてあるので汚れることはない。

そこはラッキーだったが、その分ドレスはワインを弾《はじ》いて滴《しずく》が下に落ちている。

どうしよう……王城のカーペットなんて、絶対高いに決まっている。

ここで変に騒ぎが大きくなると……下手したら母様の耳に入ってしまうおそれもある。

それは……マジで、まずくないか⁉

今だったらまだ、ワインをかけられただけで済んでいる。

カーペットの汚れを見た貴族の偉《えら》い人が騒ぎ出さない保証はない。

グラスにたぷたぷいっぱいのワインが全部溢れたのだからカーペットの惨状《さんじょう》は酷かった。

この惨状を、何とか少しでもマシな状態にリカバリーしなくてはどうなるか分からない。

染み抜きは初動が肝心《かんじん》と、エマは夢中でカーペットの染みと格闘《かくとう》して……。

今に至る。


うん……やっぱりフランチェスカ様は王子に怒られる程には悪くない。

ただ本能に忠実にお酒を飲み過ぎただけだ。

社会人になってもお酒の失敗は絶えないのに、まだ若そうな彼女に罪を問うのは……酷《こく》というもの。

こんなにたくさんの人に見られて、更に王子に怒られるなんて可哀想だ。

ドレスの弁償云々《うんぬん》も言っていたが、元々丈夫《じょうぶ》なエマシルクにヴァイオレットの糸を混ぜてある今日のドレスは染み一つ付かないのだから、必要ない。

ずっと頭を下げて震えているフランチェスカを助け起こし、酒飲みの同志としてエマは優しく励《はげ》ます。

酒飲みの失敗は、他人事《ひとごと》とは思えない。

毎年、お酒に酔って迷惑《めいわく》をかけていたのかもしれないが、今、これだけ震えて反省しているのだから、次からは量を調節するだろう。

どうしてもグラスたぷたぷで飲みたいなら我が家に招待して好きなように飲んでもらうのも良いかもしれない。

あと数年、エマはお酒を飲めないが、貴重な酒飲み友達候補はがっちり確保しておきたい。

人目を気にせず堂々とお酒を飲む酒豪《しゅごう》女子は稀少種《きしょうしゅ》だ。

「フランチェスカ様？　少しだけ酔ってしまっただけですものね。この通り、私のドレスは無事ですから、弁償など必要ありません。フランチェスカ様のドレスは大丈夫ですか？」

やや思惑《おもわく》はあるものの、エマがフランチェスカに向けた言葉は心の底から出た一点の曇《くも》りもない本心だった。


パーティーの会場で唯一《ゆいいつ》優しい言葉をくれるのは、たった数分前まで自分が虐めていた女の子だった。

フランチェスカ・デラクールはそれが現実に起こったと信じられなかった。

この状況下でも世間体や偽善《ぎぜん》で似たような言葉をくれる者はいるかもしれない。

しかし、そういった場合は言葉の端々《はしばし》に、声色《こわいろ》に、本心ではない不自然さが滲《にじ》み出て、皮肉にもより辛辣《しんらつ》な本心が透《す》けて見えるのだ。

でも、エマ・スチュワートの声からはその不自然さが全く感じられない。

本当に心から、嘘偽《うそいつわ》りなく自分を心配してくれている、そんな声だった。

「エマ……さ……ま」

助け起こされた拍子《ひょうし》に偶然見えた少女の右側の頬には、傷痕があった。

一年前、第二王子が側妃《そくひ》と姫《ひめ》と共に里帰りされた時、バレリー領の御《ご》実家でスチュワート三兄弟と魔物《まもの》に襲《おそ》われたという噂も聞いたことがあった。

エマ・スチュワートはその時に負った小さな傷を盾《たて》に王子に婚約を迫《せま》っている、という尾《お》ひれが付いたものもあった。

彼女の頬の傷は深く、大きく目立っていた。

本当に噂なんて当てにならない。

エマ・スチュワートはきっと誰よりも善良で誰よりも優しいのだ。

それに比べ、私は何をした？　自分が恥《は》ずかしくてたまらない。

フランチェスカは、自身にあてがわれた【第一王子派の洗礼】に疑念を抱《いだ》いた。

【洗礼】は、ずっと第一王子派の令嬢に引き継《つ》がれていた。

三年前からは自分がする事になって、最初はやりたくないとたしかに思っていた。

それでもやらなければ、父の立場が悪くなるだろうからと仕方なく引き受けたのだ。

フランチェスカの父は王城に勤めている。

デラクール家は複数の領地を持っていて、父の兄弟がそれぞれ領主として治めているが、どこの領地も王都からは遠い。

華《はな》やかな王都で暮らしてきた兄弟は家督《かとく》を継ぎ王城に勤める父の立場を羨《うらや》み、あわよくば自分のものにと考えているのが普段の言動から見え見えだった。

古参貴族であるデラクール家は第一王子を支持し、フランチェスカが【洗礼】を断れば他の父の兄弟に父を蹴落《けお》とす材料を贈るようなものだった。


気が進まないながらも、一度目の洗礼を成功させると、あれよあれよと面白いようにマウンティングカーストの上位に躍《おど》り出て、取り巻きと呼ばれる令嬢までもできた。

第一王子派の中では英雄《えいゆう》のような扱《あつか》いをされ、いつの間にか勘違いしてしまったのだ。

自分が価値のある人間だと。

本当に価値があるのは、エマ・スチュワートという顔に深い傷痕のある優しい女の子だ。

今も王子相手に怯《ひる》まずに私なんかを守ろうとしてくれている。

一番初めの加勢が現れた時点で、すっと居なくなった取り巻き達よりも、この子の方が何倍も私を気遣《きづか》って心配してくれている。

「ご……ごめんなさ……い。私、貴女に酷いこと、いっぱい……」

フランチェスカは自分を恥じ、心から反省した。

【洗礼】が咎《とが》められても絶対に認めてはならない。

謝ってもいけない。

引き継ぎの時に強く言われたが、そんなの関係なかった。

悪いことをしたのだから、自分の言葉でちゃんと謝りたかった。

「フランチェスカ様、酷い事なんて全然……お気になさらないで下さい。それにドレスにワインがかかった時、直ぐに謝ってくれたじゃないですか」

フランチェスカの溢れる涙《なみだ》をそっと拭《ぬぐ》いながら、エマは優しく、でも皆に聞こえるように言う。

既に謝罪はされており、自分も受け入れたと。

あんな、おざなりな、逆に逆撫《さかな》でしそうな言葉を謝罪だとエマは言ってくれるのだ。

「私、貴女に……なんてお詫《わ》びをして良いのか……本当に、ごめんなさい」

フランチェスカは再度、心の底から頭を下げて謝罪する。

まだまだ、お酒も飲めない年の女の子。

初めての王都で、慣れないパーティーで、きっと怖かった筈だ。

そんな子に、私はなんて酷いことをしてしまったのか……。

「お詫び……なんて……あっそうだわ！　フランチェスカ様、では、わたしのお友達になって下さいませんか？　王都での初めてのお友達に。学園の事も色々教えて下さいね？　あっ帰り道にある美味しいケーキ屋さんってご存じですか？　是非一緒に食べに行きましょう！」

エマはお詫びと聞いて、それならばと嬉《うれ》しそうに笑う。

ふっふっふっ、スイーツからゆくゆくは酒飲み友達へ……言質《げんち》は取ったわ！　やった！

酒盛りに想《おも》いを馳《は》せ、エマのキラースマイルがベール越《ご》しに無意識に発動した。


あっ……この子……天使だわ。

背中に羽がないことがおかしいと疑うレベルの天使だわ。

フランチェスカの心の声は、会場のほぼ全員の総意であった。


「嘘……で、しょう……？　姉様の顔、皆ベールで見えてない筈なのになんで？」

「集団催眠《さいみん》かなんかか？　絶対エマ、酒飲み友達ゲットだぜ☆　くらいの事しか考えてないぞ……」

ゲオルグとウィリアムだけが、エマの考えていることを察して生温《なまぬる》い表情になっている。

どうやらお茶会だけでなく社交界にもエマ無双が存在するようだった。

◆　◆　◆

結局フランチェスカに罰が下ることはなかったが、一緒にパーティーを楽しもうと思っていたエマが引き留めるも、フランチェスカは逃げるように会場を後にした。

第二王子は一旦《いったん》広間から退出し、招待客が集まってからパーティーの開始のタイミングで王族と一緒に現れた。

王子が高い位置に用意された王族席へ行くと、さっきまで目の前に居たのが不思議なくらい遠い存在なのだな、とウィリアムは改めて感じていた。

王族席から隣のエマへ視線を移動し、深いため息を吐く。

「……姉様……少し……食べ過ぎです」

エマは、スイーツの並べられた机から離れることなく、キラキラした瞳で全種類制覇《せいは》を目論《もくろ》んでいた。

「だってウィリアム……あれもこれも美味しい。全部、凄《すご》く美味しいのよっ！　ほらっ」

エマはウィリアムの口に、食べようとしていたケーキをフォークですくい入れる。

さすが王城で出されるスイーツは味も見た目もレベルが高い。

「確かに……美味しいですが……あの、人目がありますから！　そのお皿で最後にして下さいね！」

パーティーが始まる前に一騒動あったがためにエマは案の定、注目されていた。

本当に何がどうなってあれ程の好感度を爆上げしたのか、我が姉ながら恐ろしい。

いやむしろ、この世界の男子チョロすぎないか？

ウィリアムが心配する中、王からの挨拶も新しく学園に入学する貴族の令息令嬢のお披露目《ひろめ》も順調に行われ、会場に音楽が奏《かな》でられる。

自然とパートナーの決まっている招待客達が中央に集まり始めた。

ダンスの時間だ。

そこでやっとエマはウィリアムの忠告を珍しく素直《すなお》に聞き入れ、空になった皿をそっと机に置いた。

エマの周りにじわじわと貴族の令息達がダンスを申し込もうと近付いて来つつあった。

「エマ様、食休めにバルコニーに出てお話ししませんか？」

周りの令息達の無言の牽制《けんせい》を無視してヨシュアがエマを誘《さそ》う。

食休めに……と言った割には手には沢山《たくさん》のスイーツが盛られた皿を持っている。

ヨシュアは慣れた様子で人気のないバルコニーまでエマを誘導《ゆうどう》……エスコートする。

「僕《ぼく》も行きます！」

「あっ俺《おれ》も！」

慌ててウィリアムと、少し離れた机で軽食を摘んでいたゲオルグも、いそいそと二人についてゆく。

ダンスが始まる気配に、四人はバルコニーへと揃って会場を離れた。


パレスと違い、王都はまだ肌寒《はだざむ》い。

スイーツの盛られた皿をエマに渡《わた》し、ヨシュアは自分のジャケットをエマの肩《かた》にそっと掛ける。

「ヨシュア、ありがとう」

好みのスイーツの盛られた皿を見て満面の笑みでエマがヨシュアに礼を言う。

その笑顔に幸せを噛み締《し》めるヨシュアだが、二人きりではない事に不満気だ。ゲオルグとウィリアムを睨む。

「良いタイミングで来てくれてありがとう、ヨシュア！」

「いえ、エマ様しか誘った覚えはないのですが……」

「学生中心の社交界のパーティーは別に踊らなくても大丈夫だって、父様が言っていた筈なんだけどな……」

聞いていた話と違うとゲオルグが憤慨《ふんがい》する。

相手のいる者は直ぐに踊り、いないものはパートナーを探してまで踊ろうとしていた、先程の会場の雰囲気《ふんいき》を思い出す。

目立ってしまったこともあり、エマの周りにはダンスを申し込もうと令息達が機会を窺っていたし、ゲオルグとウィリアムにも令嬢達が熱い視線を送っていた。

「そんな昔の話を当てにしては駄目ですよ、ゲオルグ様。第一王子も第二王子もダンスがお得意なので、王子と踊るために令嬢方はダンスの練習に余念がないですからね。令嬢方がダンスに夢中と聞けば、男共も練習に力が入るというものです」

王都は空前のダンスブームであった。

色取り取りの令嬢達のドレスが、令息達の巧《たく》みなリードで美しく舞《ま》い、遅れる者も、間違《まちが》えることも、相手の足を誤って踏《ふ》んでしまう者もいない。

……ここ、社交ダンスの世界大会かなんかかな？

「……殿下、あの顔でダンスが上手《うま》いってギャップ萌《も》えにも程がある！」

ウィリアムも憤慨する。

艶《つや》やかな黒髪、端整《たんせい》な顔立ち故《ゆえ》に、ひやりと冷たい印象のある王子の姿を思い出す。

一見、硬派《こうは》な彼が華麗《かれい》なリードでダンスをすれば、そりゃあ、モテること間違いなしだ。

それに比べ、スチュワート三兄弟……いやスチュワート伯爵家は、親戚《しんせき》に至るまでダンスが巧《うま》くない。

辺境のパレス周辺では舞踏会《ぶとうかい》自体が珍しく、特に困ることはなかった。

もし、招待されたとしても何かと理由を付けて参加を断ればいいだけの事。

今までは、それで問題なかったのだ。

できないからと努力を怠っていた訳ではない。

辺境ながらも誰もが伯爵家として充分な教育は受けてきた。

ダンスの種類もステップも頭には入っている。

それでもスチュワートと名の付く一族は、普通に踊れる程度の技量を持つ者は誰一人いなかった。

残念なことに皆、圧倒《あっとう》的にリズム感がなかったのだ。

音楽に合わせて手拍子《てびょうし》を打つことすら満足にできない。

学園でもダンスの授業があり、テストに実技が含まれる。

スチュワート家で教えてくれたダンスの先生に、選択《せんたく》は自由だがまず合格点は取れないとお墨付《すみつ》き!? をもらっている。

そして偶然なのか、必然なのかスチュワート家だけでなく田中家も揃ってリズム感がなかった。

港はふざけて「リズム感はお母さんのお腹の中に置いてきた」と言ったこともあったが、それを聞いた頼子《よりこ》はポンと、港の肩の上に手を置き、左右に何度も首を振りながら言い切った。

「そんなもの……初めからなかったんだよ……」

学生時代のレオナルドは金銭的に余裕がなく、そもそもこういった催《もよお》しには殆ど参加していない。

メルサは大抵《たいてい》の令息よりも背が高かったので、見栄《みば》えを気にした貴族男子からは声がかからず壁《かべ》の花と化していた。

幸か不幸か、そのお陰《かげ》で二人ともリズム感がないことはバレていない。

日常生活で困ることはないが、前世ではカラオケ、今世はダンスが鬼門《きもん》となっている。

DNAどころか、魂《たましい》レベルでリズム感は未搭載《とうさい》だった。


「あっ、これ‼　一番美味しいっ！」

エマは、小さくカットされたブラウニーをパクっと食べて目を輝《かがや》かせる。

「だから姉様、食べ過ぎですって！」

注意するウィリアムの口にエマは先程と同じようにブラウニーを入れる。

「むむっ！　美味しい……」

「どれですか？」

エマの好きな菓子《かし》の探求に余念がないヨシュアが皿を覗く。

「これ‼　美味しいでしょ？」

エマはヨシュアの口にもブラウニーを入れる。

にっこり得意気に笑う先にヨシュアは……いない。

視線を落とすと床《ゆか》に崩れるようにしゃがんで、口を覆《おお》いぷるぷると震えている。

「……？　ヨシュア……？　寒い？　……ブラウニー美味しくなかった？」

エマもしゃがんでヨシュアを覗き込む。

寒い？　ジャケット返す？　と心配になって尋《たず》ねる。

「……いえ……めちゃくちゃ……美味しいです……。この世で、一番……」

ヨシュアは気合で天使の突然《とつぜん》のご褒美《ほうび》に何とか平静を取り戻《もど》し、答えた。

エマ様の握《にぎ》るフォークの、行く末を……見届けなくては……。

「へー、そんなに美味しいの？」

ゲオルグが皿を覗くので、エマは最後のブラウニーをヨシュアにやった時と同じようにフォークですくい、口へと入れてやる。

「あ‼」

「ん？　あ、悪いヨシュア、もう一個食べたかったか？」

「…………いいえ、ゲオルグ様。……もう、いいです」

「悪かったって。取りに行って来ようか？」

「…………いいえ、もう、いいんです」

ヨシュアの諦めたような憔悴《しょうすい》した表情に、三兄弟は首を傾《かし》げる。

結局、四人で山のように皿に盛られたスイーツを仲良く食べきって、おかわりを取りに行こうか思案していると、広間に面した扉《とびら》が開いた。

「スチュワート様、こちらに居られましたか」

声のする方へ目を向けると、給仕とは違う王城の制服を着た男性が立っていた。

「陛下がお呼びです。部屋を用意してありますので案内致《いた》します」

男性の言葉に四人それぞれが己の耳を疑う。

今、陛下って聞こえた気が……え？　……殿下じゃなくて？　へ、陛下⁉

ローズ様や第二王子、ヤドヴィガ姫ならまだしも、陛下……つまり、国王陛下に呼ばれるような心当たりがない。

「……姉様……今度は何やったの？」

思わずウィリアムがエマを見る。

身に覚えのないエマは全力で首を振る。

何でもかんでも自分のせいにされてはたまったもんじゃない。

第三十話　国王陛下。

パーティーが行われている広間から少し離《はな》れた部屋に通された。

ヨシュア曰《いわ》く、王城は意図的に覚えにくく、迷い易《やす》い構造にして建てられており、案内がいなければこの部屋に辿《たど》り着くことも、パーティーの広間に戻《もど》ることも難しいそうで、よそ見をせずに案内の方にちゃんとついて行かないと迷子になりますよ、と忠告してくれた。

「陛下がお見えになりますので、こちらでお待ち下さい」

深々と完璧《かんぺき》な礼をして、案内は何も説明せず部屋を出て行った。

三兄弟だけになると、思わずため息が漏《も》れる。

「きっ緊張《きんちょう》したー」

「ねぇ、案内の人、行儀《ぎょうぎ》作法の先生よりきっちりしてなかった？」

「王城で働くのは……僕《ぼく》ら無理ですね」

王城で働くためには学園を優秀《ゆうしゅう》な成績で卒業していなくてはならない。

部屋まで通される道すがら、パレスではあまりお目見えしないタイプの貴族然とした人達が王城のそこかしこから現れ、すれ違《ちが》うのでその度《たび》に緊張する。

「あっヨシュアのジャケット……着て来ちゃった」

陛下から呼ばれたのは三兄弟だけなので、パーティー会場でヨシュアとは別れたが、エマの肩《かた》にかけられたジャケットは、そのまま借りっぱなしになっていた。

春先とはいえ、王都はまだまだ寒い。

極力露出《ろしゅつ》を抑《おさ》えてあるエマのドレスでも寒いのなら、流行《はや》りのドレスを着た令嬢《れいじょう》はもっと寒いだろう。

次の冬に向けて防寒ドレスを開発する必要があるなと、ぼんやり考える。


昔、一角兎《うさぎ》が王都で人気だとヨシュアが言っていたのを、身をもって実感することになった。

一角兎の毛皮は多分、前世のダウンジャケットよりも軽くて暖かい。

真っ白で毛足の長いモフモフのゴージャスな見た目も、貴族好みなのだろう。

そもそも冬はパーティーなんか参加せずに、コーメイさんにくるまって温かい生クリームたっぷりのココア片手に、ローちゃんのドレスのデザインしたり、虫の研究したりして過ごせれば良いのに。


中々、思うようにはいかないらしい。

母が言うには、王都では毎日のようにお茶会の招待状が届くもので、王都への到着《とうちゃく》が大幅《おおはば》に遅《おく》れていなければ、エマ含《ふく》め兄弟もお茶会の幾《いく》つかは出席していた筈《はず》だったと。

本来ならそのお茶会でお友達《ともだち》を見つけて一緒《いっしょ》に受ける授業を決めたり、お目当ての令息の選択《せんたく》した授業の情報を交換《こうかん》したりするようだ。

それもまた面倒《めんどう》な話で、授業なんか自分が受けたいので決めれば良いのにとは思ったが、これはエマの感覚だ。

前世でも特に女の子は誰《だれ》かと一緒であることに重きを置いていたような記憶《きおく》がある。

中学の時なんかは、トイレまで一緒が当たり前だった。

面倒でも、空気を読んで、和を乱さず、何よりも仲間はずれが怖《こわ》かった。

今はその恐怖《きょうふ》が全くない。

港《みなと》の記憶を持っていてもエマはエマ。

エマはエマだけど港でもある……が、転生で生まれ【変わる】とは、前と全く同じ人間になることではないのだ。

この世界を新しく生きる事なのだとエマは改めて実感するのだった。


不意に、ガチャっと扉《とびら》が開く音がした。

え？　……ノックは⁉

反射的に三兄弟は臣下の礼をとるが、気配がお構いなしにずんずん近付いて来た。

「エマちゃんっ！　久しぶり！」

突然《とつぜん》、むにっと柔《やわ》らかいものがエマの顔に押《お》し付けられ、いい匂《にお》いと共にぎゅうとハグされる。

……この至高の柔らかさ、究極の弾力《だんりょく》はエマの知る限りひとつしかない。

ぷはっと幸せな窒息《ちっそく》から逃《に》げるように顔を上げて、王都で一番会いたかった人物に答える。

「ローちゃん！　久しぶり！」

ベール越《ご》しでも、輝《かがや》くような美しい側妃《そくひ》ローズ・アリシア・ロイヤルの笑顔《えがお》が見えた。

「エマちゃーん！」

続いてヤドヴィガ姫《ひめ》が抱《だ》きついて来た。

「姫様もお久しぶりです！」

少し大きくなったヤドヴィガ姫が嬉《うれ》しそうに、にっこり笑う。

隣《となり》でウィリアムがスッと手を広げてヤドヴィガが抱きついて来るのを待っていたが、エマは冷たい視線だけを送り、そっとヤドヴィガをウィリアムから遠ざける。

「エマちゃん！　やっと会えたわね！」

ローズがエマの被《かぶ》っているベールをさらっと撫《な》でて気遣《きづか》うように尋《たず》ねる。

「手紙ではすっかり元気になったって書いてあったけど、傷の具合はどう？　痛くなったりしない？」

傷を心配するローズの言葉に両隣《どなり》のゲオルグとウィリアムの体がピクッと動いた。

一年前にスライムによって負ったエマの傷は、もう本当に全くもって問題なく元気なのだが、傷《きず》痕《あと》を見てたじろぐ人に会う度に兄も弟も毎回身構えるようになった。

エマが男だったら、顔の傷は勲章《くんしょう》みたいなもので武勇伝を語る時のスパイスとなっただろうが、女の子の顔の傷は本人よりも周りの動揺《どうよう》が大きかった。

この一年、家族は無駄《むだ》に優《やさ》しいし、気持ち悪いくらい過保護だった。

二人は傷を負った現場にいたために、それがより顕著《けんちょ》に出ていた。

エマの怪我《けが》は魔物《まもの》災害で出現したスライムに因《よ》るもので、その脅威《きょうい》をよく分かっているスチュワート一族も責めることはなかったのに。

ゲオルグは守れなかった、ウィリアムは何もできなかったとでも思って勝手に責任を感じているのだろう。

逆に、責めて、怒《おこ》られて、罰《ばつ》があれば幾分《いくぶん》気持ちが楽になったのかもしれない。

何度もこの傷痕は自業自得《じごう》だし、むしろ気に入ってるからと言っても二人の態度はぎこちないままだった。

今日、傷痕を隠《かく》すベールを被っているのはそんなぎこちない二人のためだったが、そろそろエマの我慢《がまん》も限界だ。

いつまでもお姫様扱《あつか》いはむずむずするし、居たたまれない。

王都生活をずっとベールで過ごすのはちょっと邪魔《じゃま》くさいし、できるなら見る側に慣れてもらった方がこっちとしても楽だ。

エマは被っているベールをあっさり外して、ローズに傷痕を晒《さら》す。

ごちゃごちゃ考えたが何よりも、この紫《むらさきいろ》色の傷痕をローズに見せびらかしたい欲が勝った。

このおしゃれなクモの巣は本当にお気に入りなのだ。

「はい。痛みもありませんし、日常生活では全く問題ありません！　あっ……ただ……」

ローズに答えながら、エマはふっと姑息《こそく》な……じゃなくて良い手を思い付く。

そっと一番傷の酷《ひど》かった右側の腕《うで》に視線を落とし、無理やり笑顔を作った風に口角だけを上げる。

「ダンスとか……は……無理ですけど」

それを聞いたゲオルグとウィリアムは、ばっと勢いよくエマを見る。

(こいつ、やりやがった！　お前もう、めっちゃ元気じゃんか！)

(ずっる！　姉様っそれ、ずっる！)

声には出さないがしっかり二人の顔に書いてある。

そんな兄弟の表情には気付かずに、ローズはエマの露出の少ないドレスで隠している右腕を見る。

「まあ、そうなのね……だから、みんな踊《おど》らずに一緒にバルコニーにいたのね。ゲオルグ君もウィリアム君も優しいのね」

ローズは踊れないエマを気遣い、ダンスが見えないバルコニーで兄弟は一緒に時間を潰《つぶ》していたと、勘違《かんちが》いしたようだった。

ローズの言葉にゲオルグとウィリアムは、揃《そろ》ってはっとした表情になった。

兄と弟は目配せで瞬時《しゅんじ》に意思疎通《そつう》を図《はか》り、顔を上げ背筋を伸《の》ばした。

「いえ、ローズ様。自分は兄として当たり前のことをしただけです！」

「そうです。僕達は姉様を一人にはさせません！」

キリッとでも聞こえそうなくらい清々《すがすが》しく二人はローズの勘違いに乗っかった。

これが後に語り継《つ》がれる【三兄弟ダンスしない同盟】が誕生した瞬間であった。

パーティー会場に入って早々に一人にしたことは黙《だま》っていてあげよう。

思惑《おもわく》通り、事が進んだエマはにやりと満足そうに笑う。

こんな傷痕なんかに遠慮《えんりょ》せず、今日みたいに上手《うま》いこと、面白《おもしろ》おかしく使っていけば二人も負い目を感じなくて済むだろう。

もう、大事にされ過ぎるのも飽《あ》きた。

過保護は父だけでお腹《なか》いっぱいというか、定員オーバーというか、満員御礼《おんれい》なのだ。

美しい眉間《みけん》を寄せてローズがエマの右頬《みぎほお》を撫でる。

温泉で触《さわ》られた時のような滑《なめ》らかな感触《かんしょく》ではなくなってしまったが、あの爛《ただ》れた皮膚《ひふ》が再生しているだけで気後《きおく》れしないですむ。

「ローちゃん！　この傷痕、クモの巣みたいでしょう？」

お気に入りポイントを見せて自慢《じまん》気に笑うとローズも気付いたように、傷痕を確認《かくにん》する。

「本当ね。しかもこの紫《むらさき》はスチュワート家の色だわ」

紫も色々あるが、エマの傷痕の紫は父や兄弟達の瞳《ひとみ》の色とよく似ていた。

エマだけ遺伝しなかった瞳の色は、偶然《ぐうぜん》にも右頬に刻まれたのだ。

さすがローズ様は見るところが違う。

ゲオルグとウィリアムなんかは、初めて気付いたような顔をしている。

じっくり、しっかり冷静に見ることができなかったのだろう。

コンコンと控《ひか》えめなノックが聞こえる。

「陛下とエドワードかしら？」

ローズの言葉に三兄弟は急いで臣下の礼を執《と》る。

ゆったりと、優雅《ゆうが》な動きでエマの隣でローズも臣下の礼を執ったと同時に扉が開いた。


「陛下、スチュワート家の三兄弟でございます」

ローズが紹介《しょうかい》してくれたので、ゲオルグから順に名乗る。

「長男のゲオルグ・スチュワートでございます」

「次男のウィリアム・スチュワートでございます」

「長女のエマ・スチュワートでございます」

未《いま》だ礼のままの姿勢のエマの顎《あご》に、すっと国王の手が伸びて俯《うつむ》いていた顔をくいっと上げられる。

目の前に、屈強《くっきょう》な男性の顔が現れる。

エマの顎に手を当てたまま、じっくり顔を覗《のぞ》き込《こ》んでくる。

「……あの……陛下？」

エマが顎クイのまま、たまらず話しかけると目の前の男が豪快《ごうかい》に笑う。

「エマ・スチュワート！　可愛《かわい》いなっ！　私があと十年若かったら、口説いていたぞ！」

「へっ陛下‼　なんてことを仰《おっしゃ》いますか‼」

国王陛下の後ろに控えていたらしいエドワード王子が、焦《あせ》った声を出す。

「いや、息子《むすこ》の恋敵《こいがたき》になるというのも面白いか……」

「へっ陛下！」

いつも冷静な、すまし顔の王子が慌《あわ》てる姿を面白がって国王が軽口を叩《たた》く。

国王と王子のエマを巡《めぐ》る攻防《こうぼう》にゲオルグとウィリアムが引き攣《つ》った笑顔を何とか保ちつつ耐《た》えている。

「なんで姉様っていつもこう……。あと我が国の国王陛下……ノリ軽過ぎませんか……？」

「ウィリアム……我慢だ。さすがに陛下にツッコミはリスクがでかい」


ひとしきり王子をからかった後、ゲオルグとウィリアムにも声をかける国王の姿をエマは眼福の極《きわ》みだとウットリと眺《なが》めていた。

「エマ！　さっき陛下が言ったことは、あのっ……エマ？」

王子がエマに弁明しようと話しかけるも、そこで初めてエマの頰《ほお》の傷痕が目に入る。

紫色の傷痕は深く、何もできなかったあの時の悔《くや》しさが込み上げる。

それでも、ここまで綺麗《きれい》に治っているとは思っていなかった。

「エマ……？」

あまりじっくり見るのも失礼か、と思ったが声をかけたのにエマの反応がない。

ぽーと一心に見つめる先は…………陛下？

「…………っかっこいい……」

エマの小さな呟《つぶや》きは、王子だけにしっかり聞こえてしまった。


前世を思い出す前、エマにとって大事なものは家族と虫の二つだけだった。

年齢《ねんれい》的なこともあるが、異性など意識することもなければ興味もない。

前世の港は顔は地味だったが、その割にはモテた。

おじさん限定で、ではあるが絶大なる人気を誇《ほこ》っていた。

職場では、社長も専務も部長も課長も港を見つけると目尻《めじり》を下げて絡《から》んでくる。

老眼と共に田中港は可愛く見えるのか？　などと社内でまことしやかに噂《うわさ》され【おじさんホイホイ】という二つ名まで付けられていた。

そうなってくると付き合う男性はほぼ年上。

周囲からは重度の枯《か》れ専扱いである。

弟はロリコン、姉は枯れ専。田中家はいつだって残念だ。


今、目の前にいるシャルル・コンスタンティン・ロイヤル陛下の年齢は、四十八歳《さい》。

港の枯れ専サー（港のおじさん鑑定《かんてい》能力）が警報を鳴らす。

鍛《きた》え上げられた屈強な体。

清潔感すらある整えられた髭《ひげ》。

黒髪《くろかみ》に混じる白髪《しらが》（ロマンスグレーまであと十年ちょっと？）。

豪快に笑った時にできる目尻の皺《しわ》。

低いのによく通る渋《しぶ》い声。

国王陛下は港が鑑定してきた、どのおじさんよりも格好《かっこう》良かった。

美形揃《ぞろ》いの異世界に「ありがとう」と心の中で叫《さけ》ぶ。

さすがは国王陛下、ローズ様のお相手として申し分ないイケオジだ。

ローズ様と並べば、美女センサーも作動し、警報音が二倍鳴り響《ひび》く。

本当に感謝しかない。両の目が喜んでいる。眼福である。

油断すると手を合わせて拝んでしまいそうだ。

「エマ？　今、かっこいいって言っていたのは……陛下のことか？」

無意識に心の声が出ていたのか、王子に小声で尋ねられた。

王子を見上げれば、少し困った表情をしている。

真面目《まじめ》な王子は、国王の軽口を真に受けてエマが義理の母になるのではと気を揉《も》んでいるのかもしれない。

友達の子供も何人かは中学生だし、港が二十歳《はたち》くらいで子供を産んでいれば、エドワード王子くらいの息子がいてもおかしくない年齢ではあるのだが。

「殿下《でんか》、聞こえてしまいましたか？　皆《みな》には内緒《ないしょ》にして下さいね……恥《は》ずかしいので」

馬鹿《ばか》みたいなことを考えてしまったと、顔が熱くなる。

そもそも前世では子供どころか、結婚《けっこん》すら辿り着けなかった。

今思えば、恋愛《れんあい》は港には面倒で疲《つか》れるものでしかなかった。

デートやらなんやらでお金はかかるし、せっかくの休日もだらだらできないし、お金かかるし、泊《と》まりに来られようものなら家事が増えるし、あとお金かかるし。

相手のお世話を頑張《がんば》れるのはせいぜい半年、それも年をとるごとに面倒臭《めんどうくさ》さは増す。

心の平穏《へいおん》のためには一人の方がよっぽど良いのだ。楽だし。


「エマちゃん、座《すわ》ってお話ししましょう？」

過去の面倒な恋愛をついでに思い出してしまい、憂鬱《ゆううつ》になりかけたところで、ローズから声がかかる。

「はい、ローズ様！」

国王陛下、ローズ、王子とヤドヴィガ姫が座るのを待って、三兄弟も並んでソファーに腰《こし》を下ろす。

「わざわざ呼んだのは、礼を言いたくてね」

ふっと息を吐《は》いてから、国王が大層なイケボで話し始める。

この声……録音したい。

「一年前、ローズや子供達が世話になったと聞いたよ。王都に帰って来てからはスチュワート家の話ばかりするんだ」

目を細めて思い出すように笑う国王……イケオジ感が凄《すご》い。

その表情、最高です。帰ったら絶対、肖像画《しょうぞうが》描《か》こう。

新たなる推《お》しの供給、ありがとうございますとエマの顔がニタニタと緩《ゆる》む。

「いえ、お世話になったのは我々の方です。ローズ様には何度もバレリー領のお屋敷《やしき》にも招待して頂きましたし」

ゲオルグの返答にエマも、ウィリアムもこくこくと頷《うなず》く。

一年前は初対面だというのにローズの美しさに魅《み》せられて、ぐいぐい本能の赴《おもむ》くまま話しかけてしまった。

田舎《いなか》領主の子供がおいそれと話せるようなお方ではないのに、ローズは優しく会話に付き合ってくれたのだ。

「それに、ローズに特別に高価なドレスを何着もプレゼントしてもらったし……。今日着ている赤いドレスもそうだろう？」

今夜のローズは、ゲオルグ一押しの赤いドレスを着ていた。

深いスリットが入っていて美脚《びきゃく》が眩《まぶ》しい。

「美しいローズ様を飾《かざ》るのはスチュワート家の喜びです」

ウィリアムが即座《そくざ》に当たり前のように答える。

ドレスは作りたいから作っただけで、今日のような正式なパーティーに着てもらえて、その姿を拝めるだけで自分達にとっては、ご褒美《ほうび》だ。

「それに、バレリー領での局地的結界ハザード」

国王がエマを見る。

イケボのイケオジに見つめられ、エマは幸せを噛《か》み締《し》める。

「エマちゃんには酷い傷を負わせることになったが、スライムという国を滅《ほろ》ぼしかねない凶悪《きょうあく》な魔物を君たち三人が命懸《いのちが》けで対処してくれたことには、国王として礼を言わせてもらう」

そう言って、この国で誰よりも高いところにないといけない国王の頭が、下げられる。

国民を、ローズを、子供達を守ってくれてありがとうと三兄弟に深々と礼を言う。

隣のローズも王子も姫も、国王に倣《なら》い頭を下げる。

「そっそんな！　とんでもないです、辺境生まれの領主の子として当然のことをしただけですからっ！」

「お、畏《おそ》れ多い事でございます！　頭を上げてください陛下！　ローズ様も！　殿下も！　姫様まで！」

ゲオルグとウィリアムが、国王のしっかり下げた頭を上げようと慌てふためいている間、エマは国王の頭頂部から後頭部にかけてのハゲチェックを密《ひそ》かに敢行《かんこう》したが、今のところハゲる兆候は見られなかった。

むしろ国王は、ハゲても問答無用でかっこいい……。

国王は、ぐわっと頭を上げ悪戯《いたずら》っぽくニカッと笑った。

渋い見た目に少年のような笑顔、いただきました……萌《も》える。

「何か褒賞《ほうしょう》を与《あた》えようと、スチュワート伯爵《はくしゃく》にも手紙を出したのだが……断られてしまってな……」

国王の【褒賞】という不穏《ふおん》な言葉に三兄弟は、数か月前の第三回田中家家族会議が脳裏《のうり》をよぎった。

◆　◆　◆

【エマの小屋】にて父、レオナルドが震《ふる》えていた。

「どうしよう。国王陛下から手紙が……」

手に持った手紙には漆黒《しっこく》の封蝋《ふうろう》にロイヤルマークが押されている。

この国で黒の封蝋を使えるのは、国王陛下だけだ。

「にゃ?」

白猫《しろねこ》のチョーちゃんが、震えるレオナルドを心配しスンスンと手紙のにおいを嗅《か》いでいる。

「何か仕出かしたの?　お父様?」

未開封《みかいふう》の手紙を見て、エマが首を傾《かし》げ尋ねる。

「いやいや、うちで仕出かすのは姉様だけですからね!?」

ついこの間、死にかけたばかりの姉の言葉にウィリアムが呆《あき》れたように突《つ》っ込みを入れる。

「にゃんにゃ!」

ウィリアムのツッコミにコーメイさんが深々と頷いている。

未《いま》だに心配で猫達《ねこ》がエマから離れないので【エマの小屋】の小会議室は四匹《ひき》の巨大猫《きょだい》ですし詰《づ》め状態だった。

「取り敢《あ》えず、その手紙、中身を確認しましょう」

猫の隙間《すきま》を縫《ぬ》ってお茶を淹《い》れ終わったメルサが、レオナルドの震える手から手紙を取る。

「でもメルサ、それ……国王陛下からの手紙だよ？　日本だと、天皇陛下から手紙が来るようなものなんだよ？　見るのが畏れ多くて……」

レオナルドは白くてモフモフのチョーちゃんを撫でて不安を紛《まぎ》らわせている。

「それは、田中家だったら仏壇《ぶつだん》に置いて一回拝むね」

分かりやすいレオナルドのたとえにゲオルグがやっと事態を把握《はあく》する。

大事な事はまず仏壇に、ご先祖様に報告する。

と、言っても田中家の仏壇に置かれたのは、通知表とか、卒業証書とか合格通知とかその程度の物だけなのだが。

「スチュワート家は伯爵だし、貴族だから陛下からの手紙の一つや二つ……」

王都生まれのメルサは、公爵《こうしゃく》家の十二人兄弟の末っ子であった。

母にとっては、王からの手紙はそれほど驚《おどろ》く事態ではないらしい。

「メルサは、慣れているかもしれないけども……我が領は国王からの手紙に良い思い出がないんだよ」

以前、国王からの手紙が来たのは、没落《ぼつらく》したパソット、レングレンド領をまとめて治めるようにとの内容で、代替《だいが》わりしたばかりの貧乏《びんぼう》貴族には悪魔《あくま》の手紙でしかなかった。

王命は逆らえない上に、魔物の出現の多い領地が増えることはリスクしかない。

あれは完全なるトラウマ案件だった。

「では私が開けて差し上げます」

メルサは持っていた手紙をそのままあっさりと開封する。

「お母様、なんて書いてありますか？」

三毛猫《みけねこ》のリューちゃんの尻尾《しっぽ》を踏《ふ》まないように注意しながらウィリアムが母の側へ行き、手紙を覗き込む。

「……褒賞？」

国王からの手紙の内容は、局地的結界ハザードの対応に対するお褒《ほ》めの言葉と、褒賞の打診《だしん》であった。

「褒賞って何か貰《もら》えるってこと？」

良い話なのでは？　と王家や貴族に関して父は全くあてにならないのでゲオルグは母に尋ねる。

「んー多分、陞爵《しょうしゃく》じゃないかしら」

手紙の文字を追いながら母が答える。

「あー……しょうしゃくって何？」

レオナルドが、メルサに真顔で訊《き》いている。

ダメな……父である。

メルサはため息を吐いてからゲオルグを見る。

「ゲオルグ、教えてあげなさい」

「……いやぁ、分かりません……ウィリアム分かる？」

ウィリアムに助けを求める。

ダメな……兄である。

「陞爵は爵位《しゃくい》が功績によって上がる事ですよ、兄様……」

そう、手紙は王家が局地的結界ハザード収束に貢献《こうけん》したスチュワート家に褒賞を与えるという内容で、王家が与える褒賞とは、陞爵の場合が多い。

前世一番ダメだった平太《へいた》ことウィリアムは、どういう訳か三兄弟で一番賢《かしこ》い。

「……つまり、スチュワート侯爵《こうしゃく》になるってこと？」

爵位が上がると聞いても全く興味なさそうにコーメイさんにくるまるエマの問いに母が答える。

「もしくは、スチュワート公爵かもね。あのスライムを相手に命懸けで戦ったのだから」

メルサがエマの頬を撫でる。

この時はまだ、ヴァイオレットの糸が頬を覆《おお》っていた。

「んーと……それで、お母様、しょうしゃく？　するとどうなるのですか？」

いまいちピンと来てないゲオルグがまた、母に尋ねる。

メルサはこの長男の様子に王都に行くまでには、色々教えておかなければと心に誓《ちか》う。

間に合うかしら？　というか、どれも一回は教えた筈なのだけれど……。

子育ては、いつの世も根気がいるのよね、と半ば諦《あきら》めの境地に達している。

「そうね……まず、領地が増えるわね。納める税は増えるけど、王都で偉《えら》そうにできるわよ。縁談《えんだん》も増えるし、舞踏会《ぶとうかい》やお茶会なんかの社交の機会も増えるわね。もしも、公爵になったら新年やら収穫祭《しゅうかくさい》やら王族の誕生祭なんかにもお声がかかって、王城で貴族の中でも位の高い方たちとお近づきになれたり……」

思い付くまま話すごとに、目の前の家族の顔色が悪くなっていく。

「領地は……これ以上……いらないよ……？」

領地が増えれば、収入も増えるが、責任もトラブルも増える。

もともと三領をまとめて治めているレオナルドはブルブルと震えている。

「にゃーん……ゴロゴロゴロ……」

癒《い》やしを求め、チョーちゃんを撫でる手が止まらない。

「……縁談なんて、まだ、早いですから……」

ウィリアムがうんざりしている。

「舞踏会……武闘会《ぶとう》なら……」

ダンスは嫌《いや》だとゲオルグが頭を抱《かか》える。

「みゃ！」

武闘会と聞いてつまらなそうに寝《ね》ていた黒猫《くろねこ》のかんちゃんの耳がぴくっと動いた。

分かってはいたが……ダメだ、この男達……。

「お母様？　これは、罰ゲームか何かですか？　偉い貴族の人なんて礼儀《れいぎ》作法にうるさいでしょうし……そもそも祭は屋台のあるとこで楽しむものです」

屋台のない祭なんて肉が入ってない肉じゃがと同じだと、エマが頬を膨《ふく》らませる。

その頬をコーメイさんがザリザリ舐《な》めて慰《なぐさ》めている。

この日を境に、スチュワート一家にとって陞爵や褒賞といった言葉は、罰則《ばっそく》としか思えない恐《おそ》ろしい言葉として認識されてしまったのであった。


「はっお父様！　辺境領主が魔物対応するのは至極《しごく》当たり前の事です。褒賞をもらうような事ではありません！」

ウィリアムが父に入れ知恵《ぢえ》する。

「そうですよ！　局地的結界ハザード対策も辺境領主の仕事の一つなのですから、そもそもお礼なんて要《い》らないですよ！」

ゲオルグも加勢する。

「お父様、今のままが一番です。これ以上忙《いそが》しくなったら、猫と遊んだり、虫を観察したり、ローズ様のドレスが作れなくなってしまいます」

エマも遊びたいがために必死になしの方向で！　と父を説得する。

「あんたたち……」

メルサが兄弟の結束に閉口している間にレオナルドが結論を出す。

答えは決まっていた。

「褒賞は辞退しよう！　我々は当たり前の事をしたまで、褒賞には値《あたい》しないと、そうしよう！」

こうして、第三回田中家家族会議により、国王からの褒賞は辞退すると手紙に認《したた》めたのだった。

◆　◆　◆

「君たちから伯爵に、褒賞を受けるように言ってみてくれないかな？」

功績は称《たた》えられるべきだと国王は思っている。

近年ここまで国に貢献した者などいない。

三兄弟の説得があれば、もしかしたらスチュワート伯爵も折れるのではないかと考えたのだ。

だが、面倒事からは逃《のが》れたい三兄弟の結束は固い。

「陛下、先程《さきほど》も申しました通り、褒賞を頂くわけには参りません」

「私達は、与えられた仕事をしただけなのです」

「何度父に申しても答えは同じだと思います」

三兄弟は口々に、褒賞は受け取れないと断固拒否《きよひ》する。

それは国王の知っている貴族では、まず有り得ない答えであった。

貴族とは見栄《みえ》を張る生き物で、こんなチャンスを逃すようなことを言う筈がないのだ。

スチュワート伯爵だけでなく、子供達ですら謙虚《けんきよ》で全く欲がないのだ。

ならば、せめて……と。

「じゃあ、エマちゃんエドワードと婚約《こんやく》する？」

息子の気持ちなんて、分かりきっているし、王族と婚姻《こんいん》関係を結ぶことでスチュワート伯爵家に褒賞と同じくらいの利が舞《ま》い込むことになるだろう。

これは我ながら良いことを思い付いた……と国王は満足げに笑った。


「いえ、結構です」

即答《そくとう》した。

考える前に口が勝手に、国王の言葉に間髪《かんはつ》を容《い》れずにエマは断っていた。

「エ、エマ！」

「ちょっ、姉様……！」

国王陛下の発言にも驚いたが即行で断ってしまうエマにゲオルグとウィリアムが不敬罪で捕《つか》まったらどうするんだと肝《きも》を冷やす。

………あと、普通《ふつう》に王子が気の毒過ぎる。


前世の面倒な恋愛を思い出した後だったせいか、エマは反射的に答えてしまった。

答えたあとで、相手が国王陛下だったと思い出す。

あ……怒られたらどうしよう……。

言葉を包むオブラートはどこで買えるの？

おずおずと陛下を見ると、婚約ですらも断られると思っていなかったのか、きょとんとした表情をしていた。

怒っている様子ではなさそうなので一安心……だろうか？

「あー……えー……んー……」

国王はエマの予想外の返答に気まずそうに、ガリガリと頭を掻《か》きながら言葉を探す。

良かれと思って言ったことが完全に裏目に出てしまった。

ローズの隣に座っている王子《むすこ》から、絶望としか言い表せない空気が漂《ただよ》ってきて、見るのが怖い。

まさか、一国の王子との婚約を断る貴族の令嬢がいるなんて、誰が思うだろうか。

「陛下！　陛下にはデリカシーが欠けております。急に婚約だなんて……エマちゃんだって困ってしまいますわ」

ローズはエマをフォローしつつ、王子の背中を撫でて気をしっかりと持てと励《はげ》ました。

「あっあの……陛下……王子の婚約ともなると国の大事、いつも、いつも、ええ、それはそれは毎日のように言っておりますが、思い付きを直《す》ぐにお言葉にされるのはいかがかと……」

部屋の隅《すみ》で控えていた秘書官が苦渋《くじゅう》に満ちた顔で注意している。

第二王子の婚約なんて王家存続や国の外交にまで関わる重要事項《じこう》なのだから無理もない。

この国王の秘書官を務めるのは、大変そうだ。

「エマは……私では、ダメなのか……」

暗い声でエドワード王子が小さく呟く。

国王《ちちおや》の思いつきで振《ふ》られるなんてあんまりだ。

エマには誰か想《おも》う相手がいる……ということだろうか？

自分ではない、別の誰かが。

その可能性に気付いた時、エマの肩に掛けられた男物のジャケットの存在が妙《みょう》に気になり始める。

ゲオルグとウィリアムはジャケットをしっかり着ているので二人のものではない。

ならエマは一体誰のジャケットを羽織っているんだ？

どこからどう見ても男物ではないか。

モヤモヤと王子は頭を悩《なや》ませる。


エマは何とか貴族令嬢としての体裁《ていさい》を守ろうと言い訳や挽回《ばんかい》を試みては、国王のイケオジっぷりが最高過ぎて、ついうっとり見惚《みと》れてを繰《く》り返していた。

あ、危ない、ここは自重して会話に集中しなくては……と気合で視界から国王《イケオジ》を無理やり引きはがすように視線を下へと移動し、一応謝罪の言葉も添《そ》えておく。

「陛下、婚約を断る無礼をお許し下さい。殿下が……ではなく、私は誰とも結婚する気はないのです」

一国の王子との婚約を断るなんて普通は有り得ないが、港の記憶もエマの性格も結婚を求めていないのだ。

母には悪いが今世も孫は厳しいと思う。

まあ、非常識な虫好き令嬢と婚約なんて、王子の方もとんだとばっちりだと思っただろう。

エドワード殿下、何だか急にテンションが下がっているみたいだし……申し訳ない。

バレリー領で過ごした時も、王子はゲオルグやウィリアムとは打ち解けていたみたいだが、コミュ力の低い自分とは会話もあまり弾《はず》むことはなかったと記憶している。

王子の婚約相手は、もっと相応《ふさわ》しいちゃんとした令嬢を選ぶべきだ。

珍《めずら》しくエマが自重し、取り繕《つくろ》った言葉は本人の意図しないところで、うっかり国王に大きな衝撃《しょうげき》を与えていた。

イケオジ対策にやや不自然に視線を伏《ふ》せたエマの姿は、王の目に儚《はかな》く、悲しげに、何故《なぜ》か映っていた。

「……誰……とも……!?」

国王は何故かうっかり知らぬ間に、勝手に自らの失言を猛省《もうせい》し始める。

……局地的結界ハザード関連の報告書によれば、エマちゃんの傷痕は、今見えている右の頬だけではなく、右側の上半身に広範囲《こうはんい》に亘《わた》って残っているのではなかったか。

医者の見立てによると、時間が経《た》てば消えるような傷でもなく、体の成長に沿って傷痕も大きくなる可能性が高いのだと。

それが、どれほどの苦しみなのか。

ローズの言う通り、私はなんてデリカシーのないことを言ってしまったのだろう。

婚約なんて、結婚なんて男に体の傷痕を晒せと強制しているようなものではないか!?

ただでさえ、王子《むすこ》を夢中にさせる程の美貌《びぼう》を誇っていた少女が、顔にも、体にも消えぬ傷を負い、辛《つら》くない訳がない。

苦しまない訳が……ない。

一年で、体は動けるように回復したかもしれない。

だが、傷ついた心はそんなに早くは治らない。

治る訳がない……治ってたまるか！

それなのに、そんな状態でこの少女は、周囲に心配かけまいと、必死で元気な振りをして、無理に明るい笑顔をつくって……なんて……なんて……健気《けなげ》……!!

傷痕を隠すように顔を伏せた（と思っている）エマの姿に国王はとうとう涙《なみだ》を堪《こら》えることができなくなった。

ぐすっ

「「へっ陛下!?」」

突然涙ぐむ国王にゲオルグとウィリアムが驚き、慌てる。

……どっ……どうした国王⁉

国王はそっとエマの手を取り、辛かったね、大変だったね、もう頑張らなくて良いんだよ？　何でも相談しなさい、私が力になろう、等々話しかけては大粒《おおつぶ》の涙をボロボロと流している。

ついさっきまで、面白がりながら軽口を叩いていた筈の国王の変貌《へんぼう》に、意味が分からず誰も何も口を出せない。

え？　本当にどうした⁉　……国王⁉　……大丈夫《だいじょうぶ》か？

……国王はすっかりエマの味方になっていた。

そう、この世界でも禁断の【おじさんホイホイ】がちゃっかり発動していたのだ。

当のエマは国王に手を握《にぎ》られ、ご満悦《まんえつ》の表情だ。

これでもかとかけられる労《ねぎら》いの言葉を右から左にスルーして、じっくりしっかりとイケオジ観察に勤《いそ》しむ。

エマの脳内スクショの連射のシャッター音が止まらない。

何故か急に涙ぐむイケオジ最高！　……貴重画像もう、本当にありがとうございます。

突然号泣《ごうきゅう》し始める国王に、呆れ顔のローズがハンカチを差し出し、それを受け取るためにやっと、エマの握られた手が離れた。

その横で、誰よりも今泣きたいのは自分だと、王子は静かに怒っていた。

やっと、やっとエマに会えたのに。

王都で再会したら……学園生活は……と色々考えて指折り会える日を待ちわびていたのに、これでは国王のせいで全部ぶち壊《こわ》しだ。

しかも、どさくさに紛れて国王は、エマの手まで握っていた。

何故か微妙《びみよう》にエマが嬉しそうなのも含めて腹立たしい。

自分とは婚約したくないという意味でなかったようで少しばかり安堵《あんど》したが、あと数年もすれば誰もエマを放《ほう》っておかないことは目に見えていた。

奥《おく》ゆかしいエマは傷痕を引け目に感じて結婚できないなんて思っているかもしれないが、傷痕なんてなんの障害にもならない。

今日の洗礼騒動《そうどう》でも顔が見えていない状態でもライバルが量産されたようだし……。

うーんと王子は頭を抱える。

今後、エマの笑顔を見た日には王都中の令息が彼女《かのじよ》を好きになるだろう。

だが、エマに想う相手がいないのならば、ライバルが百人、千人現れたとて負けるつもりはない。

傷ついたエマの心を癒やすのは、自分でありたい。

消えかけていた王子の心の炎《ほのお》は、再び勢いを取り戻した。

王子の決心とは裏腹に婚約話はぬるっとお流れになりそうな様子を見て、空気の読めるヤドヴィガが良いアイデアがあるわと、口を開く。

「だったら、私がゲオルグ様とコンヤクし……」

「ヤドヴィガはダメ！！！」

国王が被《かぶ》せ気味に声を上げる。

「ヤドヴィはお嫁《よめ》にはやらない。ヤドヴィはお嫁にはやらないよ！　わかっているよね？　ゲオルグ君？」

目の端《はし》に拭《ぬぐ》いきれなかった涙を光らせながら、国王が必死の形相でゲオルグを睨《にら》む。

国王のあまりの勢いにゲオルグは声も出ず、何度も大きく首を縦に振る。

「ごめんなさいね、ゲオルグ君。陛下……娘《むすめ》には……ちょっと……ね？」

ローズが国王を宥《なだ》めながらゲオルグに謝《あやま》る。

「いっいえ……うちの父も大概《たいがい》アレなので、分かります。だっ大丈夫です」

スチュワート家でもよくある光景だが、さすがに国王に睨まれるとビビる。

「ちょっ！　なんでそこで、ゲオルグ兄様⁉　年の近さなら、普通僕でしょ⁉」

兄のピンチを心配するでもなく、ウィリアムが声を上げる。

そこのロリコンちょっと黙って？　とウィリアムだけに聞こえるようにエマは弟を窘《たしな》めるも、自分は涙目で睨むイケオジを堪能《たんのう》する。

ロリな幼女はおさわりNGなのに、イケオジはさわり、さわられ放題……。

なんて理不尽《りふじん》なんだとウィリアムは世界の理《ことわり》に嘆《なげ》いている。

どっちもどっちの、残念な姉と弟であった。

「まあ……婚約の話は急ぐことはないから、頭の片隅《かたすみ》に置いておいてくれるかい？」

エマには心の癒《い》える時間が必要……と勝手に解釈《かいしゃく》した国王が、含みを持たせつつ話を切り上げる。

ヤドヴィガの発言はなかったことにされた。

そこへ、忙《せわ》しなくノックが聞こえる。

秘書官が咎《とが》めるように顔を曇《くも》らせ部屋を出るが、直ぐに戻ってきて国王に耳打ちする。

「陛下、火急の報告がございます」

秘書官の表情は硬《かた》い。

国王への火急の報告を聞くわけにはいかないので、三兄弟は席を外すことになった。


パーティーの広間へと、再び案内され、ヨシュアを見つけ合流する。

「ヨシュア、ジャケットありがとう！　って……なんだか騒《さわ》がしいね？　何かあったの？」

広間の招待客は、ざわざわと興奮を隠せない様子で、エマ達が入って来たのとは別の扉を見たり、指差したりしている。

「陛下にエマ様達が呼ばれて広間を出た後に、入れ替《か》わりのように一人の令嬢が現れたのですが、なんとその令嬢、瞳の色が黒だったのです。さすがに騒ぎが大きくなったので令嬢は王城の者に連れられ退室しましたが……」

「え？　目の色が黒いだけで騒ぎが起きるの？」

三兄弟が揃って首を傾《かたむ》けるのでヨシュアは丁寧《ていねい》に説明してくれる。

「瞳の色が黒ということは、少なからず王族の血が入っていると思われます。しかし、誰もその令嬢のことを知っている者がいないのです」

王族スキャンダル……ということらしい。

この国では黒い目だけでも珍しいのだった。

元日本人の三兄弟には共有できない感覚で、周りの貴族達と同じ反応ができない。

「その令嬢、髪《かみ》の色は黒とは言い難《がた》いですが、黒に近い茶色の髪で、血は濃《こ》いようですので、王か、王の兄であるカイン様の御落胤《ごらくいん》ではないかと言う者すら出てきています」

国王への火急の報告はこの令嬢と関係がありそうだ。

王妃《おうひ》やローズ様を差し置いて、国王が外で子供を作ったとは考えにくい……でも……イケオジ、だもんな……。

そもそもカイン様はクーデターを起こした後、どうしているのだろう？

地方の領地には箝口令《かんこうれい》が敷《し》かれ、クーデター自体なかったことにされているようだし、王都では表向きは軍隊の模擬《もぎ》訓練という扱いになっているとアーバン叔父《おじ》様が教えてくれた。

大分苦しい言い訳だと思うのはエマだけだろうか？

まあ、何にせよ自分には関係ないかと他人事《ひとごと》と思って深くは考えなかった。

それが、思いっきり見過ごせない案件だと気付くのは、もう少し先の話。

誰もが忘れた頃《ころ》に、その令嬢は特大の衝撃と共に再び現れることになる。

第三十一話　最初の授業。

スチュワート家の朝はとにかく早い。

何故《なぜ》ならば、愛する猫達《ねこたち》に起こされるから。

明け方の我《わ》が家の猫のテンションは異常に高いのだ。

起きてにゃ、遊んでにゃ、ご飯頂戴《ちょうだい》にゃとニャーニャー騒《さわ》いで家族が根負けして起きるまでしつこくせがむ。

起こし方も四匹《ひき》四様、コーメイさんはエマの頬《ほお》をザリザリ舐《な》め、リューちゃんはウィリアムの鼻と口を肉球で塞《ふさ》ぎ、かんちゃんは寝《ね》ているゲオルグを庭まで咥《くわ》えて走り回り、チョーちゃんはレオナルドの上に乗ってふみふみする。

王都へ来たのは学園に通うためなので、猫と一緒《いっしょ》に遊べる時間はその分削《けず》られてしまう。

猫と過ごす時間ができるなら早起きするのがスチュワート家……というより、物理的に大きくなった猫達には勝てない。

レオナルドの肋骨《ろっこつ》は毎朝のふみふみに悲鳴を上げていた。

「……メルサ、これうつ伏《ぶ》せで寝れば肋骨折れなくてすむかな？」

「あなた、うつ伏せだと背骨が折れるのでは？」

「……早起きするか」

いつも同じ時間に起こされて猫達と思い思いに戯《たわむ》れた後は、すっかり目が覚めてしまうので、エマとウィリアムは蚕や大量の虫の世話を、レオナルドとゲオルグは魔物《まもの》狩《が》りの鍛錬《たんれん》を、メルサはお茶会や夜会の招待状のチェックと、それぞれ朝食前の日課となっている。

制服に着替《きか》えた三兄弟が屋敷《やしき》を出る時は両親、猫総出で見送りしてくれるようになった。

「エマの制服姿は世界一だ」

ほくほく顔でレオナルドが見惚《みと》れている。

「……あなた、またやりましたね？」

学園の制服は中に各家の色を配し、スカートやズボンの丈《たけ》を選べたりと前世よりも自由度が高いので、夜中にレオナルドが手を加えてはメルサに怒《おこ》られていた。

「ふふふ、みんな今日もお見送りありがとう。行ってくるね！」

「にゃ！」

「にゃーん！」

「うにゃ！」

「にゃん！」

四匹の猫達は三兄弟を見送った後、お気に入りの場所でひと眠《ねむ》りする。

自由かつ気まま、それが猫なのだ。

学園が始まってからの一週間は午前中のみの登校だった。

百種類を優に超《こ》える授業の概要《がいよう》と、それを受講するための条件、時間割の選択《せんたく》、学年末テストの合格可否についての説明等々、授業を受けるための準備をする期間として設けられている。

そして、やっと今日から授業が始まるのだ。

初年度は三兄弟で同じ授業を受けるように、と母から助言があったのでゲオルグとウィリアムは全部同じ時間割で一年を過ごす。

学園は入学する年齢《ねんれい》の規定はなく、単位を取れば卒業できる。

男子は十五～六歳《さい》、女子は、十三歳～十六歳くらいから通い始めるのが多いらしい。

ウィリアムは十一歳だが、学力に不安のあるゲオルグを手伝うために同じタイミングで入学する。

魔物の出現するこの国では、魔物災害から領民を守るために、領地を継《つ》ぐ男児には厳しい卒業条件が伴《ともな》う。

それは【魔物学】、【狩人《かりゅうど》の実技】、【経済学】の三教科の合格。

スチュワート家を継ぐのは長男のゲオルグなので、なんとしても学園卒業資格が必要となる。

中でも魔物学は学園の数ある授業の中でも最難関といわれている。

現辺境の領主レオナルドも並々ならぬ努力とメルサの協力で、なんとかやっとのことでギリギリで合格できたのだった。

学園の授業は教科ごとに（初級）（中級）（上級）のランクがあり、治める領地によって求められる資格は違《ちが》う。

辺境のパレス領を継ぐためには、魔物学（上級）・狩人の実技（上級）・経済学（初級）。

王都近くの領を継ぐのなら、魔物学（初級）・狩人の実技（初級）・経済学（上級）。

といったように極端《きょくたん》に魔物が出現する領地の者の負担が大きい。


エマも兄弟と殆《ほとん》ど同じ授業を選択しているが、女子には必須《ひっす》科目はないので気楽なものだった。

令嬢《れいじょう》は礼儀《れいぎ》作法や社交ダンス、刺繍《ししゅう》等の授業を中心に学ぶのが一般《いっぱん》的で、男子の必須科目を女子が選択するのは珍《めずら》しく、エマは所謂《いわゆる》、工業高校の女子みたいになることが予想される。

ただ、狩人の実技だけは、怪我《けが》でもしたら大変……と父レオナルドが反対し、選択できなかった。

エマはうっかり、傷痕《きずあと》を言い訳にダンスから逃《に》げたことを失念しており、体を動かす授業を選択すれば嘘《うそ》がバレてしまうことを時間割を学園に提出した後で気付いた。

これに関しては反対した父に感謝しかない。

ゲオルグとウィリアムが狩人の実技を受けている間は、女の子が多い授業にしなさいと心配性に拍車《はくしゃ》がかかった母に言われたために、エマは怒られる可能性が低そうな刺繍の授業を選択した。

礼儀作法は母の小言でお腹《なか》いっぱいだし、ダンスは鬼門《きもん》……となると刺繍しかない。

そして、学園の記念すべき最初の授業は唯一《ゆいいつ》、兄弟と違う刺繍なのだった。

「姉様、僕《ぼく》たちが受ける狩人の実技の学舎はこっちなので」

「エマ、問題起こすなよ？」

似たような造りの学舎が点在する構内の分かれ道で、ゲオルグとウィリアムが立ち止まり、エマに向かって毎度お馴染《なじ》みの注意をする。

「お兄様、いつも言いますが私は毎回問題を起こしてはいないのです。問題が勝手に起こるのです」

前世の記憶《きおく》が戻《もど》る前も戻った後も、変わらず言われる注意にエマは納得《なっとく》のいかない顔で答える。

「エマさま、次の魔物学で会いましょう」

通学の途中《とちゅう》で合流し、ちゃっかりエマの隣《となり》を陣取《じんど》っていたヨシュアも名残惜《なごりお》しそうに別れを告げる。

授業初日は男子の必須科目である三教科からと決まっているらしく、魔物学のあとはランチ休憩《きゅうけい》を挟《はさ》んで経済学だ。

生徒達が面白《おもしろ》いように男女でエマ達のいる場所から二手に分かれていた。

必須科目が初日にあるのは迷って遅《おく》れないようにとの配慮《はいりょ》かもしれない。

一人での授業は少し心細いが、十数年ぶりの学校は少し楽しみでもあった。

エマも生徒達の流れに従い、兄弟とヨシュアにまたねと手を振《ふ》ってから軽い足取りで刺繍の授業がある学舎へと向かう。

学園では受講人数の多い授業は、それぞれ独立した学舎が建てられており、エマの受ける刺繍もその一つである。

一年目に受けることのできる刺繍の授業は初級のみで、二年目以降は初級のテストに合格していれば、中級、上級が選択できる。

とにかく一年目は、自分のレベルを見極《みきわ》めることが大事、自分の実力を把握《はあく》した上で二年目以降の授業を決める材料にするのだと母メルサに教えてもらった。

エマは迷うことなく刺繍の学舎を見つけ、初級の教室を入り口からそっと覗《のぞ》いてみる。

今年度初の授業だけに、みんな早めに登校したのか教室の席は殆ど埋《う》まっていた。

個々の勉強机ではなく、大きな作業机を六人が共用で使う配置になっており、早くも机ごとに女子グループが出来上がりつつあった。

そんな中に一人で教室に入るのは、多少勇気がいる。

これも入学前のお茶会不参加の弊害《へいがい》だ。

エマの寄り道のせいなので自業自得《じごう》だと観念するしかない。

それまでお喋《しゃべ》りに花を咲《さ》かせていた令嬢達が一斉《いっせい》にエマに注目する。

「ごらんになって？　多分あの方がスチュワート家のエマ様よ。ほら、先日のパーティーの……」

「まあ！　お顔に大きな傷が！　パーティーではベールで気付かなかったけれど……魔物に襲《おそ》われたという噂《うわさ》は本当だったのね」

「お顔に傷なんて、お気の毒……お可哀想《かわいそう》だわ」

ひそひそと声を落としてはいるが、聞こえなくない声量で令嬢達が言葉を交《か》わす。

王城のパーティーで目立った上に傷も隠《かく》さずにいるのだから、注目されてしまうのは仕方がない。

その中でも一際《ひときわ》目立つグループの、一番目立つ容姿の令嬢がエマに近付いて来た。

「スチュワート家のエマ様とお見受け致《いた》します。私、ランス公爵《こうしやく》家の長女、ライラ・ランスと申します。よろしければ、一緒に授業を受けませんこと？」

あちらの世界では、漫画《まんが》やアニメで見たことしかない見事な水色の髪《かみ》のライラ・ランス令嬢がにっこりと笑う。

エマより少し年上の令嬢の示す席を見れば、お洒落《しやれ》できらきら眩《まぶ》しい女子ばかりだった。

「あっはい、エマ・スチュワートと申します。ライラ様、せっかくのお誘《さそ》いですが……」

なるべく、こんな怖《こわ》そうなグループからは距離《きより》を置きたいとエマは逃げ腰《ごし》にぎこちなく笑う。

前世での学校生活から得た経験がそう告げるのだ。

あの席は教室内序列の頂点に君臨する一軍女子集団だろう。

自分の居場所はあそこじゃない。

ならば、どうしようかと教室を見回すとポカンと空きの目立つ作業机が一つ、目についた。

ほぼ埋まりかけている教室の席の中でわざとらしく避《さ》けられている。

そこに令嬢が一人、ポツンと座《すわ》っていた。

その令嬢の姿を見たエマは、ほっとしたように柔《やわ》らかく笑う。

「……私は、あちらの席にいたします」

エマはライラに軽く会釈《えしやく》してから、窓際の空きの目立つ席へと向かった。

「まあ、それは……残念ですわ」

と、ライラはまたにっこりと笑って答えるも、初めの笑顔《えがお》と比べ口の端《はし》が引きつっていた。

公爵令嬢の誘いを断る令嬢なんて聞いたことがない。

「あの……お隣、よろしいですか？　フランチェスカ様」

大きな作業机に一人ポツンと座っていたのは、パーティーで会ったフランチェスカ・デラクール侯爵《こうしやく》令嬢だった。

ずっと机を見つめるように俯《うつむ》いていたフランチェスカがエマの言葉に顔を上げ、驚《おどろ》く。

「エマ様⁉　……なぜ……？」

声が少し震《ふる》えている。

「私、王都に来たばかりだから、まだ女の子のお友達《ともだち》がフランチェスカ様しかいないのです。ご迷《めい》惑《わく》でなければ、ご一緒させて下さいませんか？」

そう言って、エマはフランチェスカの了承《りようしよう》を待たずにやや強引《ごういん》に隣に座ってしまう。

もし、断られたらあの一軍グループに行かなくてはならない。

エマは唯一のお友達がいる席を選んだと、周りに聞こえるように言うことでライラの誘いを断ったのも理由があると主張した。

エマの配慮虚《むな》しく、ひそひそ声が少し小さくなり、憐《あわ》れみから敵意剥《む》き出しの内容が混じり始めた。

「せっかく、ライラ様がお誘いしたのに断るなんてっ」

「しかも、あのフランチェスカ様の席よ」

「なに良い子ぶっているのかしら？」

小さな声で、誰《だれ》が言っているのかわからないのに、中身はしっかり聞こえるという高度な悪口がエマとフランチェスカに向けられている。

居た堪《たま》れなくなったフランチェスカは俯きかけるが、ふわふわの柔らかい笑顔でエマが周りを気にしない様子で話しかけてくる。

どれも語尾《ごび》に「？」を付けるので自然と答えてしまう。

「刺繍の授業で使う道具や材料は原則、持参ってなっていますけど、荷物が増えて大変ですよね？」

「そう……ですか？　まだ刺繍は少ない方ですよ。私は去年までダンスの授業を多く選択していましたので、ダンス用ドレス、靴《くつ》、汗《あせ》をかくので更《さら》に着替えが必要でしたから……ってエマ様、何が入っているんですか、その鞄《かばん》は⁉」

荷物が多いというエマの鞄は他の令嬢の倍以上の大きさで、思わず訊《き》き返してしまった。

今日の授業は、カフリンクスの飾《かざ》り部分の刺繍をするはずで、用意するのは針、糸、刺繍枠《わく》、カフリンクスの台座くらいだった筈《はず》である。

今日のフランチェスカの鞄なんてエマの鞄に二つは余裕《よゆう》で入りそうだ。

「え？　授業の持参品に書いてあったものだけですけど……」

可愛《かわい》らしく首を傾《かし》げるエマだが、大きな鞄の中に空きはそれほどなさそうに見える。

刺繍（初級）の、しかも最初の授業で一体何が鞄を膨《ふく》らませているのかと、フランチェスカもエマと同じ方向に首を傾げてしばし考えるも、謎《なぞ》は深まるだけだった。

「あのっ……お話し中にごめんなさい。こちらの席は空いていますか？」

声をかけられ振り向くと、同じ顔が二つ並んでいた。

「私は、キャサリン・シモンズ。この子は双子《ふたご》の妹のケイトリンです。二人で同じ机になる席がこしかなくて……」

銀髪《ぎんぱつ》と銀灰色の瞳《ひとみ》、肌《はだ》は綺麗《きれい》な小麦色。

年齢はエマと同じくらいだろうか、くりくりっとした大きな瞳が印象的で、髪形《かみがた》もお揃《そろ》いなのでぱっと見ただけでは見分けがつかない。

…………好き……可愛い。

話しかけてきた双子にエマはうっとり見とれてしまった。

港《みなと》が過去にプレイした主人公のアバターを作るタイプのゲームは、一貫《いっかん》して銀髪、褐色肌《かっしょく》であった。

要は憧《あこが》れの色味で、目の前にリアルに再現された銀髪&褐色肌の美少女にときめかない訳がない。

「勿論《もちろん》、空いてますよ。ご一緒しましょう、キャサリン様、ケイトリン様。私はエマ・スチュワートと申します。こちらはお友達のフランチェスカ・デラクール様です」

自己紹介《しょうかい》しつつ、エマは双子に席を勧《すす》める。

「ありがとうございます。私達、絶対に二人一緒が良かったから助かりましたわ。あら……エマ様！

お顔に大きな傷があるのですね！　どうなされたの？」

「キャサリン！！！　不躾《ぶしつけ》に訊《き》いては失礼よ‼　エマ様ごめんなさい、姉は本当に考えなしだから。それで、その傷、どうなさったの？」

双子の妹の方も興味津々《しんしん》といった目でエマの傷痕を見て遠慮《えんりょ》もなく尋《たず》ねる。

エマの好み関係なく客観的に見ても可愛い顔立ちの双子は少し無遠慮な面もあるが、そこがまた良い。

「ふふふ、お二人ともそっくりですね。この傷は……そうですね、若気の至りってやつですわ」

可愛いは正義と笑顔でエマは双子に答える。

双子は揃って同じ動きで胸に手を当てる。

「「エマさま！　笑うと殺人的に可愛いですわね！　私、キュンってなりました」」

双子だけに綺麗にハモる。

「あらケイトリン、私が先にキュンとしたのよ？」

「いいえキャサリン、私の方が先にキュンとしたわ！」

双子の登場でエマとフランチェスカの机は急に賑《にぎ》やかになった。

二人の遠慮のない勢いにフランチェスカはびっくりして声も出ないみたいだが、不快に感じてはいないようだった。

物怖《ものお》じしない双子と賑やかにお話ししていると、いつの間にか授業の開始時間に近付いていた。

生徒である令嬢達も皆各々《みなおのおの》席に座り、講師を待つ体勢になっている。

授業の始まりの鐘が鳴った、と同時に扉《とびら》が開く。

「まっ間に合った――――!」

勢い良く入ってきた人物を見た瞬間《しゅんかん》、教室に黄色い悲鳴が響《ひび》き渡《わた》る。

「「キャーー♡」」

「まっマリオン様よ‼」

「今日もなんて麗《うるわ》しい」

「間に合ったって仰《おっしゃ》ったけど、この教室で刺繍の授業を受けるのかしら?」

暫《しば》し耳に手を当てて喧騒《けんそう》を逃《のが》れながら、エマがフランチェスカに尋ねる。

「フランチェスカ様、あの方をご存じですか?」

訊くや否《いな》や、フランチェスカが驚きの表情で聞き返す。

「エマ様は、マリオン・ベル様をご存じないのですか?」

どうやら相当な有名人らしい。

「「有名な方ですの?」」

双子のキャサリンとケイトリンも知らないようだった。

「マリオン・ベル様は、現騎士《きし》団長のご息女で……」

「「女性ですの⁉」」

双子がまたもやハモりながら質問を重ねる。

背の高いすらっとした体型、シンプルに一つに束ねられた茶色の髪、透《す》き通るような青い瞳に落ち着いた雰囲気《ふんいき》……何故か着ているのは令息用の制服なのだが、それがまた恐《おそ》ろしく似合っている。

なるほど、男装の麗人《れいじん》、女子にモテる女子だ。

さっきエマに声をかけたライラが、いち早くマリオンの手を取り話しかけている。

「マリオン様？　刺繍のクラスなんて珍しい選択ですね？　よろしければ、一緒に授業を受けませんか？」

エマが誘われた時よりも、ちょっと高めの声音《こわね》で甘《あま》えるようにライラが誘っている。

「これは、ライラ嬢《じょう》。久しぶりだな、元気にしていたか？　お誘いは嬉《うれ》しいのだけど……見たところ貴女《あなた》の机は席が埋まっているのでは？」

「大丈夫《だいじょうぶ》ですわ、一人抜《ぬ》けてもらいますから」

マリオンの言葉に何でもない風にライラは答える。

ライラがいたグループの令嬢に緊張《きんちょう》が走ったのが、遠目にもわかった。

やっぱり、あそこの席怖い……。

「いやいや、遅れて来たのは私なのだからそれはいけないよ？　……ああ、あそこの席が空いているから、私はあちらに行くよ。誘ってくれてありがとう」

ライラの手を取り、軽く口付けしてからマリオンは空いた席へと移動する。

一連の動作はキザそのものだが、優雅《ゆうが》な動きは様《さま》になっていてかっこいい。

女子の悲鳴が止まらない。

「ここ、いい？」

空いた席……即《すなわ》ち、エマ達の机にマリオンがやって来る。

「どうぞ」

周りの令嬢達の羨望《せんぼう》の眼差《まなざ》しを無視して、エマが席を勧める。

フランチェスカによれば、刺繍の授業は初めに着いた机ごとの席で、グループ分けされて一年間過ごす事になるとのことだった。

刺繍の授業で作る課題にはグループ制作などもあり、学園以外での交流も必要になる。

そのため、刺繍の授業を受ける令嬢は、学園が始まる前の休暇《きゅうか》のうちからお茶会を頻繁《ひんぱん》に催《もよお》して、仲間外れにならないように必死でメンバーを探すのだ。

つまり、エマが一年を過ごす刺繍の授業で同じ机についた面々は、その一般的なメンバー集めを全くしていなかった令嬢達なのであった。

酒豪《しゅごう》のフランチェスカ、虫好き非常識エマ、無遠慮な双子キャサリン&ケイトリン、男装の麗人マリオン。

あれ？　なんか……この席、キャラ濃《こ》くない？

新たに加わったマリオンに自己紹介しながら、エマは楽しくなりそうだと笑った。

◆　◆　◆

刺繍の授業といっても、大概《たいがい》の令嬢は幼い頃《ころ》から刺繍を嗜《たしな》んでいるので、基本的な説明はさらりと触《ふ》れるだけである。

教師が仕上げた刺繍をカフリンクスにするやり方を黒板に書きながら説明を始める。

教師の声を聞きながら、フランチェスカ・デラクールは頭を抱《かか》えていた。

どうして、こうなったのだろう。

同じ席で、スチュワート伯爵《はくしゃく》家のエマ様、シモンズ伯爵家のキャサリン様とケイトリン様、そして、ベル公爵家のマリオン様が一緒に授業を受けている。

王家主催《しゅさい》の入学パーティーの一件以来、デラクール侯爵家は窮地《きゅうち》に立たされていた。

第一王子派からも第二王子派からも、中立派からでさえも風当たりが強く、王城で働く父の立場は崩《くず》れ落ちる寸前ではないだろうか。

フランチェスカ自身も殆どまとまりかけていた婚約《こんやく》が白紙に戻され、週に何十枚と届いていたお茶会の招待状は一枚も来なくなった。

母は泣き崩れ、父はフランチェスカを叱《しか》ることも慰《なぐさ》めることもなく、職場である王城に泊《と》まり込《こ》み、帰ってこない日が多くなっていた。

ほんの数週間前まで、ライラ様のグループでライラ様の一番の仲良しというポジションにいたが、今は誰も目を合わせようともしない。

あのきらきらしたグループで当たり前のように学園生活を謳歌《おうか》していたのが嘘のようだ。

でも、再びあそこに戻りたいとは思えなかった。

人を傷つけてまで手に入れるほどの価値はあそこにはない。

フランチェスカは幼い頃からダンスが得意で、授業もレベルの高いクラスを取り続けていた。

しかし今年は誰もパートナーとなってくれる令息がいない。

貴族社会は一度失敗すると、コロコロと転がり落ちる。

そんな事はよく分かっていた。

誰かが転がり落ちる度《たび》に、あの人のようにはなりたくない、自分でなくて良かったと何度も胸を撫《な》で下ろしたのだ。

その誰かが、今自分になっただけの話、頭では分かっている。

それでも何年も練習に励《はげ》んでいたダンスを諦《あきら》めるのは、とても辛《つら》いし悔《くや》しい。

仕方がなく刺繍の授業を選択したが、今の私をグループに誘ってくれる者はいないだろう。

刺繍クラスの最初の授業で後から教室に入っては、どの席に座ろうとしても令嬢から同席を断られるかもしれない。

それが怖くて、今日は誰よりも早く登校し、空っぽの教室の隅《すみ》の席に一人ぽつんと座る。

ぽつぽつと生徒が集まり始めても、誰一人として私の隣には座ろうとしない。

「あっ、あそこ空いてるわよ？」

数人のグループの令嬢がこちらに向かってくる声がする。

「ちょっと待って、あれはフランチェスカ様よ？」

「ねえ、あそこなら二人と三人で分かれれば座れるわよ？」

悲しい程に、予想通りだった。

あんなに仲の良かったライラ様のグループの令嬢達もやっぱり私を見ない。

あのグループの中では、あの日から私は存在していない者として扱《あつか》われている。

この学園ではライラ様のグループの態度が、そのまま他の令嬢の指標となる。

教室の端《はし》で顔を上げることすらできず、俯いて授業の開始までひたすら堪える。

これは罰《ばつ》だ。

洗礼を執行《しっこう》してきた、酷《ひど》いことを沢山《たくさん》してきた自分への罰。

気の進まなかった洗礼も、いつの間にか必死にしがみついてやるようになっていた。

数を重ねる度に周りから持て囃《はや》され注目され、調子に乗った。

自分の価値はこの洗礼によって作られると思い込んでいた。

洗礼の前と後で劇的に変わった立場を守ろうと、失うことを恐れ、次々に湧《わ》いてくる言い訳をもって罪悪感を麻痺《まひ》させ、自信たっぷりに見えるよう振る舞《ふま》った……私の罪の報《むく》い。

全部、全部自分が悪い。

弱い心を必死で隠して、必死で酷いことをした。

卒業したら、修道院に入って懺悔《ざんげ》の日々を送りながら生きる事になるだろう。

家にも、学園にも、どこにも居場所がないのだから。

だからせめて神様、おねがいです。

デラクールの家だけは、両親だけは……お守り下さい。


「あの……お隣、よろしいですか？　フランチェスカ様」

鬱々《うつうつ》と嘆《なげ》いていた自分を呼ぶ声にハッとして顔を上げる。

そこにいたのはスチュワート家のエマ様だった。

「エマ様!?　……なぜ……？」

屈託《くったく》のない笑顔をフランチェスカに向けている。

私なんかと同じ席ではエマ様まで酷い目に遭《あ》うかもしれない。

本当なら彼女《かのじょ》のために直《す》ぐにでも断らなくてはいけなかった。

でも、できなかった。

久しぶりに向けられた優《やさ》しい笑顔が嬉しくて、嬉しくて堪らなかった。

「私、王都に来たばかりだから、まだ女の子のお友達がフランチェスカ様しかいないのです。ご迷惑でなければ、ご一緒させて下さいませんか？」

エマ様はそう言ってストンっと隣に座ってしまった。

パーティーの時に言ってくれた言葉は本気だったの？

あんな事をした私と友達になりたいと？

小さな期待を膨らませては、調子に乗るなと別の自分が戒《いまし》める。

そんな私にエマ様は、あの天使のような笑顔で優しく話しかけてくれる。

また、小さな期待が生まれる。

自分はちゃんと話せているだろうか？

隣にエマ様が座った後は、あれよあれよという間に、空っぽだった席が嘘みたいに埋まっていった。


……一体何が起きたの？


今年から入学のシモンズ伯爵家の双子は、異国の王族の血を引いていると噂の姉妹。

この国ではとても珍しい褐色の肌にプラチナブロンドで人目を惹《ひ》く容姿。

海に囲まれたシモンズ領は貿易が盛んで、王国一の大きな港があり、異国情緒《じょうちょ》溢《あふ》れる街並みは観光地としても人気だ。

シモンズ家は中立の立場を崩さず、第一王子派、第二王子派双方《そうほう》ともに喉《のど》から手が出るほど引き入れたいと画策する家柄《いえがら》でもあった。

そして学園に通う全《すべ》ての令嬢の憧れの君である、マリオン様。

女性ながら、騎士道《きしどう》や剣術《けんじゅつ》、狩人の実技を選択し、並外れた運動能力で男性にも引けを取らない成績を収めている。

代々、騎士団を率いる家系のベル公爵家は名門中の名門だ。

兄君のアーサー様は学生の身でありながら、学園内では第二王子の護衛の役目を賜《たまわ》っている。

エマ様は、そんな両家の令嬢に向かって、物怖じする事もなく席を勧めるのだ。

普通《ふつう》は気構えたり、少々下手に出たりするのに、ふわっとしたあの笑顔で双子も、マリオン様も、落ちぶれ令嬢の私もなんら区別せずに接してくれる。

こんなことがあり得るのだろうか。

王国一裕福《ゆうふく》なパレス領主の令嬢で、第二王子のお気に入りのエマ・スチュワート。

王国一の港を持つシモンズ領主の令嬢で、異国の王族の血を引いていると噂されるキャサリン＆ケイトリン。

王国四大公爵家のひとつであるベル公爵家で、現騎士団長を父に持つ、男装の麗人マリオン・ベル。

気が付けば、以前のライラ様のグループにも劣《おと》らないメンバーと席を共にしていた。

刺繍クラスのグループのメンバーの錚々《そうそう》たる顔ぶれに、第一王子派の洗礼を失敗し、絶賛株大暴落中のフランチェスカ・デラクールは頭を抱えるしかなかった。

私はこのグループの中で上手《うま》く立ち回れるのだろうか？

失敗、しないだろうか。

「それでは皆さん！　やり方は分かりましたね？　各自、用意した道具を出して作業を始めて下さい。分からないことがあれば手を上げ、質問するように！」

少し太めの体型の教師が、よく通る声で作業を促《うなが》す。

その声にフランチェスカは我に返り、授業に集中する。

裁縫《さいほう》道具と、予《あらかじ》め購入《こうにゅう》しておいたカフリンクスの台座を出そうと鞄を開けたところで、エマの大きな鞄の中身が気になっていたことを思い出す。

隣を窺《うかが》えば彼女の大きな鞄からは、自分と同じような裁縫道具とカフリンクスの台座が……⁉　量が、台座の量がオカシイ。

「エ、エマ様……？　一体幾《いく》つ持ってきましたの？」

じゃらじゃらと大量のカフリンクスの台座は十や二十どころではない。

更に刺繍糸が鞄から次々と……次々と、出てきた。

一つ一つ色が微妙《びみょう》に違う、太さもそれぞれ揃った刺繍糸が並べられていくうちに色鮮《あざ》やかなグラデーションが机上に出来上がっていく。

この大量の刺繍糸が鞄を嵩張《かさば》らせていたのか。

フランチェスカも他三人の令嬢も用意しているカフリンクスの台座は一セット（左右で一個ずつ）だけ。

刺繍糸もそれに見合う相応の量と種類だけしかない。

普通はこれで充分《じゅうぶん》なのだ。

初めて学園の授業を受けるエマ様はよく分からずに、多めに持ってきてしまったのだろうか。

「二時間で作れる量……と持参品リストにあったので、とりあえず百、用意したんですけど……」

エマ様はあろうことか少な過ぎましたか？　なんて訊いてくる。

プロの刺繍屋でもその量は無理だろうに。

フランチェスカだけでなく、双子もマリオンも常軌《じょうき》を逸《いっ》した数に目を丸くする。

「ひゃっ百は……多い、かな？」

「百は多いですわ！　多すぎますわエマ様！」

マリオンと双子の指摘《してき》になんとかなりますよ、と笑顔でエマは答えてから、図案も下書きも用意せず、真っ白な布に刺繍枠をセットし、そのまま針を刺《さ》し始め……!?

シュバババババっ

「「「「！！！！」」」」

エマの刺繍は目にも留まらない速さで出来上がっていく。

「はっはやっ!?　えええ？」

「手元が見えませんわ!?」

「これは、すごいね!?」

この異次元のスピードなら百個……可能かもしれない。

にわかには信じられず、現実に起きている光景なのかと自分の目を疑う。

同じように思ったのか、双子とマリオンと視線がぶつかる。

「ぷっ」

「ふっ」

「「ぷぷっ」」

誰からともなく噴《ふ》き出し、そのままエマ以外の四人は笑いが止まらなくなる。

「エマ様っ！　そ、それ神業《かみわざ》過ぎます！」

「私、こんなスピードで刺繍する人を初めて見たわ、ケイトリン」

「私も、こんなスピードで刺繍をする人を初めて見たわ、キャサリン」

「あはっ。こ、これからは刺繍に関しては、エマ師匠《ししよう》と呼ぶことにするよ」

気が付けばエマ様を囲んできゃっきゃと、今日初めて言葉を交わしたばかりとは思えない、小さな頃から仲の良いお友達のようにはしゃいでいた。

楽しい。

なんて楽しいのだろう。

私の知っている【楽しい】とは何もかも根本的に違う。

貴族としてステイタスとなる豪華《ごうか》な夜会でも、社交界で人気の方が主催するお茶会でも、これほど心の底から笑ったことなどない。

失敗できない緊張とマウンティングを意識した牽制《けんせい》が付きまとう貴族社会。

夜会やお茶会では常に殺伐《さつばつ》とした空気が漂《ただよ》っていた。

その空気が何故かエマ様の周りだけ、存在しない。

エマ様の言う【お友達】は、こんなに楽しくて、自由なものなのか。

久しぶりに声を出して笑った後、全てが浄化《じょうか》されたように、ただただふんわり優しい空気がフランチェスカを包み込んでいた。

こんなに簡単に【お友達】のきっかけをフランチェスカに届けてくれるなんて。

爵位《しゃくい》や立場に縛《しば》られ身動きが取れない、心の内を隠さねばならない不自由な貴族令嬢でさえ、音速のエマを前にしてツッコミを入れずにはいられなかった。

彼女はするっとしなやかな猫のように心に入り込み、優しくて温かいものを勝手に置いて知らん顔している。

「もうっ皆さん、口だけではなく、手も動かして下さい。先生が睨《にら》んでますよ？」

エマの言葉にドキリとして、また令嬢達と顔を見合わせ、ふふふと笑い合う。

忠告通りに手も動かしながら、それでも気になってエマの出来上がってゆく刺繍をチラチラ見る。

「猫ですか？」

「「猫ね！」」

「猫だな」

エマ以外の四人の声が重なる。

驚異的《きょうい》な速さで、エマの一つ目のカフリンクスが完成していた。

「これは、うちで飼っている猫なんですよ」

三毛猫柄《みけねこがら》の刺繍部分が良く見えるようにフランチェスカの手にそっと置いてくれる。

じっくり堪能《たんのう》してから、順番待ちのように手を出しているキャサリンに渡す。

キャサリンからケイトリンへ、ケイトリンからマリオンへと阿吽《あうん》の呼吸で渡されていく。

「エマ様の刺繍……あの一瞬《いっしゅん》でこんな細かい猫ができるなんて……」

「よくよく見たら、文字も刺してあるわ」

「コーメイ……？」

「うちの猫の名前です」

シュバババババ
「「「「！！！！」」」」

エマは既《すで》に二個目に取りかかっていた。

スピードは、衰《おとろ》えるどころかさっきより速い。

もう、速すぎて手が十本くらいあるように見える。

「これが、リューちゃんで」

シュバババババ
「こっちが、かんちゃん」

シュバババババ

「この子は、チョーちゃん」

三毛猫と黒猫と白猫の刺繍が一瞬で更に三個完成する。

「エマ様！　私、このしなやかな黒猫すごく好き」

「エマ様！　私、このモフモフの白猫すごく好き」

キャサリンとケイトリンが出来上がったカフリンクスをうっとりと眺《なが》めている。

「では、よろしければ、お二人の作ったカフリンクスと交換《こうかん》いたしません？」

「「いいの？」」

遠慮のない双子は声を揃えて喜ぶ。

「この素敵《すてき》な猫ちゃんと交換するなら気合いを入れて作らなきゃね、ケイトリン」

「この素敵な猫ちゃんと交換するなら気合いを入れて作りましょう、キャサリン」

双子が真剣《しんけん》な表情になり、自分の刺繍に取り掛かる。

「エマ様、私も交換したいのだが、良いかな？」

「勿論です、マリオン様。フランチェスカ様もよろしければ交換いたしませんか？」

遠慮して隣で黙《だま》っていたフランチェスカにもエマはごく自然に声をかける。

「わ、私も？　交換していただけるのですか？」

「ふふふ、皆様のカフリンクス楽しみです」

友人同士で作品の交換をするのは、刺繍のクラスではよくあることだが、エマ様の刺繍と交換ともなると、双子を見習い真剣に刺繍を刺す必要がある。

恥《は》ずかしい物を渡すわけにはいかない。

きゃっきゃとはしゃいでいたのも束《つか》の間で、皆集中して刺繍を刺し始めた。


グループを作る必要のある刺繍の授業はずっと不安だった。

誰にも声をかけてはもらえないだろうと怖かった。

【失敗した自分】に居場所なんてある訳がないと思っていた。

こんなにも優しい場所があるなんて思ってもみなかった。

隣で驚異的なスピードで刺繍をする少女。

天使のようなエマ・スチュワート伯爵令嬢にフランチェスカは祈《いの》るように、心から感謝の念を一針、一針丁寧《ていねい》に刺繍に込めた。


——あっという間に二時間が経《た》った。

エマは、本当に百個のカフリンクスを作り、四人どころか教師もクラスの生徒も驚いていた。

「小さい頃から沢山作ってきたので……」

注目されて、少し照れたようにエマ様がはにかむ。

ここに男子生徒がいれば漏《も》れなくキュン死していたに違いないと、フランチェスカはキュンキュン鳴く自らの胸を押《お》さえた。

「フランチェスカ様とマリオン様、お好きなのを選んで下さい」

私なんかが作ったカフリンクスを大切そうに受けとると、エマは作品群を並べて選ばせてくれた。

猫と何故か虫の柄の多い作品群の中から、一つを選ぶ。

「まあ！　フランチェスカ様、それはヴァイオレットです。うちで飼っている蜘蛛《くも》なんですけど、凄《すご》く綺麗な紫《むらさきいろ》色なんですよ？」

エマの傷に似たクモの巣と蜘蛛のデザインの刺繍は綺麗な紫の糸が使われており、光の加減できらきら光って見える。

フランチェスカは大切そうにハンカチで包んでカフリンクスを鞄に入れる。

……？　今、蜘蛛を飼っていると聞こえたような？　気のせい？

「私はこれを貰うよ」

マリオンはふわふわのウサギ柄を選ぶ。

「マリオン様は一角兎《うさぎ》ですね。魔物だけどふわふわで可愛いですよね」

マリオン様は可愛いものが好きなようだ。

一角兎のカフリンクスを嬉しそうに撫でてモフモフを堪能していた。

「皆さん！　次の授業に遅れないようにね」

刺繍の交換に勤《いそ》しむ生徒達に、一言釘《くぎ》を刺してから教師が退室する。

楽しかった刺繍の授業は終わり、また一人になってしまうとフランチェスカは気持ちが重くなる。

次に選択した授業は、普通の令嬢が積極的に選ぶようなものではない。

「みんな、次の授業は何を選択しているの？　良かったら近くまで一緒に行こう」

道具を片付けながら、マリオンが名残惜しいからと提案する。

「あ、あの……。ええっと……私は……」

あの授業を受けるなんて、令嬢としてふさわしくない。

変な目で見られないかと不安になり、フランチェスカが躊躇《ためら》っている間に双子が勢いよく答える。

「次は魔物学だったわよね、ケイトリン？」

「次は魔物学だったはずよ、キャサリン！」

双子の言葉にエマもマリオンも驚いた表情をする。

普通の令嬢は魔物学なんて選択しないのだから。

「驚いた！　私も魔物学なんだ。去年、狩人の実技の初級を選択したんだけど、魔物を知らないことには次の中級は難しいと思ってね」

……あれ？

「「私達のシモンズ領は海に囲まれていて、魔物が出ないから逆に興味があるの！」」

マリオンと双子の言葉にフランチェスカが信じられないと小さく呟《つぶや》く。

実はフランチェスカの次の授業も魔物学なのだ。

二人のように積極的な理由で選択した訳ではないが。

チラリと隣のエマの様子を窺う。

魔物によって傷を負ったと噂の彼女の前では、中々言い出しにくい。

辛い経験を思い出させてしまわないか、マリオンと双子の話にもハラハラする。

「魔物学は女の子の受講は少ないと聞いていましたけど、そうでもないのですね？　私も次の授業は魔物学なんです」

フランチェスカの心配など全く必要ない調子でエマが会話に加わる。

「ええ⁉　エマ様もですか⁉」

思わず聞き返してしまう。

「まぁ……もっていうことはフランチェスカ様も魔物学？」

同席したメンバー全員が令嬢の殆どが受けることのない魔物学を選択していた。

こんな偶然《ぐうぜん》あるのだろうか。

「凄いわね、運命かしら、ケイトリン？」

「凄いわ、きっと運命ね、キャサリン！」

双子が嬉しそうにはしゃぐ。

「私は辺境生まれなので、魔物学は必須なのです」

エマが傷に触れながら答え、フランチェスカ様はどうして魔物学を？　と訊く。

「あの、私は……兄のサポートで……」

魔物学を選択する令嬢の理由で一番多いのが兄弟のサポート目的である。

領を継ぐものは、魔物学を修《おさ》めねばならないが、残念ながらフランチェスカの兄はあまり学問が得意ではない。

婚約の可能性もなくなったフランチェスカは、せめてサポートをしろと兄に無理やり魔物学を選択させられたのだ。

嫌《いや》だ、嫌だとごねたが許されなかった。

なのに今、あの高慢《こうまん》ちきな兄にフランチェスカは礼を言わなくてはと思い始めている。

【お友達】と同じ授業を受けられるのだから。

「ふふふ、どこのお兄様も一緒ですね」

エマの共感する言葉につられ、フランチェスカは笑顔になる。

「魔物学は、覚えることが多くて大変だと聞く。皆で協力して合格を目指そう！」

「では、お勉強会いたしましょ！」

まだ、授業が始まってもいないのにテストの話をするマリオンに双子も同意する。

「私の兄の頭はポンコツですけど、弟は皆さんの役に立つと思いますわ。それに、暗記科目は基本女子の方が上手なはず、全員一年で合格して驚かせてみせましょう？」

エマも乗り気になっている。

魔物学の一年目でのテスト合格率は十パーセント以下。

平均合格するまでに三年。

学園で一番難しい科目なのだ。

この五人が一年で合格すれば、前代未聞《みもん》の大騒ぎになることだろう。

それは……すごく、楽しそうだ。

偉《えら》そうな兄も見返すことができる。

「私、頑張《がんば》りますわ！」


憂鬱《ゆううつ》で仕方なかった刺繍の授業、あんなに嫌だった魔物学でさえも楽しみになった。

今朝、目が覚めた時には想像すらできなかったのに。

調子に乗っていたあの頃よりもずっとずっと今日の方が楽しい。

これが、本当の【お友達】というものなのかもしれない。

こんなに【お友達】が素敵だなんて知らなかった。

立ち位置も、周りの目も気にせずにありのままの私をエマ様は受け入れてくれた。

私はこれが貴族社会において簡単ではない事で、勇気も覚悟《かくご》も必要な事だと痛い程知っている。

もし、エマ様に大変な事が起きたなら、私は【お友達】として絶対に彼女を守ってみせる。

エマ様が助けてくれたように、私も。

助けられるだけでは何も変わらないのだから一歩踏《ふ》み出さないと。

「あ、あの、エマ様？　皆様も。今度一緒にケーキを食べに行きませんか？　母が甘いものが好きで色々詳《くわ》しいので、美味《おい》しいお店をご紹介しますわ」

「ケーキ！　フランチェスカ様。ぜひ、ご一緒したいです！」

ケーキ……と聞いてエマが嬉しそうに答える。

「私、ケーキ大好きよ。ケイトリン！」

「私も、ケーキ大好きだわ。キャサリン！」

「ああ、そういえばフランチェスカ様の母君のスイーツ好きは有名でしたね？　これは楽しみだ」

フランチェスカの提案に皆が笑顔になる。

無理して口角を上げなくても、気付けばずっと自然に笑っていた。

また、楽しみができた。

フランチェスカは【お友達】四人と一緒に賑やかに刺繍の教室を後にした。

第三十二話　狩人の実技。

一方、その頃《ころ》のゲオルグ達《たち》は男子必須《ひっす》科目である狩人の実技（初級）の授業を受けていた。

エマは無事に授業を大人しく受けているのか……。

心配は尽《つ》きないがゲオルグもウィリアムもヨシュアでさえも、学園初めての授業に緊張《きんちょう》しつつ、着替《きが》えをする。

狩人の実技は前世でいうところの体育に近い。

狩人の実技専用の学舎の教室には既《すで》に教師が待ち構えており、動きやすい服への着替えを指示される。

事前に用意し、持ってきていた服に着替える間、教師はずっと生徒達を眺《なが》めていた。

「あの、兄様。あの先生……変な趣味《しゅみ》でもあるのでしょうか？　男子生徒の生着替えを舐《な》めるように見つめて……」

ウィリアムが情けない顔で、ゲオルグに耳打ちする。

「ん？　狩《か》りに出る前のお父様もあんな感じだぞ？」

「と、父様も⁉」

「ああ、狩りは命がけだからな。体調の悪い者や怪我《けが》をしている者がいないかチェックしてるんだよ。俺《おれ》達みたいな辺境生まれは、小さな怪我でも狩りに出る時は申告するけど、王都生まれとかは、騎士道《きしどう》精神？　とかなんとかよく分からない意地を張って隠《かく》すことが美徳だと、勘違《かんちが》いして狩りに出るのがいるんだ」

「うわぁ……それは……」

【人】の血のにおいで狂暴化《きようぼう》する魔物《まもの》も少なくない。

先陣《せんじん》を切って魔物を倒《たお》す特攻組《とつこう》に掠《かす》り傷でも血のにおいをさせた人間が一人でもいれば、狩りに支障が出ることはウィリアムでも想像できた。

「まあ普通《ふつう》に、いつもより動きが鈍《にぶ》いやつが狩場《かりば》にいるだけで危ないからな？　それを隠されるのは迷惑《めいわく》でしかないのに弱みを見せたくないとかで、中々それを理解してくれない」

魔物狩《が》りは何よりチームワークが求められる。

領主魔物管理六か条により、辺境の領主は魔物の出現しない領の狩人を受け入れ、教育しなくてはならなくなった。

それによって県民性ならぬ領民性の違いで、幾度《いくど》となくトラブルが発生した。

初めの頃は特に、王都周辺の狩人はド田舎《いなか》の辺境の狩人に教わることを快く思っていなかったため、重大な注意事項《じこう》を無視することも多々あった。

何度言っても言う事を聞かない上に、それが原因で怪我をすれば領主の責任問題になる。

「トラブルを事前に避《さ》けるために、新人がいる時は着替えから領主が監視《かんし》するようになったって話」

「さすが！　ゲオルグ兄様！　狩りにはお詳《くわ》しいですね？」

「いや、ヨシュア？　俺、ヨシュアの兄になった覚え、ないんだけど？」

調子良くヨイショしたのは弟ウィリアムではなくヨシュアだった。

「未来の義弟《おとうと》ではないですか？」

「やめろ」

こういう時のヨシュアは笑っているようで目が本気なのだ。

「狩人の実技……男子必須科目でなかったら、今頃《いまごろ》エマ様の隣《となり》で刺繍《ししゅう》をしていたのに……」

ヨシュアはエマと離《はな》れたくないというだけで、パレスから王都に来るほどの異常者だった。

エマと同じ学園に通うためだけに、男爵位《だんしゃくい》を買ってしまう変態さんなのだ。

「つまり、あの教師は変態でもショタコンでもないのですね？　安心しました」

ウィリアムがほっと胸を撫《な》で下ろす。

「……先生もお前だけには言われたくないと思うぞ」

ウィリアムが前世から患《わずら》っているロリコンは転生しても治らなかった。

「兄様……酷《ひど》い……」

「ウィリアム様！　ドンマイですよ！」

「いや、僕《ぼく》。ヨシュアには言われたくない……」

◆◆◆

狩人の実技を受ける生徒全員が着替えを終えると、専用の運動場へ移動し、授業が始まる。

「狩人の実技（初級）は主に体力づくりが中心となる。本日は走り込《こ》みをする」

ついてこいと、教師自らが走り始めた。

「せ、先生！　一体、何周走るのですか？」

生徒の一人が早くも息を切らせつつ質問する。

「二時間だ」

「「「「「え？」」」」」

「何周かは数えたことがない。今日の授業は二時間走り続けること」

「「「「「はっ？」」」」」

「水分補給はこまめに各自のタイミングで行うこと。運動場の真ん中に給水場所を設けている。水分補給する時はあそこまで走って行って補給後は速《すみ》やかに戻《もど》ること」

「「「「「ひっ⁉」」」」」

「あんまり喋《しゃべ》っていると呼吸が乱れるぞ？　ペースは一定に。コツを掴《つか》めば直《す》ぐに二時間走り続けられるようになるからな？」

入学後、初の狩人の実技は地獄《じごく》の走り込み。

毎年、貴族令息として甘《あま》やかされた者達は、ここで初めて世間の厳しさに触《ふ》れるのだ。

「はっはっはっ…つらっ！　二時間も走れるわけ……」

「はーはーはー……ちょっと授業、ナメてました……」

ウィリアムとヨシュアは想定外の授業に驚《おどろ》きを隠せない。

「あれ？　ヨシュア、ある程度は学園のこと調べてたんだろ？　この授業の事は知らなかったのか？」

「はーはー……僕が調べるのはエマ様が受ける科目だけです」

意外だと言うゲオルグにヨシュアが息を切らせながらもキリっと答える。

「はっはっ……まだ一時間以上ある……？」

「お前らあんまり喋らない方がいいぞ？　口も乾《かわ》くだろ？」

「兄様！　なんで⁉　はっはっ全く、はっはっはっ……息が乱れていないのですか⁉」

ウィリアムもヨシュアも他の令息達も顔を歪《ゆが》めて必死に走っているのに、ゲオルグだけが涼《すず》しい顔をしていた。

「ん？　先生が言ってただろ？　コツを掴めって。このペースなら幾《いく》らでも走れるぞ？　去年、全速力でエマを追いかけた時よりは大分楽だろ？　ウィリアム」

体力、あの時より落ちてないか？　とゲオルグは不思議そうに弟を見ている。

「に、にさま……はっはっ前世ゴリラかなんかっ……でしたっけ？」

航《わたる》とゲオルグの間に一回ゴリラ挟《はさ》んでない？　と割と本気でウィリアムは疑う。

「何だよ、ゴリラって……。狩人として狩りに連れて行ってもらいたいなら、このくらいで息切らせてたら厳しいぞ？」

成人前どころか学園入学前に既に狩人として戦力になっているゲオルグ。

実はとんでもない体力と戦闘《せんとう》能力を持っていた。

「あれ？　あいつフラフラしてないか？　……脱水症状《しょうじょう》？　ちょっと見てくる」

周回遅《おく》れで前方でフラフラ走っている令息を見つけたゲオルグは、走る速度を上げ介抱《かいほう》に向かう。

「……はっはっ……兄様……間違いなく、ゴリラ……」

辛《つら》そうな令息に声をかけ、水を取りに走り、更《さら》に前方で走っている教師のところまで、また速度を上げて走り報告に行くゲオルグを、同じ血が流れているとは信じられないとウィリアムが驚く。

兄のゲオルグは状況判断《じょうきょう》も、リーダーシップも、勘《かん》も申し分ないと改めて実感する。

長男故の面倒見《めんどうみ》の良さはチームワークを第一とする狩人向きでさえある。

ただ、勉強が恐《おそ》ろしくできないだけなのだ。

ウィリアムは兄の残念さに、ため息を吐《つ》く。

どこまでも、残念が付いて回る悲しい星のもとにいるのが田中家《たなか》で、その一員であるウィリアムも相当残念なのだが、誰《だれ》もが自分の事は棚《たな》に上げるのだった。

◆　◆　◆

「〔っ疲《つか》れたー〕」

ウィリアムとヨシュアが机に突《つ》っ伏《ぷ》している。

「まさか、本当に二時間走らされるとは思わなかった……」

やっと落ち着いた呼吸になってきたウィリアムが教室を見回しながら弱々しい声で呟《つぶや》く。

見回した教室内には、二人より更にぐったりしている生徒も多い。

「こんなに走ったの初めてです……」

ヨシュアも一年前から少しは鍛《きた》えてきたが、疲れが隠せない。

「いやいや、途中《とちゅう》からほぼ歩くのと変わらないペースだったぞ？　二人とも」

一人けろっとした顔でゲオルグが答える。

狩人の実技（初級）の授業は、二時間学園の運動場を走り続けただけで終わった。

最後まで教師と同じペースで走っていたのはゲオルグだけである。

頭を使わない、体力のみならゲオルグの一人勝ちだった。

ゲオルグを辺境の田舎貴族と軽く見ていた令息達の目も尊敬の眼差《まなざ》しへと変わっていた。

「……兄様、覚えていますか？　王都での目標」

「ん？　とにかく目立つなだろ？　…………あっ」

王都での目標の遂行《すいこう》は、想像した以上に難しかった。


「……エマ様は、まだですか？」

ヨシュアが服装の乱れなどないか点検しながら教室の入り口を見る。

「あいつ……また、問題起こしてないかな？」

「あっ王子！」

入り口にエドワード第二王子の姿があった。

王子がウィリアムの声に気付き、一緒《いっしょ》にいた背の高い少年と共にやってくる。

「その様子を見ると、狩人の実技（初級）は今年も二時間走りっぱなしか？」

慌《あわ》てて教室内の生徒が立ち上がり、臣下の礼をしようとするのを王子が手で制し、ゲオルグとウィリアムに話しかける。

「殿下《でんか》は中級の方にいらしたのですか？」

王子の言葉にゲオルグが質問する。

「私は去年、入学したからな。……その歳《とし》で走りっぱなしは大変だったろう？　ウィリアム」

生徒の中でも、一番年少のウィリアムに王子が同情する。

学園の入学年齢《ねんれい》の制限はないが、年齢、性別で授業の内容が考慮《こうりょ》されることはない。

もちろん、身分の違いでもだ。

「去年の殿下も大分、苦労なさってましたしね」

王子と一緒にいた少年が、悪戯《いたずら》っぽい笑《え》みでからかう。

「アーサー、余計なことは言わなくていい。ゲオルグ、ウィリアム、紹介《しょうかい》しよう、学友のアーサー・ベルだ」

アーサーと呼ばれた少年は、悪戯っぽい笑みそのままに自己紹介する。

「スチュワート家のゲオルグ君とウィリアム君だね。殿下から色々話は聞いているよ。……まあ、色々と言ってもスチュワート家のお姫様《ひめさま》に比べたら、ほんのちょこっとだけどね」

「アーサー！！！」

完全に王子をイジっている。

ベル家は代々騎士《きし》の家系で、部外者の侵入《しんにゅう》を良しとしない学園内でアーサーは王子の護衛も務めている。

幼い頃からの付き合いらしく、この冷たい印象の強い王子をイジるのは王都でアーサーくらいだ。

「ああ、そうだ殿下、俺の方も一人紹介していいですか？　幼馴染《おさななじ》みのヨシュア・ロートシルトです」

ゲオルグの陰《かげ》に隠れていたヨシュアが、スッと臣下の礼をする。

「ヨシュア・ロートシルトです。殿下。今年から男爵位を賜《たまわ》り、貴族の末席を汚《けが》すことになりました」

王子の許しを得て、ヨシュアが顔を上げる。

「ほう……お前がそばかす顔のヨシュアか……」

一年前、遊びに厳しいヤドヴィガのままごとで出てきた名前を王子はずっと覚えていた。

「はい、スチュワート家とは懇意《こんい》にしております。特に、エマ様とは仲良くして頂いております」

にっこりとヨシュアが言葉を返した瞬間《しゅんかん》、その場にピリリと緊張《きんちょう》感が生まれる。

……凄《すご》い！　あのヨシュアって奴《やつ》！　王子に宣戦布告かましてるぞ！

今年から男爵って元平民が王子に⁉

いやいや、ロートシルトって言ってなかったか？　あの商会の息子《むすこ》だとしたら資産は国に並ぶぞ？

教室内に不幸にも居合わせてしまった生徒が一斉《いっせい》に目だけで会話する。

王子がエマを好きなのは、王城のパーティーでまるっと周知されていた。

殆《ほとん》ど表情を変える事がなかった王子がエマの前では別人のような笑顔《えがお》を見せていたのだから無理もない。

王城のパーティーに参加していなかった貴族にも疾風《はやて》のごとくこの情報は伝わり、知らないのはエマ本人くらいである。

狩人の実技の後の気だるげな雰囲気《ふんいき》は一変し、誰もピクリとも動けない。

やっと暖かくなってきた王都だが、この教室だけは冷気すら漂《ただよ》っているように感じる。

「……姉様、何でモテるんでしょうか？」

「せめて、殿下だけでも正気に戻せないものか……」

ヨシュアは若くして優秀《ゆうしゅう》な商人で、王子は立派に王族の務めを果たしている。

エマさえいなければ有望な人材なのに……。

ヨシュアはもう無理だが、せめて王子だけでも……との兄弟の願い虚《むな》しく、ここでガソリン《エマ》が投下されるのであった。


「ふふふ、こちらの教室みたいですよ？」

「良かった、刺繍の先生が急《せ》かすものだから間に合わないかと思いましたわ」

「魔物学楽しみだわ、ケイトリン」

「魔物学楽しみね、キャサリン」

「魔物学の教室は広いから席の確保は大丈夫《だいじょうぶ》そうだな」

凍《こお》りついた教室の雰囲気を破ったのは、魔物学の教室に近年聞こえる事がなかった女の子達の声であった。

「あっヨシュア！　狩人の実技どうだった？」

王子と対面していたヨシュアは入り口の方に向いていたので、恐ろしいほど呑気《のんき》にエマが声をかける。

不幸にも動くことのできない生徒達が目だけで会話する。

……なんで女子が教室に？

あの声はエマ様？　だよな？　よりによって王子より先にヨシュアに声をかけたぞ！

なんなんだ、この状況は？　学園初日にこんな緊張したことあったか？

どうすればいいのか分からない生徒たちがより一層ざわめき立つ……目だけで。


エマの声に反応し、王子が振《ふ》り向く。

「まあ、第二王子様だわ！　ケイトリン」

「まあ、第二王子様ね！　キャサリン」

呑気な声を出す双子《ふたご》の頭を慌てて押《お》さえ、フランチェスカとマリオンが臣下の礼をする。

後ろ姿だけでも髪《かみ》の色で王族と分かるだろうに、エマも双子も信じられないと冷や汗《あせ》を流している。

「エマではないか！　どうしてここに？」

王子の声が分かりやすく弾《はず》む。

今日の授業は、男子の必須科目ばかりなので会えると思っていなかったのだ。

「魔物学の授業を受けに参りました。殿下も魔物学ですか？」

ふわっと柔《やわ》らかい笑みでエマが答える。

パーティーの時と違い、ベールを被《かぶ》ってないエマの右頬《みぎほお》には大きな傷跡《きずあと》が目立つものの、極度の緊張状態を強《し》いられていた生徒達にとってエマの笑顔は癒《い》やしでしかなかった。

……いい……。

か、可愛《かわい》い……。

好き……。

相変わらず、目だけの会話だが、肝心《かんじん》の瞳《ひとみ》がハートマークになっている者もチラホラ……。この世界の令息は何かとチョロい。

「あら、お兄様もウィリアムも一緒でしたか。えっと……？」

エマが王子の近くにいる、見慣れぬアーサーに首を傾《かし》げる。

王都で開かれるお茶会に全く出席できていないので、他の令嬢《れいじょう》達に比べてエマは学園に知っている顔が極端《きょくたん》に少ない。

ぐるりと周りを見て、やっぱり悪戯っぽい笑みを隠すことなくアーサーがエマに握手《あくしゅ》を求める。

「はじめまして、スチュワート家のお姫様！　アーサー・ベルと申します。そこにいるマリオンは私の妹でして、仲良くして頂いているようですね？」

握手した手にそのまま口づけようとして、寸前でマリオンに止められる。

「兄上、悪ふざけが過ぎますよ」

「なぜ止めるのだ？　マリオン。お前がいつもやっていることだろう？」

不服そうにアーサーが妹を見る。

この兄妹《きょうだい》が並ぶとイケメンオーラが半端《はんぱ》ない。

「私に口づけされて不快に思う令嬢は皆無《かいむ》ですが、兄上はそうではありませんから！」

兄が兄なら妹も妹である。

「ふふふ、仲がよろしいのですね？」

エマがまた柔らかく笑うと、アーサーが顔を近づける。

「かっわいいーねー、これは殿下もイチ……コ……ロ……」

グイっと王子に引っ張られ、アーサーがバランスを崩《くず》す。

「いい加減にしろ、アーサー！　あと、いつまで手を握《にぎ》っている」

アーサーの手からエマを解放し、守るように背に隠す。

行動はリアル王子だが、どさくさに紛《まぎ》れてエマの手を握り、そのまま離さないでいる。

「殿下？」

エマ様の手‼　……とヨシュアが後ろで声を上げるも、王子はあからさまに無視をした。

「殿下？」

「………」

「殿下？　殿下？」

「…………」

「でぇ――ん――かぁ―――？」

絶対に聞こえているのに、王子はエマと手を繋《つな》いだままで、ヨシュアと目を合わさないように斜《なな》め上に視線を泳がせている。


「ウィリアム……だからなんで俺の妹は、無駄《むだ》にモテるんだ？」

一年のブランクがある筈《はず》の王子が、既にこれ重病じゃないか？　とゲオルグが嘆《なげ》く。

「姉様中身はアラフォーなので、無自覚どころか、母目線ですからね……あれが余計とおかしなことに拍車《はくしゃ》をかけているというか……」

もう、救うのは無理かもしれないですねとウィリアムも嘆く。

ゲオルグとウィリアムは、二人揃《そろ》って頭を抱《かか》えた。

◆　◆　◆

「静かにしてくれないか？」

不機嫌《ふきげん》な声と同時に、一番前の席にいた生徒が立ち上がる。

「お前ら女の癖《くせ》に高度な知識を必要とする魔物学を受けようなんてバカなのか？　こっちは真剣《しんけん》なんだよ。殿下もです！　王族は魔物学を受けなくても良い筈ですが？　わざわざ邪魔《じゃま》をしにいらしたのですか？」

「！　ロバート様……」

フランチェスカの体がビクッと震《ふる》え、縮こまる。

「まだ、授業が始まってもいないうちから、いちゃもんつけないでくれるかい？　ロバート」

アーサーがうんざりした顔でロバートと呼ばれた令息を見る。

あの方は何様……じゃなくて、どちら様ですの？

こっそりとエマがフランチェスカに尋《たず》ねる。

王子に向かってうるさいなんて言える貴族がいるとは驚きだ。

「おいっ聞こえているぞ、エマ・スチュワート。私を知らないなど、とんだ田舎者だな！」

心底バカにした顔でロバートはエマに言い放つ。

「口が過ぎるぞ、ロバート！」

王子が未《いま》だに繋いだままのエマの手を、大丈夫だからと庇《かば》うように優《やさ》しく握る。

しかし、エマにロバートを恐れる気配はなかった。

「申し訳ございません。ロバート？　様？　私、ずっと辺境の領地で暮らしていたものですから、わからない事が多いのです」

王子と繋いでない方の手でスカートの裾《すそ》を少し上げ、申し訳ないと頭を下げる。

なにせ向こうはフルネームでエマを呼んでいるのだ。

田舎の辺境貴族の娘《むすめ》の名前なんて誰も知らないはずなのに……そんなにパーティーで目立ってしまったのだろうか？

「エマ様、ロバート様はライラ様のお兄様ですよ。ランス公爵《こうしやく》家の長男です」

後ろから小さな声でフランチェスカがエマに教えてくれる。

「まあ、ライラ様の!?　あまり似ていらっしゃらないのですね？」

ライラは元の世界では見たことのない綺麗《きれい》な水色の髪だが、ロバートは黒に近い茶色の髪をしている。

それに、ライラ様は一人で教室に入ったエマに一番に声をかけてくれた優しい（エマ目線）令嬢だった。

ロバートのように敵意剥《む》き出しでいちゃもんつけてくる訳でもなかったし。

「当たり前だ。妹とは母親が違うからな、私の母親は現国王の姪《めい》にあたる高貴な身分なのだ。妹なんかと一緒にされては困る。肝《きも》に銘《めい》じておけ、私には王族の血が流れているのだから」

口の利《き》き方に気を付けろ、自分は偉《えら》いのだとロバートが自慢《じまん》げに笑う。

スチュワート家の治める辺境のパレスでは、領主と領民は昔から助け合い協力しながら暮らしてきた。

魔物が出現する危険な土地で今では王国一豊かな領となったが、貧乏《びんぼう》な時期が長かった。

ただ、生きるための必要最低限のギリギリの生活に領主が領民に教えを請《こ》うことも少なくなかった。

食糧《しょくりょう》の不足する季節に備えての保存食の作り方、小さなことからコツコツと積み上げる節約の豆知識、裁縫《さいほう》も養蚕も元は領民から教えてもらったのだ。

腹の足しにならない見栄《みえ》やプライドはパレスという土地で持ち続けられる余裕《よゆう》なんてなく、貴族だから偉いという感覚はスチュワート家の先祖の系譜《けいふ》の早い段階で失われていた。

そして、前世の日本人の記憶《きおく》を思い出した今、ロバートの自慢が全くもってどこにも響《ひび》いてこない。

「はあ……そうなのですね。なるほど、ロバート様が殿下に失礼な口を利けるのは、親戚《しんせき》的な親しみからということなのですね?」

「バカなのか?」

なんとか理解しようとエマが口を開くが要領を得ない様子にロバートが呆《あき》れた顔で説明を始める。

「殿下の母親は、侯爵家《こうしやくけ》だぞ? それに、我《わ》がランス家は代々王族の姫が降嫁《こうか》する家柄《いえがら》だと知らないのか？　血筋の正当性なら私の方が王に近いくらいだ」

自信に満ちたロバートの言葉に王子の表情が歪む。

痛い所を突かれた、と。

血筋云々《うんぬん》を持ち出されると誰もランス家には逆らえないのだ。

貴族の中でも格式ある家柄のアーサー＆マリオン兄妹すら、これを言われると反論できない。

ロバートに睨《にら》まれた令息や令嬢の末路を見てきたフランチェスカは、震えている。

双子はなんだか面白《おもしろ》そうに状況を窺《うかが》っている。

「え？　でも、ロバート様は王族ではないのですよね？　王族としての責務を何も果たしていないのに、血筋だけ主張されましても……なんか……すごい……ダサっ……」

エマはロバートの謎《なぞ》理論に納得《なっとく》いかず、ついうっかり言葉を零《こぼ》す。

「はあ――――!?」

ロバートの顔は怒《いか》りで真っ赤に茹《ゆ》で上がる。

「うわっエマ!!　そ、そーろそろ黙《だま》ろうか!?」

「はっ！　姉様、傷が痛むのですね？　そうなのですね、少し座りましょう。ご自分でも何を言ってるのか分からなくなるくらい、ものすご――く、痛むのですね!?」

「へ？　傷？　え？　全然いた……」

「痛いのですね！　姉様！　痛むのでしょう！　痛いはずです！　ええ！　それはもう激痛です！」

「エマ様、最高です！」

「ヨシュア、話がややこしくなるから、黙って！」

ゲオルグとウィリアムが慌てて割って入ったところで、始業の鐘が鳴る。

声を殺して状況を窺っていた生徒たちにとって、今日程《ほど》この鐘の音が待ち遠しかったことはなかっただろう。

救いの鐘が鳴りやむ前に魔物学の教師がぬうっと、教室の扉《とびら》をくぐるように入ってくる。

とてつもなく体格の良い教師は、席に着いていないエマたちを一瞥《いちべつ》し、

「……さっさと座れ」

と言った。


魔物学に女子がいないのはこの教師、ヴォルフガング・ガリアーノの見た目も影響《えいきょう》している。

ただただ、でかくて怖《こわ》い。

二メートルを超《こ》える巨体《きょたい》につるっとしたスキンヘッド。

父レオナルドよりも大きいかもしれない。

服を着ていても分かる盛り上がった筋肉と、エマより更に傷だらけの顔は、貴族令嬢が直視するには些《いささ》か刺激《しげき》が強過ぎるのだ。

「はいっ！」

優等生然とした気持ちの良い返事と共に、ロバートが素早《すばや》く席に着く。

うわっ、やっぱりダサいな……と心の中で思っていたエマもウィリアムに無理やり座らされる。

「今日から一年、魔物学を担当するヴォルフガング・ガリアーノだ。と言っても、殆どは去年と同じ顔ぶれだな」

広い教室に、教師の低い声が響く。

必須科目とはいえ、合格できる生徒が少ないので毎年似たような顔が並ぶ。

「まあ、今年は珍《めずら》しく、女子が五人もいる。難しい科目だが頑張《がんば》って勉強するんだな」

エマ達の方へ教師の視線が向く。

蛇《へび》に睨まれた蛙《かえる》のように双子が「ぴっっ」と変な声を出して固まる。

フランチェスカはずっと震えたままだし、マリオンもゴクンと唾《つば》を飲み込む。

「はいっヴォルフガング先生。私、頑張りますわ」

エマだけが教師と視線を合わせ、にっこりと答える。

超強面《ちょうこわもて》、迫力《はくりょく》系ムキムキイケオジも悪くない。

枯《か》れ専の悲しい性《さが》で、女の子らしからぬ反応であった。

「ほう……その頬《ほお》の痛ましい傷は、スチュワート家のエマ嬢《じょう》か？」

普通の令嬢と違い、怖がる素振《そぶ》りのないエマの顔の傷を見て教師が尋ねる。

顔の傷に関しては先生には言われたくないと思いつつ、王都の人には、何故《なぜ》こんなにも自分の名前が知れ渡《わた》っているのか謎だとエマは首を傾げる。

ヴォルフガングが教室に入ってからも、お馴染《なじ》みの緊張感に晒《さら》されている生徒達の目での会話は続いていた。

ちょっ……エマ様はあのヴォルフガング先生を見て普通に受け答えしているぞ⁉

さっきのロバート様の血筋云々と言い、なんて柔軟《じゅうなん》な考え方を持っているんだ？

いやいや、怖いに決まっているだろ？

ヴォルフガング先生だぞ？

あれは、思いやりだ！

怖くても、失礼のないように笑顔で答えてるんだ。

あれは、エマ様の優しさがそうさせるのか？

あの思いやりに満ちた笑顔だけで、この授業受けて良かったって思える。

分かる！

ただの枯れ専の為《な》せる業《わざ》なのだが、誰もそうは思わないのだった。


「よし、今日は特別にスライムについて授業しよう。去年と内容が大きく変わるから、よく聞いておくように」

スライムってなんだっけ？　生徒が一斉に教科書を捲《めく》る。

出現率が低いスライムはこの世界では認知度も低いのだ。

教師は今年の魔物学は大変だぞ、と笑う。

去年、必死で覚えた内容も、新たな事実が発見される度に反映され、魔物学は毎年教える内容が変化する。

教室で真剣な顔で授業を受けているスチュワート三兄弟の活躍《かつやく》でスライムだけでなく、その他の魔物の対処法も幾つか報告されており、教科書の書き換《か》え率は例年の倍以上。

今年こそは合格だと意気込んでいる生徒には可哀想《かわいそう》だが、面白い一年になりそうだと教師はその厳《いか》つい顔に笑みを浮《う》かべた。


ヴォルフガングが黒板にスライムのイラストを描《か》いている（凄く上手《うま》い）隙《すき》にゲオルグとウィリアムが小声でエマを責める。

「エマ……っていうか港《みなと》！　あれわざとだろ？　わざとロバート様を怒《おこ》らせただろ？」

「みな姉！　悪い癖出てたよ！　子供相手にそこまでしなくても……問題起こすなって言われてたのに……」

「ん？　だってあのロバート様？　初めになんて言ったと思う？　女の癖にって言ったのよ？　勘違い男尊女卑野郎《だんそんじょひやろう》は昔から私、大っ嫌《きら》いなのよね」

ふふふとエマが悪い顔で笑う。

今まで、この世界ではエマに優しい令息ばかりだったが、王都ではそうはいかないようだ。

ロバートのように男尊女卑思想の者もいる。

港は昔から女子には寛大《かんだい》だが、男子には厳しいのだ。

特に、女の癖にという勘違い男子には。

「エマ……あんまり、虐《いじ》めるなよ？」

ゲオルグは好戦的なエマの表情に嫌《いや》な予感しかしない。

「姉様？　お願いですから騒《さわ》ぎは起こさないで下さいね？」

無理だろうけど……諦《あきら》め顔でウィリアムも注意する。

「そこっ、私語は慎《つつし》みなさい。エマ・スチュワート！　スライムを切ったらどうなる？」

ぷるんぷるんの見事なスライムをチョークで描き上げたヴォルフガングが、私語を窘《たしな》め、罰《ばつ》と言わんばかりにエマに質問を投げかける。

「はいっ、ヴォルフガング先生。スライムへの斬撃《ざんげき》は、分裂《ぶんれつ》を意味します。切れば、切るほどスライムは増えていきます」

急に当てられた質問に、エマは迷うことなく答える。

ヴォルフガングの、正解だ……という声に、教室から教科書を捲る音が止《や》み、感嘆《かんたん》の声が漏《も》れる。

ロバートだけは、悔《くや》しそうに顔を歪ませているが、エマの知ったことではない。

無事に、平和に、とにかく目立つなという母メルサの願い虚しく、エマVSロバートの戦いの火蓋《ひぶた》は切られたのだった。

第三十三話　ロバートの逆襲。

くきゅるるるるる。

るるるるくるるるる。

きゅるるるる。

「エマ様。あともう少しですわ！」

フランチェスカがエマを励《はげ》ます。

二時間の魔物学《まものがく》の授業を終え、昼食休憩《きゅうけい》になり食堂を目指している。


くるるるるきゅうるるるる。

授業後半から、エマのお腹《なか》の虫が切ない鳴き声を上げ始めた。

近くにいるスチュワート兄弟やヨシュア、刺繍《ししゅう》のメンバー、王子とアーサーにはしっかりと聞こえてしまっている。

令嬢《れいじょう》だろうがなんだろうが、お腹が空《す》けば鳴るのは仕方がない。

きゅるるるる。くるるるる。くきゅるるるる。

授業の終わりを告げる鐘が鳴り、教師が教室から出た瞬間《しゅんかん》にエマは立ち上がった。

「皆《みな》さん！　食堂に参りましょう」

口よりも雄弁《ゆうべん》に語るお腹の虫のお陰《かげ》で、皆も素早《すばや》く勉強道具を片付け、教室を後にした。

学園内は同じような学舎が幾《いく》つも並んでおり、そこから少し歩くと豪奢《ごうしゃ》な建物が見えてくる。

学園創設よりも前に建てられたという、その建物の大広間だった場所が生徒のための食堂として使われているのだ。


魔物学の教室から食堂のある建物まで、少しばかり距離《きょり》があり、エマのお腹の虫は歩く度《たび》に悲しい、切なげな鳴き声を上げ続けている。

若いとお腹の虫も活《い》きがいい。

止めようとして止められるわけもなく、なすがままに一心にただ食堂を目指す。

くきゅるるるる。くきゅるるるるる。るるるる。

「お腹……すいた……」

あまりの空腹に、足元も覚束《おぼつか》ない。

ゲオルグとウィリアムに両脇《わき》から支えられながら、フラフラと歩く。

「姉様、食堂につきましたよ」

「エマ、ロバート様に喧嘩《けんか》なんか売るからお腹すくんだぞ？」

大広間を改装した食堂は全《すべ》ての生徒が充分《じゅうぶん》に食事することのできる設備が整っており、教室の中では一番広い魔物学の教室よりも更《さら》に広く、故《ゆえ》にテーブルに辿《たど》り着くまでも遠い。

「エマ嬢《じょう》のお腹の虫はなんとも可愛《かわい》い声で鳴くね」

「お兄様、女性のお腹の虫の声は聞こえても聞こえない振《ふ》りをするものです」

悪戯《いたずら》っぽい笑《え》みでからかうアーサーを、マリオンが注意する。

「こんなにお腹空かせた人は初めてね、ケイトリン」

「こんなにお腹空かせた人は初めてよ、キャサリン」

双子《ふたご》は楽しそうに仲良く笑っている。

「エマ様、今度からは何かおやつを持って来ますね」

ヨシュアがにっこりと約束する。

王子は昼休みには王城に戻《もど》り、軽食を摂《と》りながら公務を行うとのことで、教室を出て直《す》ぐに別れた。

別れ際《ぎわ》の名残惜《なごりお》しそうな顔が印象的だったが、エマのお腹の音に苦笑《くしょう》し、早く食堂でご飯を食べて来なさいと促《うなが》してくれた。殿下《でんか》……優《やさ》しい。

食堂で出されるメニューは、日替《ひが》わりの食事が提供され、食べたい物を選ぶことはできないが、栄養バランスは考えられており、味も良いと聞き、楽しみでエマのお腹が余計に鳴る。

学園が始まって一週間は午前中までだったので、三兄弟も双子も食堂は初めてだった。

前世の給食みたいなものと考えれば良さそうだ。

昼食休憩はたっぷり二時間あり、学園を出て店に行ったり、自宅へ帰って食べる生徒も少なくない。

エマは漸《よう》く空《や》いているテーブルに辿り着き、皆で同じテーブルを囲んだ。

フラフラながらも急いで来たからか、同じ魔物学の授業を受けた生徒は見当たらない。

今、ロバートにいちゃもんつけられても、構ってあげられる元気もないので安心する。

席に着けば、食堂の給仕《きゅうじ》が何も言わなくても食事を運んでくれるシステムらしく、エマの目の前にシチューをメインとしたランチセットが、次々と運ばれてきた。

給仕が最後にふかふかのパンが入ったバスケットを真ん中に置いて去っていった。

がっつかないようにと、給仕がいる間はゲオルグから待てがかかっていたので、お腹の虫は最高潮に鳴きまくっている。

大合唱である。

くるるるるる。きゅうるるるる。くるるるる。

がっつかないようにって言われても、このお腹の音は給仕の耳にもしっかりと届いていると思う……。

「よし、食べようか」

やっとお許しが出て、いただきますと言いそうになるところを、他の生徒に合わせて、祈《いの》る仕草をしてから食事を始める。

大きな牛肉の塊《かたまり》の入ったシチューを口一杯《いっぱい》に頬張《ほおば》ると、ほろほろと肉が柔《やわ》らかくほぐれて口の中でとけていく……。

「美味《おい》しい！」

エマは、一言発した後は黙々《もくもく》と食べることに集中する。

辺境のパレスでは肉といえば魔物肉だが、王都ほど結界の境から離《はな》れた土地になると、牛、豚《ぶた》、鶏《とり》と前世からなじみ深い肉の方が多い。

野性味溢《あふ》れる魔物肉も美味しいけれど、やっぱり牛さんは別格だった。

給食みたいなものと言ったのは撤回《てっかい》しなくては……食材、量、見た目、味、完全に給食を上回っている。

「今日の食堂のメニューはいつもより豪華《ごうか》だな？」

運ばれたシチューの肉を見て、マリオンが嬉《うれ》しそうに呟《つぶや》く。

「確かに、毎年の寄付額で幾らかの差はありましたけど、こんなに大きくて良い肉はここでは初めてかもしれません」

マリオンに、フランチェスカも同意する。

シチューだけでなく、サラダも、付け合わせの副菜も数品目あり、パンも焼きたてのふっかふかで、去年まで出されていたものとは全然違う。

周りの生徒からも嬉しそうに食べる声が聞こえてくる。

貴族の令息、令嬢といえども食べ盛《ざか》りの少年少女、ご飯は学園生活の楽しみなのだ。

「材料もそうだけど、味付けも去年より美味しい……割と値の張る香辛料《こうしんりょう》もふんだんに使ってあるし……」

アーサーはそう言って、エマが美味しそうにメインの肉から男前に平らげている様《さま》をニコニコと満足そうに見ているヨシュアに視線を向ける。

……噂《うわさ》では、ロートシルト家が学園に多額の寄付をしたとか。

もしもその寄付の使い道がエマ嬢のご飯のためだとしたら、我《わ》が学友のライバルはとんでもない強敵なのかもしれない……とアーサーは一人公務のために王城へ戻ったエドワードに想《おも》いを馳《は》せる。

◆　◆　◆

エマ達《たち》が、食堂で念願の食事に舌鼓《したつづみ》をうち始めた頃《ころ》……魔物学の教室ではロバートが怒《いか》り狂《くる》っていた。

「は？　なんでいないんだ？　あんな失礼な口を利《き》いておいて謝罪もなしか？」

ロバートは、授業中もイライラが収まらずに全く集中できず、教師が教室を出て足音が聞こえなくなるまで少し待ってから、文句の一つでも言ってやろうとエマ達がいた後ろの席へ向かった。

しかし、既《すで》にそこには誰《だれ》もいなかった。

「おい！　そこのお前！　エマ・スチュワートはどこに行ったんだ！」

「はっはい。授業が終わって直ぐに教室を出て行ったようです」

気の弱そうな令息がロバートの質問に震《ふる》えながら答える。

「ふっ、つまり私に恐《おそ》れをなして逃《に》げたと？」

「どっどうでしょうか？　教室を出る時、エマ様は少しフラフラしていました……体調が悪かったのでは？」

気の弱そうな令息が、教室を出るエマの様子を思い出しながら答える。

「はんっ、女の癖《くせ》に魔物学を受けるからそうなるのだ。今日程度の血腥《ちなまぐさ》い授業は日常茶飯事《さはんじ》だぞ？」

スライムは出現する度に大きな被害《ひがい》が出る魔物で、凄惨《せいさん》な話も授業では語られた。

これだから、女は。

黙《だま》って言うことをきいていれば良いものを……。

「たかだか、第二王子に気に入られて調子にのっていても所詮《しょせん》は弱いな」

改心してどうしてもと、頭を下げるなら守ってやっても良いか？

いや、このロバート・ランスに向かって失礼な口を利いたのだ、相応の報復が相応《ふさわ》しい。

「おっおっお言葉ですが！　ロバート様！」

数人の令息がエマへの悪口に立ち上がる。

「エマさんは調子にのってなどおりません！　エマ嬢はとても内気で優しく、天使のような子なんです」

「そうですよ！　それに弱くなんかないです！」

「はんっ、バカかお前ら。現に授業受けただけで、フラフラだったのだろ？　なぁ？」

再び気の弱そうな令息にロバートが話しかける。

「はっはいっ……兄弟に支えられて歩いていたみたいでしたし……」

教室を出る手前で一瞬踞《うずくま》りかけたエマを、ゲオルグとウィリアムが両脇から支えていた。顔色も少し悪かったかもしれない。

授業前、弟が傷が痛むのですね……と仲裁のように割って入っていたが、本当に痛かったのかも……？

ぼそぼそと早口で気の弱そうな令息がロバートに説明をする。

「そっそれはっ」

エマを庇《かば》った令息は、ばつの悪い顔で言い淀《よど》む。

「ほらな、弱い弱い！」

勝ち誇《ほこ》ったように笑うロバートを見て、令息の口が滑《すべ》る。

「エマさんの顔の傷はスライムに負わされたものだからです！　エマさんは一年前にスライムに攻《こう》撃《げき》され、死にかけたのですよ！　今日の授業であの時の恐怖《きようふ》を思い出し、体調が悪くなっても仕方がないのです！」

エマを庇った令息達の大半は、パレスに近い辺境の貴族出身で、魔物と縁遠《えんどお》い王都の貴族よりも詳《くわ》しい事情を知っていた。

王都でも王子を庇い傷を負ったとの噂はあったが、魔物が関係していることを知らない者も多い。もちろん局地的結界ハザードの報告書は提出してあるが、魔物への関心が薄《うす》い王都では好んで読む貴族などほぼいない。

女の子の顔に大きな傷痕《きずあと》が残っている、事情を知っている令息達も言い触《ふ》らす事はせずにいたが、思わずエマを庇いたい一心で、口が滑った。

「ほぉ？　あの醜《みにく》い傷は……スライムに？」

ニタァ……と嫌《いや》な笑みがロバートの顔に浮《う》かぶ。

口を滑らせた令息は、しまったと手で口を塞《ふさ》ぐが、遅《おそ》い。

エマのトラウマを一番教えてはならない者に教えてしまったのだ。

「おい！　ブライアン！　ブライアン！」

がっがっと机を蹴《け》り、授業が始まる前から爆睡《ばくすい》をしていた少年を、乱暴に起こす。

「んー？　ロバート様……授業……始まります？」

寝《ね》ぼけた声で、ブライアンと呼ばれた少年がロバートを見てゾッとする。


去年も、一昨年《おととし》も、ずっと前から覚えのある嫌な笑みを浮かべている。

ロバートの幼馴染《おさななじ》みであるブライアンだけが何を意味するか知っている笑み。

これは、新しいオモチャを見つけた時の顔だ。

ロバートはオモチャが壊《こわ》れるまで、執拗《しつよう》に遊び続ける。

今年のオモチャは誰なんだ？

かわいそうに……。

「ブライアン、行くぞ。良いこと思い付いた」

そう言うとロバートはブライアンを急《せ》かして教室を出た。

◆
◆
◆

「エマ様、この食堂棟には趣向《しゅこう》を凝《こ》らした中庭もありますよ。食休みに行ってみませんか？」

満腹のお腹を抱《かか》え、満足そうにしていたエマにヨシュアが提案する。

もともとは、王族の屋敷《やしき》だったらしいこの広い建物には、それに見合う見事な中庭があるそうだ。

「ヨシュアが勧《すす》めるならきっと凄《すご》いとこなのね？　行きましょう！」

エマの好みを網羅《もうら》したヨシュアへの信頼《しんらい》は、厚い。


「中庭なんて素敵《すてき》ね、ケイトリン」

「中庭なんて素敵だわ、キャサリン」

双子も興味津々《しんしん》といったように目を輝《かがや》かせている。

食堂を出て、改めてお互《たが》いに自己紹介《しょうかい》をしながら中庭に向かう。

双子はエマと同じ十三歳《さい》で今年から入学とのこと。

好奇心旺盛《こうきしんおうせい》な二人は、行きはエマが空腹の限界で、急いでいたからよく見ていなかったと豪奢な建物内の調度品をじっくり見ては首を捻《ひね》っている。

フランチェスカとマリオンは、十七歳で学園三年目。

アーサーは十八歳で学園四年目だった。

アーサー曰《いわ》く、魔物学を初年度から選択《せんたく》する生徒は珍《めずら》しいとのこと。

「そもそも一番難しい科目だからね、ある程度学園に慣れた二、三年目に受けることが多いよ」

狩人《かりゅうど》の実技は体力作りも兼《か》ねて毎年必須《ひっす》だが、魔物学は領地に合わせたクラスが卒業までに合格できれば良かったらしい。

「し、知らなかった……」

ゲオルグだけがショックを受けている。

「お兄様は合格できるか怪《あや》しいから受講回数で勝負よってお母様が言っていましたよ？」

「魔物学（初級）は一年で合格したいところですが……」

エマとウィリアムがゲオルグに追い討《う》ちをかける。

ウィリアムは次男なので初級だけ合格すればいいし、エマに至っては受けなくてもいい。

「なんで、長男に生まれたんだ……」

「大変だな……」

嘆《なげ》くゲオルグを同じ跡継《あとつ》ぎの立場のアーサーが労《ねぎら》う。

ベル領は、王都に近いので初級だけ合格できれば良いのだが、その分魔物と接する機会がないためか、アーサーは二年連続で不合格であった。

「そうね、私がお兄様より早く男に生まれていたら良かったのかも？」

勉強嫌《ぎら》いの兄に立ち塞がる壁《かべ》を思い、エマが同情する……が。

「お前……スチュワート家、潰《つぶ》す気か？」

「姉様……パレスが崩壊《ほうかい》します！」

二人の兄弟からは散々な言われようだった。

「着きましたよ」

談笑も一区切り着いたころにヨシュアが中庭への扉《とびら》を示す。

扉の前にも給仕がついており、エマたちに気付くとスッと扉を開けてくれる。

「わー！　思ったより広いですね？」

建物自体が大きいので中庭も、想像以上に広かった。

さわさわと気持ちの良い風と共に眼前に拡《ひろ》がる緑が眩《まぶ》しい。

南国を思わせる木々に点在する四阿《あずまや》の中にはラタン編みのような机とソファー。

「なんか……バリ島みたい！」

エマは、前世のリゾートを思い出す。

ソファーの上にはクッションがたくさん並んでおり、色味を抑《おさ》えた四阿の中で一際カラフルで目立っている。

「まあ、エマ様はバリトゥをご存じなのね、ケイトリン」

「まあ、エマ様はバリトゥをご存じよ、キャサリン」

双子が嬉々《きき》として話し始める。

「バリトゥは、王国からとても離れた島国にあるのよね、ケイトリン」

「バリトゥは島国だから魔物の被害がないのよね、キャサリン」

「まあ……魔物が出ない国もあるのですか？」

フランチェスカが驚《おどろ》く。

「海には魔物が出ないから島国は安全だって聞いたわよね、ケイトリン」

「でも、島国は狭《せま》いから安全だけど移住は断られるって話よね、キャサリン」

どうやらこの世界、バリトゥというバリ島みたいな国があるらしい。

エマ達は四阿のソファーに座り、双子の異国の話を聞く。

大きな港のあるシモンズ領で育っただけに、二人は外国に詳しかった。

王国や帝国《ていこく》は大陸にあるため、広大な国土と魔物を狩《か》ることで潤《じゅん》沢《たく》な資源を確保し、大きく発展した。

一方の島国はどこも魔物の脅《きょう》威《い》がないせいか、のんびりゆったりな国民性らしい。

バリトゥより東の国とは航路が確立されておらず、王国の地図もその先は記されていない。

「いつか、バリトゥより東の国と交易してみたいわね、ケイトリン」

「いつか、バリトゥより東の国と交易してみたいわ、キャサリン」

外国との玄関口《げんかんぐち》であるシモンズ家の双子は、学園の外国語の授業は卒業までに全部受けたいと息巻いている。

給仕が、紅茶を持って来たタイミングで、会話が落ち着く。

中庭利用者には紅茶のサービスが付くらしく、甘《あま》いものがないのは寂《さび》しいと、さっきお腹いっぱい食べた筈《はず》のエマが呟く。

「明日からはおやつを持ってきますね」

ヨシュアがエマに約束する。

「そうだ、ヨシュアこれを……」

ヨシュアの約束で思い出したエマは、鞄《かばん》を探《さぐ》って刺繍の時間に作ったカフリンクスを取り出す。

今日作った中で、一番細かく、一番時間がかかったものをヨシュアに渡《わた》す。

「ありがとうございます！　おお！　なんて素晴《すば》らしい！　家宝にしますねエマ様！」

嬉しそうにヨシュアは早速《さっそく》、袖《そで》に付けている。

アーサーがそのカフリンクスを覗《のぞ》き込《こ》んで驚く。

「うわ！　何この刺繍⁉　細かい！　細かすぎる！」

ヨシュアにプレゼントしたカフリンクスには、ロートシルト家の紋章《もんしょう》が刺繍されている。

「ライオンに、ユニコーンに…矢？　……モチーフが多いね」

小さなカフリンクスの刺繍部分をアーサーが凝視《ぎょうし》する。

代々騎士《きし》の家系のベル家は剣《けん》、フランチェスカのデラクール家は羽根ペン、双子のシモンズ家は船、スチュワート家は最近変更《へんこう》した猫《ねこ》、とロートシルト家に比べれば至ってシンプルなのだ。

「うちの紋章は商魂逞《しょうこんたくま》しく、縁起物満載《えんぎものまんさい》でぎゅうぎゅう詰《づ》めなんですよね」

苦笑しながら、ヨシュアがカフリンクスを愛《いと》おしそうに撫《な》でる。

「ヨシュアにはカフリンクスの台座を安く売ってもらったから、お礼に紋章が入ったものを作ったの」

カフリンクスの台座を百個も手に入れるのは大変だったのでヨシュアに用意してもらった。

刺繍のクラス全員分よりも多い数をエマ一人が消費するので、これはもう業者《ヨシュア》に頼《たの》んだ方が早いと思ったのだ。

ヨシュアにも一つプレゼントすると約束し、大分値切った。

驚《きょう》異《い》の八十パーセントオフ。

「うちではカフリンクスなんていちいち刺繍しないもんな」

ゲオルグもヨシュアのカフリンクスを見て、制服の袖を示す。

貧乏《びんぼう》時代に、装飾品《そうしょくひん》の類《たぐい》は大概《たいがい》売り払《はら》ったままだ。

わざわざ買い戻すこともなく、今に至る。

ゲオルグだけでなく、エマとウィリアムの袖も制服を注文した時のままの飾《かざ》りボタンが付いているだけであった。

壁の染《し》みを隠《かく》すためのタペストリー、テーブルの傷を隠すためのクロス、自分達や使用人の衣服は沢山《たくさん》作ってきたが、ローズのドレスを縫《ぬ》うまでは、アクセサリーの類を作ることは稀《まれ》だった。

「あっお兄様とウィリアムにもあるよ」

せっかく作ったので使ってほしいと鞄からまた、カフリンクスを出す。

ゲオルグ用の、黒猫かんちゃんのデザインを渡す。

ウィリアムには、三毛猫《みけねこ》リューちゃんのデザインを渡す。

「……刺繍が得意なんだね、エマちゃん。二時間の授業でこんなに作ったの？」

ヨシュア、ゲオルグ、ウィリアムのどれも細かく、難しいデザインのカフリンクスを見て、アーサーが驚く。

刺繍の時間にできた作品は、自分で使う、友達《ともだち》と交換《こうかん》、令息へプレゼントの三択《たく》が基本で、公爵《こうしやく》家《け》で身長も高く、顔も良いアーサーは毎年色んな令嬢からカフリンクスをプレゼントされてきた。

その、どれをとってもエマの作品に敵《かな》うものはなかった。

十三歳の少女の作品とは思えない見事な出来栄《できば》えに感心する。

女の子らしい事が得意ではなさそうと勝手に思っていたが、素晴らしい腕《うで》だった。

「そんな事ないですよ！　私は絵柄《えがら》をデザインするのは好きなのですが……刺繍だけなら兄や弟の方が早くて上手なんです」

エマはしきりに謙遜《けんそん》する。

スチュワート家の作品はエマがデザインしたものを皆で作るスタイルで、縫い物の技術だけなら、ゲオルグとウィリアムの方が上手《うま》いのだ。

何故《なぜ》？　伯爵《はくしやく》令息が刺繍を？　刺繍は令嬢が嗜《たしな》むものでは？　とアーサーは不思議そうにゲオルグとウィリアムを見る。

双子、マリオン、フランチェスカはエマの刺繍を目《ま》の当たりにしているので、それ以上の腕なんて想像できないと驚いている。

「いやいや……俺《おれ》の技術なんてお父様のレース編みに比べたらまだまだだよ」

「家で一番の縫い手はお父様ですからね」

慣れない注目にゲオルグとウィリアムが照れながら、エマと同じく謙遜する。

その謙遜は新たな謎《なぞ》を呼ぶ。

いやっ……なぜ？　スチュワート伯爵がレース……編みを？

貧乏だった時間が長いほど腕は上がるのであった。

「よろしければ、アーサー様もいかがですか？」

エマが鞄からまた、カフリンクスを取り出す。

クローバーとてんとう虫の、一見可愛いデザインだが、刺繍が細かく、リアルな為《ため》に男性が着けても違和《いわ》感がなさそうだ。

「良いのかい⁉　ん？　あれ？　エマ嬢、一体何個作ったの？」

嬉しそうにアーサーもカフリンクスを受けとるが、謎は深まる。

ふふふとエマが笑っていると、見覚えのある令息達に声をかけられる。

「エマさん、体調はどう？」

全員が心配そうな顔でエマを見ている。

魔物学が終わった後にエマを庇おうと立ち上がったパレス周辺の令息達だった。

「まあ、クリス様に、グレン様……皆様《みなさま》どうなさったのですか？　私は元気ですわ」

お腹も落ち着いたし……と思いながらエマは答えたが、令息達の質問の意図が分からない。

「あの、ロバート様に絡《から》まれたとき、助けられなくてすみませんでした」

助けなければと思ったが、王子の黒髪《くろかみ》に畏怖《いふ》の念を覚えた上に、ロバートの髪も黒に近いので怖《こわ》くて、表だって直ぐに庇うことができなかった。

学園の中では無礼講といわれてはいるが、さすがに公爵家に楯突《たてつ》くこともできず……と次々に令息達は謝罪の言葉を口にする。

魔物学の教室は広く、入って直ぐにロバートに絡まれたので、三兄弟は彼《かれ》らも同じ授業だったとは気付いていなかった。

「そんな、エマ姉様がケンカを売ったのが悪いのですよ？」

「ロバート様は、できるなら関《かか》わらない方が賢明《けんめい》だと思うよ」

ウィリアムとゲオルグが謝《あやま》ることはないと令息達を宥《なだ》める。

もし庇ってロバートに目をつけられることになれば、完全な巻き込まれ事故でしかない。そうなったら、申し訳ないにも程《ほど》がある。

「実は、エマさんの傷痕のことをロバート様に話してしまいました」

泣き出さんばかりに令息は告白する。

きっとロバート様はエマに酷《ひど》いことをしようと企《たくら》んでいる。

そのきっかけを作ってしまったと。

「若気の至りの傷のことよね、ケイトリン」

「若気の至りの傷のことね、キャサリン」

学園で唯一《ゆいいつ》、エマに傷痕について質問した無遠慮《ぶえんりょ》な双子が、その話詳しくと聞き耳を立てる。

「あの、噂では殿下と一緒《いっしょ》にいた時に魔物に襲《おそ》われ、傷を負ったと耳にしたのですが？」

おずおずとフランチェスカが尋《たず》ねる。

「え？　私は殿下を庇って、怪我《けが》をしたって噂を聞いたけど？」

マリオンもファンの女の子達との会話の中で噂を耳にしていた。

「……あの……全然、庇ったとかではなく……」

自分の知らないところで自分の噂が一人歩きしている。

少し、恥《は》ずかしそうにエマが真相を話す。

「ヤドヴィ……姫《ひめ》と殿下とローズ様と遊んでいたときに偶然《ぐうぜん》、局地的結界ハザードを見つけて……殿下達に避難《ひなん》していただいた後、その……ぼけーっと出てきた魔物を眺《なが》めていたら攻撃されました」

テヘペロなんて可愛く言ってはみるが、内容はバイオレンスで全く可愛くない。

魔物に襲われるなど王都では考えられない事で、傷の大きさもその時の被害を物語っている。

予想外の重い話に言葉が出ず、友人達はシーンと静まりかえってしまった。

なんとなく居心地《いごこち》悪くなったエマが、慌《あわ》てて今は回復してとっても元気だというアピールに、他の傷も見せようと襟元《えりもと》に手を伸《の》ばすがウィリアムに止められる。

「姉様……脱《ぬ》いじゃだめです！」

「うえ？　なんで？」

「ちょっと考えたらわかるでしょ？」

「ん……あっそうだね、外で脱いじゃだめよね？」

……そういうことじゃない！

その場の全員の突《つ》っ込み虚《むな》しくエマは、ニコニコしている。

「別に傷のこと、内緒《ないしょ》にしていた訳でもないし構わないですよ」

自責の念に押《お》し潰されそうになっている令息達に、エマは気にしないでと笑う。

本人的には何をそこまで思い詰《つ》めているのか不思議なくらいだった。

「し、しかし……エマさんを攻撃した魔物が、スライムだということもロバート様に言ってしまったのです」

今日、授業で習ったばかりのあの凶悪《きょうあく》な、凄惨な、莫大《ばくだい》な被害をもたらすあのスライムだ。

エマのトラウマを抉《えぐ》るような授業だった。

今、見る限りでは落ち着いて顔色も良さそうだが、授業が終わり、教室を出るときのエマは本当に辛《つら》そうだった。

きっと昼食も満足にとれず、ソファーのある中庭で休んでいたに違いない。

心配で心配で堪《たま》らないと、令息達はエマを気遣《きづか》っていた。

……実際はそんなことなくエマはしっかり食堂でごはんを食べている。

なんと、おかわりもした。

「私は大丈夫《だいじょうぶ》ですよ。何にも気にすることはありませんから」

エマにふんわりとした笑顔で優しい言葉をかけられ、令息達は改めてエマ天使説を確信する。

「なんて……なんて優しい……」

「ご自分がどんなに辛くても、笑顔を絶やさず、周りを気遣うなんて……」

「天使……」

「マジ天使……」

よく分からない所で、よく分からない感動をされ、いつもながら変に誤解される。

エマと令息達の話を聞いていたアーサー、マリオン、フランチェスカ、双子は驚いていた。

あの凶悪な恐ろしいスライムに大きな傷を負わされたエマが、あの血腥いスライムの授業の後で貪《むさぼ》るが如《ごと》くランチをかっ込んでいたのだから。

「姉様……また、無駄《むだ》にキラースマイルを……」

「タイミングが悪い……エマのやつ多分、今、満腹で機嫌《きげん》が良いんだ……」

エマに心酔《しんすい》した令息達を憐《あわ》れみ、兄弟は頭を抱える。

「あの……エマさん、良かったら、これ食べて下さい」

何もお腹に入れないのは体に悪いと令息達がエマに次々と可愛らしい袋《ふくろ》を渡していく。

中身はクッキーだったり、チョコレートだったり、どれも王都で有名な店の菓子《かし》だ。

甘いものが大好きなエマのために、ロバートが教室を去った後、令息達が全速力で走って店に買いに行って来たものだ。

お昼ごはんは食べられなくても、もしかしたら大好きな甘いものなら喉《のど》を通るのではと話し合った結果であった。

エマがしっかりランチセットを平らげたとは誰も思っていない。

「まあ‼　なんて美味しそうなの！」

つやつやのチョコレートを一つ選んで口の中に入れる。

普段《ふだん》、スチュワート家で食べているのとは違う高級な味がした。

ヨシュアのお土産《みやげ》でしか食べたことのないやつだ。

「んー♪　美味しい‼」

エマがほっぺたが落ちないように、手を当ててもぐもぐする仕草は破滅《はめつ》的に可愛かった。

この顔を見られるのは自分だけだと思っていたのに……とヨシュアがショックを受けている。

令息達は菓子を美味しそうに食べるエマを見て、顔を赤らめつつも、ほっと胸を撫で下ろす。

「そうだ！　皆さん、お礼に今日の刺繍の授業で作ったカフリンクス、貰って下さい！」

エマは、ぱっぱっぱっと鞄から人数分のカフリンクスを出し、一人一人手渡《てわた》していく。

渡された令息達は、天使からの贈《おく》り物に狂《きよう》喜乱舞《きらんぶ》しながら去っていった。

気の利く給仕が、お代わりの紅茶を注いでくれるのを待って、エマは、満面の笑みで再びクッキーに手を伸ばす。

「今日はデザートまであるなんて凄く良い日だわ！　皆さんも一緒に食べましょう」

まだ……食べるのか、フランチェスカとマリオンはエマの細い体の中のどこにデザートの空きがあるのか理解できない。

「頂きましょうよ、ケイトリン」

「頂きましょうね、キャサリン」

双子は嬉しそうにクッキーを選び始める。

ゲオルグとウィリアムは可哀想《かわいそう》に……と令息達が去って行った方向を見つめている。

ヨシュアはエマの笑顔が自分にも向けられるように、もっと美味しいスイーツを探さなければと密《ひそ》かに決意していた。

「あー、ところでエマ嬢……」

アーサーがこの日、二回目の質問をする。

「カフリンクスだけど、一体何個作ったの？」

◆　◆　◆

「ふっふっふっ」

ロバートは嬉しそうに両手で持っている箱を慎重《しんちょう》に運んでいる。

授業が終わってから急いで作らせ、箱に入れ、なんとか学園まで帰って来た。

二時間の昼休憩の大半は費やしてしまうことになったが、後悔《こうかい》はない。

その道のプロに無理やり作らせたものは素晴らしい出来であった。

昼食時、大半の生徒が過ごす食堂に入り、目当てのエマを探すが見当たらない。

「うわっ、もうランチ終わりそうじゃないですか⁉」

ブライアンが急いでテーブルの席に座《すわ》る。

「ブライアン！　何をやってるんだ？　これをエマ・スチュワートに渡すんだろ？」

マイペース過ぎる幼なじみに文句を言うが、ブライアンは運ばれてくる料理を片《かた》っ端《ぱし》から食べている。

「ロバート様、あと二十分で昼休み終わりですよ？　ご飯食べられなく……今日のランチ……めちゃくちゃうまいな！」

その後は、何を言ってもブライアンは答えず、食べることに夢中になっている。

仕方がない……とロバートはエマを探しに中庭へ足を向ける。

……そうだ。

そもそも、スライムの授業で気持ち悪くなっていたなら食堂にいる筈がないのだ。

中庭でエマの姿を見つけた時は自分の考えの正しさに勝利を確信する。

「……ううう……もう、食べられないー」

令息達にもらった菓子を、残さず食べたエマが満腹に唸《うな》る。

「当たり前だ！　エマ！　なんで全部食べきる必要があるんだ？」

ゲオルグが呆《あき》れている。

「ううう……そこに……お菓子が……あるから？」

どこぞの登山家のような台詞《せりふ》が口からこぼれ落ちる。

双子もはじめに何枚かのクッキーを摘《つま》みはしたが、すぐに手が伸びなくなり、アーサーはあまり甘いものが得意でないらしく手をつけていなかった。

フランチェスカとマリオンもクッキーを一枚だけもらったが、食べるよりも話に夢中になってしまい、それ以上食べることはなかった。

ヨシュアは美味しそうにおやつを頬張るエマを愛《め》でるのに忙《いそが》しく、ゲオルグとウィリアムが可哀想な令息に思いを馳せているうちに、いつの間にかエマが食べきっていた。

結局令息達からもらった大量のおやつは殆《ほとん》どエマの胃袋《いぶくろ》の中に消えた。

「そろそろ、次の授業に向かいます？」

ヨシュアが休憩時間に十五分ごとに鳴る鐘の音を聞いて提案する。

これが七回目の鐘なので、次の鐘は授業の始まりを意味する。

次の授業は三兄弟とヨシュアは経済学（初級）で、後は皆バラバラに別れてしまったため、向かう教室も色々だ。

食堂棟から遠い学舎の教室だと、もうそろそろ出ないと間に合わないだろう。

そこへ突然《とつぜん》、ロバートが大きな箱を持って現れた。

「調子が悪そうだな、エマ・スチュワート‼」

お腹がいっぱいで唸っているエマを見て嬉しそうに笑う。

何やら、既に勝ち誇った表情で、持っている箱をエマの目の前の机に置く。

「ロバート……またいちゃもんつけにきたの？」

アーサーが面倒臭《めんどうくさ》そうにため息をつく。

「いちゃもんとは失礼なっ！　私はエマ・スチュワートのことを心配してきたのだ！」

わざとらしく心配そうな表情を作り、ロバートはエマを見る。

「魔物学の授業、辛かったんだろう？」

エマは、ぐっと言葉を飲み込む。

正直、あそこまで辛かったことは中々なかった。

あんなにお腹が空くなんて思ってもみなかったのだから。

そんなエマの顔を見たフランチェスカとマリオンはやはり、スライムの授業は辛かったのか……

と心配になる。

「昼食も満足にとれなかっただろ？」

隠しきれない嫌な笑みを浮かべつつ、ロバートは見当違いなことを言い出した。

「ん？」

「ん？」

「ん？」

「ん？」

シチューをおかわりした上に、パンも二つ食べた挙げ句にデザートに令息からもらったクッキーとチョコレートを完食したエマに、満足な昼食がとれなかったなどと誰が言うのだろうか？

因《ちな》みに紅茶も四杯《はい》は飲んでいる。

「これは、私からのプレゼントだ！」

そう言って、ロバートは持って来た箱を開ける。

「うわっ！」

「なっ‼」

「ひぃっ！」

それを見た瞬間、アーサーもマリオンもフランチェスカも思わず声をあげ、嫌悪感《けんおかん》いっぱいの表情になる。

「なんて悪趣味《あくしゅみ》なの⁉　ケイトリン！」

「なんて悪趣味なのかしら‼　キャサリン！」

大抵《たいてい》のことは、呑気《のんき》に面白《おもしろ》がっている双子でさえも嫌そうな顔でロバートを睨《にら》む。

「……お、お前には、やって良いことと悪いことの区別すらつかないのか⁉」

最初の衝撃《しょうげき》から、ふつふつと湧《わ》いてくる怒りを抑えきれず、アーサーが声を荒《あら》らげる。

ほんの数分前、クッキーを食べながら双子がまたもや頬《ほお》の傷について知りたがったので、エマは局地的結界ハザードの詳細《しょうさい》を話したばかりだった。

エマが受けたのはスライムの水鉄砲《みずでっぽう》の飛沫《ひまつ》だったが、皮膚《ひふ》は溶《と》け、大量に出血し、骨にまで達しかねない箇所《かしょ》もあったこと。

治療《ちりょう》するために傷口を水で流しただけで、皮膚がぐずぐずに崩《くず》れ落ちてしまったこと。

三日間高熱にうなされた後、一か月以上も意識が戻らなかったこと。

顔以外にも右側上半身に傷痕が広範囲《こうはんい》に残っていること。

淡々《たんたん》と平気そうに話していたエマだが、最後に少しどもりながら、ダ、ダンスも踊《おど》れなく、な、なりました……と小さな声で呟いた。

静かに聞いていたゲオルグとウィリアムはその声に顔を背《そむ》けた。

彼らの、きつく握《にぎ》られた拳《こぶし》が震えていた。

その時の何とも言えない三兄弟の様子に、クッキーを食べる皆の手が止まったのは仕方のないことだった。


そのエマの目の前に今、スライムがいた。

今日の魔物学でヴォルフガング先生が黒板に描《えが》いた、そのままの姿が忠実に再現されている。

丁度、話に聞いたエマに水鉄砲を浴びせたやつと同じくらいの大きさだろうか。

傷の原因となったスライムを模したものをロバートはエマの眼前に突き付けたのだ。

これ程非道で下劣《げれつ》で卑怯《ひきょう》で胸糞《むなくそ》悪くなる行為《こうい》を見過ごすことはできない。

アーサーは騎士道《きしどう》に従い、決闘《けっとう》を申し込もうと立ち上がる。

代々騎士の家系に生まれ、作法も言葉を話せるようになる前から叩《たた》き込まれている。同じくらい、軽はずみに決闘をしてはならないことも分かっている。

でも、ロバートはやり過ぎた。

……か弱きレディに、こんな仕打ちをするやつを騎士として許せなかった。

ロバートの前に出るアーサーを、一瞬遅《おく》れてマリオンが止める。

「お兄様！　いけませんっ！　堪えて下さいっ」

「止めるな！　マリオン！　こいつだけは許せん！」

アーサーとマリオンの怒りの形相に、ロバートが怯《ひる》む。

「おっお前には関係ないだろ？　アーサーっ！」

ロバートがアーサーに言い返す。

勢いは良いが、腰《こし》が引けていて……ダサい。

「お兄様が手を汚《よご》すわけにはいきません！　ベル家の存続に関わります。ここは、末娘《すえむすめ》の私が……」

アーサーの前に立ち、マリオンはロバートの心臓を指差し、決闘を申し込もうと口を開く。

「ちょっ！　だから、お前も関係ないだろう？　マリオン！　これは私とエマ・スチュワートの問題だ！」

心臓を指され、決闘を口にしようとするマリオンに大慌てでロバートがやめろと叫《さけ》ぶ。はっきり言って、相手がアーサーでもマリオンでも勝てる気がしない。

決闘するなら本人同士だ。

エマ・スチュワートになら勝てる気がする。

ロバートは……とてつもなく、ダサかった。

「なにを、バカなことを‼　はっ……っっっエマ嬢っ⁉　大丈夫かい？」

怒りで狂いそうなアーサーだったが、ロバートがエマの名前を口にしたことで、やっと後ろを振り返り、エマの様子を確かめる。

ロバートを責める前に、彼女《かのじょ》の目の前に置かれたスライムを処分しておかなければいけなかった。

きっと震えて泣いて…………な……い…………だと？

アーサーの気のせいだろうか、エマはキラキラした目でスライムを見つめているような……。

あれ？

「ロバートさ……ま……？　もしかして……これ？」

いや、やはり、声が震えている。

キラキラした目は自分の勘違《かんちが》いだったか？　とアーサーは再びロバートを睨む。

「スライムのゼリーだ！　ははは！　どうだ？　うまそうだろう？」

マリオンの決闘を申し込もうとしていた指が心臓から離れたことで、少し余裕《よゆう》を取り戻したロバートがエマの震える声に、満足そうな笑みを浮かべ答える。

「やっぱり‼　これ‼　食べられるんですよね⁉」

「ん？」

「ん？」

「ん?」

「ん?」

残念ながら、キラキラした目はアーサーの見間違いではなかった。


エマは、ずーっと辛かったのだ。

魔物学でヴォルフガング先生が一番初めに描いて、最後まで消さずに残されていた、あのスライムのイラスト……。

なんて、
なんて、
なんて、
美味しそうなのだろう……と。

授業を受けるためには黒板を見なくてはならない。

でも、黒板にはなんとも美味しそうなスライムのイラストが。

でも、ヴォルフガング先生の授業は凄く面白い。

でも、黒板にはぷるんとひんやり美味しそうなスライムのイラストが。

お腹が空いて仕方がなかった。

空腹を堪えようにも、黒板に描かれたスライムがいる限り堪えるなんて無理だ。

勝手に鳴き出すお腹の虫。

……こんなにも辛いこと、今まであっただろうか?

「これ……私が食べて……良いんですか?」

夢にまで見た、実際に食べられるスライムに、エマは満腹を忘れる。

魔物学で何が何でも食べてみたいと心の中で願ったスライムが目の前にいる喜び。

「あ? ああ。ランス公爵家御用達《ごようたし》のパティスリーに作らせたから、味も悪くないはず……ん?」

「へ?」

「は?」

「ん?」

「え?」

ロバートだけではなく、アーサーもマリオンも、フランチェスカも双子も呆気《あっけ》に取られている。

エマは早速《さっそく》、紅茶に砂糖を入れて混ぜる時に使っていたスプーンを、大胆《だいたん》にもスライムゼリーの真ん中に刺《さ》す。

反動でぷるんとゼリーが大きく揺《ゆ》れる。

そのまま、たっぷりゼリーが載《の》るようにすくい取ると、スライムが小刻みにふるふる震える。

エマの選んだコマンドは【たたかう】でも【にげる】でもなく、もちろん【おいしくいただく】である。

「では遠慮なく頂きますわ、ロバート様。……ん――――♡ 美味しーい!!」

しっかり冷やされて、つるんとした食感。

期待通りのサイダー味にエマは、最大級の笑顔になる。

「かっ可愛い‼　もはや天使より天使‼」

皆が呆気に取られる中、場違いにヨシュアだけがエマの笑顔に悶《もだ》えている。

「お前……さすがに……それは……」

「姉様……何よりも、食い意地が……勝つのですね？」

エマの奇行《きこう》に慣れている筈のゲオルグとウィリアムすら、どん引いている。

「言われてみれば美味しそう……かしら？　ケイトリン？」

「言われてみれば美味しそう？　……かもしれないわ、キャサリン」

ちょっとあの話の後では食べる気にはなれないけれど……と双子も美味しそうにゼリーを口に運ぶエマを驚きつつ見守る。

「なっ何食べているんだ⁉　エマ・スチュワート！」

意に反してダメージを受けてないエマに、信じられないとロバートが叫ぶ。

こんなバカなこと起こる筈がない。

本当なら震えて、泣いて、怖がって、必死でロバートに謝り、助けを乞《こ》うと思っていた。

完璧《かんぺき》な計画だと思っていた。

しかし、目の前でスライムゼリーを頬張るエマは最高に幸せそうで、泣きも、怖がりも、謝りも、助けを乞うこともせずに、ふるふると口に運ばれるスライムに合わせて嬉しそうに揺れていた。

ぐぎゅるる。

ロバートのお腹が鳴った。

エマの様な可愛らしい音ではなく、派手に大きく鳴ったのでその場の全員に聞かれた。

今日のロバートは狩人の実技で汗《あせ》を流した後、魔物学で一悶着《ひともんちゃく》、二悶着《ふたもんちゃく》起こし、スライムのゼリーを作らせるために学園外のパティスリーまで走って行った挙げ句、昼食もまだ食べていない。

お腹が空いていて当たり前だった。

アーサーと同い年の十八歳なのだから、食べ盛りの中の食べ盛りなのだから。

ロバートのお腹の音を聞いたエマは、知らぬ間に給仕が持って来ていた人数分のスプーンを一つ取り、そっと差し出す。

空腹を前に、敵も味方もない。

お腹が空いた時の辛さは身に染みてよく分かっている。

「ロバート様も食べますか？」

ロバートは、このエマの申し出を断る事ができなかった。

人は極度の餓《う》えには逆らえない。

普段から食べ物に困らない貴族ならば、なおさらの事。

「い、いいのか？」

今までの言動からは想像できないくらい素直《すなお》にスプーンを受け取ると、ロバートはスライムゼリーを恐る恐る口にする。

……うま――――い！


さすが我が公爵家の御用達パティスリー。

見た目にこだわって作らせたが、味付けにも手を抜《ぬ》いていない。

何より、空腹は最大のスパイスである。

一口、また一口と一心不乱にロバートは食べ続けた。

スライムゼリーはその身を削《けず》られながらふるふると震え続けた。

どうしても、スプーンを動かす手を止められなかった。


最後の一口を頬張ったのと、次の授業の始業の鐘が鳴ったのは、ほぼ同時のタイミングだった。

ロバートがハッと我に返り周りを見れば、エマ・スチュワートどころか……生徒が一人もいない。

当たり前だ、授業が始まったのだから。

ロバートの次の授業は経済学（上級）。

公爵家の後を継《つ》ぐ者として絶対に合格しなければならない大事な科目だ。

しかも、担当の教師は「時は金なり」と遅刻《ちこく》に厳しいことで有名な上、賄賂《わいろ》も効かない、圧力にも屈《くつ》しないので実力で合格するしかない。

自分の置かれた状況《じょうきょう》を漸く理解したロバートは、サーッと自分の血の気が引く音を聞いた。

去年も一昨年も経済学（上級）は不合格だった。

今年こそ、何が何でも合格しなければならないのに、初日から……遅刻……だ……と⁉

変わらず気の利く給仕がそっと渡したナフキンを握り込んだロバートは、ふつふつと湧いてくる怒りで、下がったばかりの血の気が急上昇《きゅうじょうしょう》する。

「エェマァ・スチュワァートォォオ‼　覚えていいぃるろぉ‼」

捨て台詞を吐《は》きながら、ロバートは経済学（上級）の教室に向かって全力で走る。

サボったと思われるよりは、遅刻の方がいくらかマシな筈……と祈るような気持ちで。

給仕がせっかく渡したナフキンは使われる事なく、中庭に投げ捨てられていた。

食堂から教室まで距離があるために大幅《おおはば》に遅れて経済学（上級）の授業に着いたロバートは「口の周りについたゼリーを何とかしなさい」と、遅刻を咎《とが》められる前に教室中の生徒が見守る中、教師から注意を受けることになるのだった。

第三十四話　おうちへ帰ろう。

経済学（初級）の授業が終わり、三兄弟とヨシュアは教室を出る。

エマのお腹《なか》はまだまだいっぱいで全く消化が追い付いてない。

胃の限界の向こう側にいった代償《だいしよう》は大きかった。

一歩、一歩、歩くのにも苦しい。

二年目以降からは、午後にもう一科目受けることができるが、一年目のエマ達《たち》は一日の授業は三科目までである。

同じ入学一年目の双子《ふたご》のキャサリンとケイトリンとも途中《とちゆう》で会い、一緒《いつしよ》に下校する。

双子は自領と親交のあるサン＝クロス国の母国語である、サン＝クロス語の授業を受けていたのだと、楽しそうに話す。

「サン＝クロス語は楽しかったわね、ケイトリン」

「サン＝クロス語は楽しかったわ、キャサリン」

パレスでは外国人と会うことは滅多《めつた》にないので、三兄弟は受ける気のない科目だ。

「キャサリン様、サン＝クロス語で【こんにちは】って何て言うのですか？」

双子の様子にエマも気になって尋《たず》ねる。

「ラックルですわ、エマ様」

キャサリンが元気に答える。

「じゃあ、ケイトリン様、【ありがとう】は？」

「ラックルですわ、エマ様」

ケイトリンも元気に答える。

「一緒なの？」

「「はい！　ラックルは直訳すると【こんにちは】とか【ありがとう】とか【了解《りょうかい》です】とか【いいね】とか【最高！】とかなんか色々あるのですわ、エマ様」」

長文を見事にハモりながら元気に双子が答える。

「それは……便利？　なのでしょうか？　では、【ごめんなさい】は何て言うのですか？」

「「ロックルですわ。ロックルも【ごめんなさい】とか【さようなら】とか【いいえ、嫌《いや》です】とか【最悪】とか【最近太ったんじゃない？】とか色々あるのですわ、ウィリアム様」」

なんだその外国語……前世で英語が壊滅《かいめつ》的だったゲオルグですら興味が湧《わ》いてくる。

「えっと、逆に【最近やせた？】はサン＝クロス語で何て言うの？」

「「それもラックルですわ、ゲオルグ様。サン＝クロス人がいつもラックル、ロックル言っていたから気になっていたのですが……ほとんどの会話はそれで事足りるらしいのです！」」

双子は自領で会話しているサン＝クロス人の様子を見てずっと不思議に思っていたことが解明されたと喜んでいる。

「たしかに、僕《ぼく》が通訳に教えてもらったサン＝クロス語は【買います】と【買いません】だけなんですけど、買いますがラックルで買いませんがロックルでした」

「さすがにヨシュア様はよくご存じですわね、ケイトリン」

「さすがにヨシュア様はよくご存じですわ、キャサリン」

パレスの絹は彼《かれ》の国にも輸出しているとヨシュアが教えてくれる。

販売《はんばい》はロートシルト家に任せているので三兄弟は知らなかった。

「パレスのシルクはラックルですわね！　ケイトリン」

「パレスのシルクはラックルですわ！　キャサリン」

双子が褒《ほ》めて？　くれたようなので三兄弟も声を揃《そろ》えて、ラックル《ありがとう》！と答えておく。

確かに雰囲気《ふんいき》だけで言ってみても何とかなるものだ。

ヨシュアはあの通訳を解雇《かいこ》したら人件費削《けず》れるかな？　とぶつぶつ呟《つぶや》いていた。


双子と話しながら学園の正門を出ると、馬車が何台も停まっていた。

正門前に無駄《むだ》に広いスペースがあるのはこのためで、ヨシュアによると学園内は馬車の走行が許可されていないとのこと。

家が遠かったり、身分の高い貴族の令息、令嬢《れいじょう》は正門を出てから迎《むか》えの馬車に乗って帰るそうだ。

ヨシュアの店は歩いて十分、スチュワート家はそこから更《さら》に十分の場所に屋敷《やしき》を構えたので、のんびり徒歩通学をしている。

徒歩二十分は免許《めんきょ》取得後の前世なら間違《まちが》いなく車で行った距離《きょり》だが、若い肉体は苦もなく歩けてしまうから凄《すご》い。

馬車を準備する手間を思うと、三兄弟は迷わず徒歩を選ぶ。

使用人はスチュワート家に仕えていた者と、王都で新たに雇《やと》った数人で数も他の貴族屋敷と比べて多くないので、仕事を増やすのは申し訳ないのだ。

父レオナルドが自ら毎日送り迎えするとごねていたが、丁重《ていちょう》にお断りした。

「私達は寮《りょう》なのでここでお別れですわね、ケイトリン」

「私達は寮なのでここでお別れですわ、キャサリン」

双子が交差する道の前で立ち止まる。

エマ達は大通りをそのまま真《ま》っ直《す》ぐだ。

「「では、皆様《みなさま》。ごきげんようロックルですわ」」

双子が揃ってちょこんとスカートの裾《すそ》を持ち頭を下げるので、このロックルは「さようなら」の意味だと理解し、エマも同じように挨拶《あいさつ》する。

「キャサリン様、ケイトリン様。ごきげんようロックルですわ」

「帰り道気を付けてね、ロックル！」

「また明日、ロックル！」

「ロックル」

各々《おのおの》がロックルを言い合い、別れる。

使ってみると違和《いわ》感なく通じるので面白《おもしろ》い。

行き交《か》う馬車に気を付けながら大通りを進むと、お洒落《しゃれ》な店が建ち並ぶ商店街に入る。

パレスの令息達も、ロバートも、この商店街でエマへのプレゼントを購入《こうにゅう》しており、学園の生徒もよく利用する貴族御用達《ごようたし》の商店街なのだった。

ヨシュアの任された店も大通り沿いの一等地で、その三階建ての大きな店が見えてくる。

「ヨシュアの店も大分できてきたな」

店を眺《なが》めながら、ゲオルグが少しだけ気まずい表情で呟く。

今はまだ改装中だが、三階建てのうちの一階と二階が店舗《てんぽ》として使われ、三階にヨシュアの生活スペースが設けられている。

もともとは、パレスの絹や一角兎《うさぎ》の毛皮などを扱《あつか》っていたが、ヨシュアに店を任せるにあたって店も商品も一新することになった。

本来なら、学園が始まる時期には完成予定だったが、エマの、

「学園帰りに、美味《おい》しいスイーツのあるカフェとかあったら毎日通っちゃうかも☆」

の一言で、急遽《きゅうきょ》二階部分にカフェスペースを増やしたがために間に合わなくなってしまったのだ。

新装開店は来週の予定だ。

本来なら、猫《ねこ》の手も借りたいくらい忙《いそが》しいヨシュアが、お茶でも飲んでいきますか？　と招待してくれる。

ヨシュアにとってはこれからが仕事の時間で、従業員が指示を待っている筈《はず》だから邪魔《じゃま》をしてはいけないと、社会人経験もある三兄弟は今日のところは大人らしく遠慮《えんりょ》する。

「それは残念です。また、いつでも来て下さいね。お茶もお菓子《かし》も沢山《たくさん》用意して待っていますから」

にっこり笑うヨシュアにまた明日ね、ロックル！　と手を振《ふ》って別れる。

学園帰りの買い食いをエマは楽しみにしていたが、別れた後も今日だけは満腹なので寄り道もせずに帰ることになった。

そのまま更に大通りを真っ直ぐ進み、商店街を抜《ぬ》けると大きな屋敷が目立つ貴族街に入る。

王城で働く領地を持たない貴族や、王都に近い領地の貴族の屋敷がゆったりと広い間隔《かんかく》で建てられている。

大通りから小道に入り、永遠と続くかのような高くて長い塀《へい》に沿って歩く。

その塀は立派な門にまで続いており、その正面で三兄弟は一旦《いったん》立ち止まって、誰《だれ》からともなくため息を吐《つ》く。

高い塀で外からは見えないものの門をくぐれば、貴族街の中でも一際《ひときわ》広大な土地と大きな屋敷。

「……でかいね」

「でかいな……」

「でか過ぎるよ……」

王都での生活をするにあたって用意した屋敷は、スチュワート家の収入に見合った、それはそれは豪華《ごうか》なものだった。

パレスの屋敷は庭は広いが建物自体は小ぢんまりとした造りだった上に、売れるものは全《すべ》て売り払《はら》った残骸《ざんがい》のような屋敷だったので、目の前の豪邸《ごうてい》とのギャップに何日経《た》っても慣れない。

ロートシルト家の力で復興した今でも、スチュワート家の暮らしぶりは大きくは変わっていない。派手な生活をするには、貧乏《びんぼう》が長過ぎた。

結局、昔泣く泣く売り払った物すら、使わないよね……と殆《ほとん》どは買い戻《もど》すこともしていない。

それなのに……

目の前に立ちはだかる立派な門にもう一度ため息を吐く。

「何度見ても、やっぱり……でかいね」

「いつか慣れる日が来るのかな？」

「さあ……来ないんじゃない？」


当初、父レオナルドは、スチュワート家もヨシュアの店で居候《いそうろう》させてもらうつもりだった。しかし、ヨシュアの父であるダニエルにバカなことを言うなと怒《おこ》られた。

ヨシュアの店の生活スペースは三階だけだが、充分《じゆうぶん》広い部屋が沢山余っていると聞いていた。従業員寮として元々は使われていたが、学園に入学してからはヨシュア一人しか使わないという話だったので、レオナルドは断られるとは思っていなかった。

「ダニエル、どうして駄目《だめ》なんだい？　家賃も生活費も言い値で払うよ？」

「レオナルド様、「言い値で払う」は二度と言うなと前に約束しましたよね……。そもそも、どこの世界の金持ち伯爵《はくしやく》が商人の店舗に居候するのですか⁉　家賃は払う？　そう言うことじゃなくてですね？　え？　王都の安い賃貸物件？　何言ってるんですか？　王都で暮らすならきちんとした屋敷を買うに決まっているでしょう？　あんたホントに貴族なのか？　見栄《みえ》とかプライドとかないの？　そんなんでお腹は膨《ふく》れない？　あ――もう分かったよ！　俺《おれ》が全部用意しとくから、金だけ払ってくれ！　ん？　なるべく安く？　だ――か――ら――……」

長い付き合いのうちに気付けばダニエルはしばしば敬語を忘れがちになったが、気にするレオナルドではない。

ただただ、ダニエルの説教を大人しく聞く。

結局、衣食住に殊更《ことさら》お金をかけようとしないスチュワート家に、王都で恥《は》ずかしくない屋敷を購入するためにダニエルが奔走《ほんそう》する羽目になった。

こうなったら、何が何でも凄い豪邸を買わせてやる……半ば意地になっていた。

「ん？　だっダニエルさん？　あの？　ゼロの数が三つ位多くないですか？」

「レオナルド様？　三つってどんな屋敷に住もうと思ってたんですか？　王都の物価は高いですよ？」

「いや、郊外《こうがい》でも全然いいのですけど……」

「……学園から遠くなるとエマ様の通学が大変になりますよ？」

「……よし、ダニエル。そこは学園から近いところだな。そうしよう」

「そうでしょう？　この屋敷は中々良い物件なんですよ」

「……！　だっダニエルさん？　でもここは、学園から近くて良いのは良いのだけど……よく見ると……なんか……広すぎない？　うち家族五人なんですけど？」

「レオナルド様、よく考えてみて下さい。ここだと屋敷も庭もかなり広いので……猫が喜びますよ？」

「……よし、ダニエル。そこに決めよう。そうしよう」

レオナルドはチョロかった。

ダニエルは知っていた。

エマと猫を使えば、この男は幾《いく》らでも金を積むことを。

こうして無事に、レオナルドよりもスチュワート家の資産を把握《はあく》しているダニエルのお陰《かげ》で、王都で有数の敷地《しきち》面積を誇《ほこ》る屋敷が用意されたのだった。

パレスで王都の地図と取り寄せた屋敷の図面で決めたがために、実際に王都へ行き、購入の手続きをレオナルドの代わりにした際のこと。

初めて実物の屋敷を見たダニエルが、あ、やべ、やりすぎたかな？　と、思ったのは内緒《ないしょ》である。

それくらい王都の屋敷は広くて大きくて豪華だった。

大通りから少しだけ離《はな》れているので、人目につきにくいのがせめてもの救いと思うしかない。

コンコンと門の大扉《おおとびら》ではなく、従業員用の小さな扉をノックすると、待ってました！　と言わんばかりに勢い良く扉が開く。

「にゃーん」

いつも通り、大きな三毛猫《みけねこ》が扉を器用に前脚《まえあし》で開けてくれた。

「コーメイさん、ただいま！」

「にゃん♪」

もふんっとエマは、コーメイの首にしがみつき柔《やわ》らかな毛を堪能《たんのう》する。

学園から帰ると門までのお迎えが最近の猫達の日課になっていた。

それは、港《みなと》達が学生の頃《ころ》、玄関《げんかん》先の門で帰りを待っていてくれた時と同じようで懐《なつ》かしい気持ちにさせてくれる。

はじめは大きな猫にビビっていた門番もすっかり絆《ほだ》されて、エマ達が帰ってきた時だけ、コーメイが扉を開けようとするのを優《やさ》しく眺めている。

「お帰りなさいませ。お坊《ぼ》っちゃま、お嬢《じょう》ちゃま」

ニコニコと門番が声をかけてくれるが、三兄弟はうへぇっと顔を歪《ゆが》ませる。

「エバンじいちゃん。お願いだからその呼び方やめてー」

「ほっほっほっ私から見れば皆《みな》さん坊っちゃん、嬢ちゃんですよ」

白髪《しらが》の目立つ初老の門番は、しっかりと門の扉の鍵《かぎ》を閉めながら抗議《こうぎ》を却下《きゃっか》する。

門番は元々貴族として生まれたが、領地経営が回らなくなり、スラム街で荒《すさ》んだ生活をしていたところをスチュワート家に拾われ、十年になる。

王都でアーバンの御者《ぎょしゃ》として働いていたが年を取り、馬の世話も辛《つら》くなってきて、そろそろお役御免《ごめん》で首を切られるのではと、内心ドキドキしていた。

「エバンさん、今度から門番してもらえる？」

軽い調子でアーバンが言うので、小さな家でも買ったのかと、まだ働かせてもらえるなら喜んでと受けたのだが。

「……あの……この……豪邸の門番は……ちょっと……」

案内された屋敷を見て、震《ふる》える。

子供の悪戯《いたずら》くらいならば追い払おうと受けた仕事は、まさかの組織ぐるみで襲撃《しゅうげき》されかねない豪邸だった。

「大丈夫《だいじょうぶ》！　うちには猫がいるから」

アーバンと交代で王都に来たレオナルドに自信満々に答えられる。

エバンにしてみれば……だから何⁉　猫なんて高級品いたら、余計に泥棒《どろぼう》が増えるだけでしょう？　っと叫《さけ》ばずにはいられなかったが、実物を見て納得《なっとく》する。

あれは、猫と呼んで良いものなのか……。

目の前でエマにすり寄っている姿は正しく猫だが、如何《いかん》せんでかい。

しかしながら、子供達が帰って来る時間が分かるのか甲斐甲斐《かいがい》しく門の前で待機するコーメイ達は可愛《かわい》く、慣れるまでに時間はかからなかった。

もふもふは嫌《きら》いじゃない。

「コーメイさん、お昼寝《ひるね》しよ？」

エマの言葉に猫がなんとも幸せそうに答える。

「にゃーん」

温かくなってきたので、庭にある大きなハンモックを指差すエマにコーメイは素直《すなお》についていく。

今日は少々変なものを憑《つ》けて帰ってきたが問題ない。

一言鳴いて祓《はら》っておいた。

「⁇　あれ？　ちょっとお腹落ち着いて来たかも！　これなら晩御飯《ごはん》食べられる気がしてきた」

ハンモックの上で猫にくるまれながら、エマが呟く。

「にゃー」

大好きな港と大好きなお昼寝が、この先ずっとできるように猫は港を優しく包む。

いつまでもずっと一緒だからねと一声鳴いた。

書き下ろし特別編1　パパズ。

アイザック・デラクールは王国の歴史を保管する部署で長年働いている。

一年前のクーデターの詳細《しょうさい》や局地的結界ハザード、これまでなかった魔物《まもの》の画期的な対策案の結果報告が一気に押《お》し寄せて最近は仕事に追われている。

王国で起こった出来事を次の世代に伝えるため、日夜ペンを走らせる。

「デラクール卿《きょう》！　スチュワート伯爵《はくしゃく》がお見えです」

局地的結界ハザードと魔物関連は、魔物が出ない王都で暮らす局員には手に余るために、一度詳《くわ》しい話を訊《き》きたいと報告書の提出者に来てもらうことになっていた。


レオナルド・スチュワート伯爵。

辺境パレスを治める、王国で一番資産を持つ貴族。

「王城なんて二十年ぶりくらいに来ましたよ」

背の高い、狩人《かりゅうど》としても活躍《かつやく》しているらしい、がっしりとした体格にアイザックはやや気圧《けお》されながらも迎《むか》え入れる。

「わざわざ、ご足労頂き恐《おそ》れ入ります。歴史管理局、局長補佐《ほさ》のアイザック・デラクールと申します」

「………デラクール……？」

スチュワート伯爵が【デラクール】と聞いて眉間《みけん》に皺《しわ》を寄せる。

この名前に気付かない訳はないだろう。

私の娘《むすめ》が王家主催《しゆさい》のパーティーで行った【第一王子派の洗礼】の被害者《ひがいしや》は彼《かれ》の娘だった。

「もしや、フランチェスカ・デラクール嬢《じよう》の親族の方でしょうか？」

低い声で、伯爵が尋《たず》ねる。

フランチェスカの【洗礼】は失敗した。

この噂《うわさ》は恐ろしい速度で広まり、アイザックもここ数週間、職場で肩身《かたみ》の狭《せま》い思いを強《し》いられている。

第二王子派と中立派からの非難めいた視線は覚悟《かくご》していたが、仲間であった筈《はず》の第一王子派の者達からの方が、よりあからさまに辛辣《しんらつ》な言葉と非難を浴びせてきた。

フランチェスカはお前たちの【洗礼】をしろとの命令に逆らえなかっただけなのに。

失敗すれば用済みと、いつも一緒《いつしよ》にいた令嬢達《れいじようたち》からは仲間外れにされ、無視され、陰口《かげぐち》を叩《たた》かれ、お茶会の招待状は一枚も来ず、挙げ句の果てには決まりかけていた婚約《こんやく》まで白紙にされてしまったと妻が泣きながら報告する。

自分はそれを黙《だま》って聞くことしかできなかった。

家の事情で断れなかった事に引け目を感じ、ふさぎ込《こ》む妻にも涙《なみだ》する娘にも気の利《き》いた言葉すらかけてやれなかった。

今回スチュワート伯爵から話を聞くのは職務上、私でなくても良かったのだが、貴族とは、王城で働くということはこういうことなのだ。

第一王子派の奴《やつ》らが逃《に》げ道を潰《つぶ》した上で、ただ話のネタにと面白《おもしろ》がって手配したのだろう。

【洗礼】を仕《し》掛《か》けた者と仕掛けられた者の親が対面するのを暇潰《ひまつぶ》しの余興だと楽しんでいるのだ。

背後に目はなくても、奴らのニタニタ笑う表情が容易に想像できる。

そんな暇《ひま》があるなら働けと怒《ど》鳴《な》りつけることができれば、どんなに楽か……。

「はい。フランチェスカは私の娘です」

真面目《まじめ》なアイザックは仕事相手に嘘《うそ》を吐《つ》くなんてできず、目の前の屈強《くつきよう》な男に殴《なぐ》られる覚悟で答える。

受け身のやり方なんて知らないし、歯の一本や二本は砕《くだ》かれるかもしれない。

辺境の領主レオナルド・スチュワート伯爵が娘を溺愛《できあい》しているのは有名な話だ。

「そうでしたか！　うちのエマが大変お世話になっているそうで」

「はっはい……はい？」

娘の不始末、どんな皮肉も受け止めようと顔を上げると、伯爵は……目尻《めじり》を下げて笑っていた。

「うちの娘、とても可愛《かわい》いのですが少々内気なところがありまして、学園でお友達《ともだち》ができるか心配だったのです。しかも、ですよ？　授業の初日一発目の科目が唯一《ゆいいつ》兄弟と離《はな》れる授業だと聞いて、もーう夜も眠《ねむ》れずに不安で、不安で、大変でした……私が。ですが、私の心配なんてどこ吹《ふ》く風、その一発目の授業にフランチェスカ嬢がいて、同じグループになったと嬉《うれ》しそうにエマが夕食の時間に報告して来るではないですか。カフリンクスを交換《こうかん》して、次の魔物学も昼の休憩《きゅうけい》もずっと一緒だったと！　何でも入学前の王城のパーティーでフランチェスカ嬢から声をかけてくださったとか！　いやぁ、うちの娘、死ぬほど可愛いのですが、辺境で生活していたのでほんの少しだけ、のびのび育ってしまったので、王都で貴族社会に馴染《なじ》めるか、不安で不安で、食事も喉《のど》を通らないくらいだったんですよ……私が。でも、フランチェスカ嬢が学園の事や知らない令嬢、令息の事を教えてくれて助かったとエマが笑っているので……本当に、フランチェスカ嬢には……足を向けて寝《ね》られないなって……私が」

（お前かいっ‼）

アイザックだけでなく、後ろでニタニタしていた同僚《どうりよう》、たまたま居合わせていた局員全員が一つになって心の中で突《つ》っ込んだ。

「え？　フ、フランチェスカ……が？　エマ嬢と仲良く？」

レオナルドの怒濤《どとう》の娘トークの内容はアイザックの与《あずか》り知らぬ事であった。

ここ数日は特に忙《いそが》しく、王城に泊《と》まり込んでいたために屋敷《やしき》に帰っていなかった。

帰っていたとしても、そんな会話をするような親子関係でもないのだが……。

「ご存じなかったのですか？」

ぐわっとレオナルド伯爵が目を見開く。

「いけませんよ、デラクール卿。それは感心いたしません。子供なんて……直《す》ぐ大きくなるのです。一瞬《いっしゅん》、一瞬の成長を目に焼き付けなくてはもったいないでしょう？　たしかに、仕事で責任が重くなってくる年代ではあります。家族のために働くことも大切ですが、可愛い娘と一緒にいられる時間は……残酷《ざんこく》なほどっ……少ないのですから」

アイザックの手を握《にぎ》り、レオナルドが熱弁する。

「は、はぁ……」

「これは由々《ゆゆ》しき事態ですよ。父親が娘の事を知らないなんて……」

「いや、まぁ。フランチェスカは……エマ嬢よりもいくらか年上ですし……そこまで干渉《かんしょう》することはないかなと……」

「何をおっしゃいますか⁉ 年齢《ねんれい》なんて関係ないでしょう⁉ 生涯《しょうがい》をかけて娘を守るのが父親の務めです！」

レオナルドが曇《くも》りなき眼《まなこ》で真っ直ぐにアイザックを見る。

……愛が重い。

「ふぅむ。仕方がありませんね……私が、フランチェスカ嬢の学園での様子をお教えいたしましょう」

「は……はぁ？」

「まずは、娘さんの刺繍《ししゅう》の授業のグループですが、エマの他にあと三人の令嬢がおります。一人はマリオン・ベル嬢。背の高い凛《りん》とした令嬢だと聞いております」

「は……はぁっ⁉」

マリオン・ベル嬢……だ……と？ 四大公爵家《こうしゃくけ》の⁉ え？ あの四大公爵家の⁉

「あと二人は双子《ふたご》の姉妹《しまい》で、キャサリン&ケイトリン・シモンズ嬢。銀髪《ぎんぱつ》に褐色《かっしょく》の肌《はだ》の可愛らしい令嬢だと聞いております」

「は……はぁあ⁉」

シモンズといったらあの、王国最大の港を持つシモンズ家か？　外国の王族の血が入っていると噂のシモンズ家の双子のこと……なのか⁉

「あと、魔物学ではうちの三兄弟と幼馴染みのヨシュア・ロートシルト」

「は、はぁ…………って、え？　ロートシルト⁉」

男爵位《だんしゃくい》を金で買った王国一の豪商《ごうしょう》ではないか⁉　そのロートシルト商会の跡取《あとと》り……？

「そうそう。マリオンの兄上も魔物学で一緒に授業を受けていると言ってたな……。そのまま昼の休憩にも行くって……」

「あ、アーサー・ベル……？」

「そうです、そうです。彼も色々と学園について教えてくれるのだとか」

「⁉⁉⁉」

待て、待て、あのアーサー・ベルがいるという事は……？

「あと、エドワード殿下《でんか》だな」

で、殿下キタ――――‼

「な、な、な、何なのだ⁉　そのメンバーは⁉」

「いや、だから。フランチェスカ嬢と学園で仲の良い友達ですよ？　うちの三兄弟も入りますし……」

ちゃんと聞いてて下さいよ、愛する娘の話なのですよ？　とレオナルドが不満げに訴《うった》えるがアイザックはもう、それどころではない。

四大公爵家の兄姉、喉から手が出るほど欲《ほ》しいとそれぞれの派閥《はばつ》が手ぐすねを引く大きな港を持つシモンズ家の双子、豪商に王子……王国一の金持ち伯爵家⁉

【洗礼】でノリに乗っていた去年のグループよりも数倍豪華《ごうか》メンバーではないか⁉

どうなってるんだ⁉　何が起きたのだ⁉　フランチェスカ⁉

こんな話を聞いては、普段《ふだん》から無表情と言われるアイザックとて動揺《どうよう》を隠《かく》せない。

「お気持ち、お察しします。デラクール卿……」

伯爵は急に沈痛《ちんつう》な面持《おもも》ちでアイザックの手を再び握る。

「男女混合グループにおけるカップル成立の高さは異常ですものね」

「……………ん？」

「特にエマはもう、本当に可愛いので、心配で心配で……」

「……………ん？」

「まぁ。嫁《よめ》にやるつもりはさらさらありませんけどね？」

「……………ひっ！」

伯爵が悪い顔で笑う。

元々が強面《こわもて》なので、最強に怖《こわ》い。

アイザックは何から突っ込めば良いか分からなくなっていた。

とにかく、一つ言えることは伯爵の娘への愛が……重い。

「おっと、本題を忘れるところでした。今日はパパ友の会ではないのでしたね。何でも訊いて下さい。ご協力しますから」

きりっと仕事モードに切り替《か》える伯爵だが、アイザックほか、居合わせた局員全員が絶対に敵に回したくないと震《ふる》え、特に息子《むすこ》がいる者はエマ嬢だけは手を出すなと言っておかねば、と心に刻んだ。

メルサの孫を抱《だ》きたいという夢を、人知れずレオナルドは妨害《ぼうがい》していたのであった。

◆　◆　◆

今日は早めに家に帰ろう。

山積みの仕事なんて知った事か。

くだらない嫌《いや》がらせをするような暇がある奴らにくれてやる。

伯爵を見送った後、アイザックは思った。

香《かお》りが良いと少し前に局員達が騒《さわ》いでいた紅茶と、妻の気に入りの甘《あま》い菓子《かし》でも土産《みやげ》に買って急いで帰ろう。

娘と、フランチェスカと話をしよう。

そんなこと何年もしてこなかったから、少し照れ臭《くさ》いけれど。

どうしても、どうしても気になるのだ。


……何がどうなって、そうなったのか、気になって気になって仕方がないのだ。

アイザックは逸《はや》る心を抑《おさ》えきれず、遂《つい》には走り出す。


「そこでね、ロバート様の嫌がらせにアーサー様とマリオン様が決闘《けっとう》を申し込もうとするほど怒《おこ》ったの」

フランチェスカは頬《ほお》を染めて夢中で学園の出来事を両親に話す。

時には身振《みぶ》り手振《てぶ》りを加えて、声色《こわいろ》を変えて。

その一生懸命《けんめい》な姿はわが娘ながら、とても愛らしく可愛かった。

スチュワート伯爵の気持ちが、今なら少し理解できる。

「それは大変ではないか！　決闘とは物騒《ぶっそう》な……」

「魔物を模したゼリーなんて、悪趣味《あくしゅみ》だわ」

「では、ここで問題です。この後どうなったと思う？」

「急に⁉　そうだな……教師を呼んだのか？」

「さすがに中庭の給仕《きゅうじ》が止めに入ったのでは？」

私と妻の答えにフランチェスカが悪戯《いたずら》っぽい笑《え》みを浮《う》かべ首を振《ふ》る。

「ふふふ、答えはなんと！　エマ様が魔物ゼリーを美味《おい》しそうに食べた、でしたー」

「はっ？　魔物そっくりのゼリーを⁉」

「あらまあ、しかも……美味しそうに？」

「あの時のロバート様の顔、お父様やお母様にも見せて差し上げたかったわ。それにね？　この話にはまだ続きもあってね？」


この日をきっかけに、デラクール家の家族の会話が劇的に増えたことは言うまでもない。

アイザックは泊まり込んでの仕事を極力減らし、紅茶と妻と娘が好みそうな甘い菓子を土産に買って帰るようになった。

毎日のように娘から聞かされる学園の話は、驚《おどろ》くほど面白い。

楽しそうに笑う妻と娘を見て、アイザックは知らぬ間にほっこりと心が満たされていることに気付く。

このささやかな時間が幸せというものなのかとアイザックは伯爵に感謝するのだった。

第三十五話　開店危機とチビッ子名探偵再び。

それは、開店間近のヨシュアの店で起こった事件だった。

真夜中の人通りのない時を狙《ねら》い、真っ赤なインクが店の正面にぶちまけられたのだ。

「うわー……派手にやられたね」

朝から片付けに奔走《ほんそう》する従業員達を横目に、スチュワート三兄弟はヨシュアの店の前の惨状《さんじょう》を確《かく》認《にん》する。

真っ白な外壁《がいへき》と地面に敷《し》かれた石畳《いしだたみ》が真っ赤に染まっていた。

どう見ても真っ先に血の海を連想させ、殺人事件でもあったのかと疑いたくなるような光景だ。

「改装中も度々《たびたび》嫌《いや》がらせはありましたが、今日のは中々骨が折れます」

デッキブラシ片手にヨシュアが少し困ったように笑う。

早朝に従業員が発見してから色々試《ため》したが、このインクは全く落ちる気配がない。

ヨシュアの店は、学園に通う令嬢《れいじょう》にターゲットを絞《しぼ》りアクセサリーや小物といった雑貨をメインで販売《はんばい》する予定なのだが、こんな店構えでは令嬢どころか誰《だれ》も買い物なんてしたいとは思わないだろう。

「犯人はまだ捕《つか》まってないの？」

ゲオルグがヨシュアのデッキブラシを取り、力一杯擦《ちからいっぱいこす》りながら尋《たず》ねる。

「夜中だったので目撃者《もくげきしや》もいないですし、いつものように第一王子派が絡《から》んでいるのでしょうが犯人がわかったとしても、追及《ついきゅう》できるかどうか……」

完全にお手上げですとヨシュアは諦《あきら》めたように首を振《ふ》る。

第一王子派は古参貴族が多い。

ロートシルト家は爵位《しゃくい》を買ったとはいえ新参者、ここ王都では訴《うった》え出たとしても取り合ってもらえない可能性の方が高い。

今日は学園の休日を使ってカフェのスイーツメニューの試食会を予定していたが、それどころではなくなってしまった。

「これは……僕《ぼく》の出番ですね？」

キリっとウィリアムが言い放つ。

「なぜなら……体は少年！　頭脳は……」

「「ニート？？？」」

エマとゲオルグがすかさず答える。

お決まりというやつだ。

「相変わらず、二人とも酷《ひど》い！」

ガックリと膝《ひざ》をつくウィリアムにヨシュアがニートって何ですか？　と追い討ちをかける。

ガシガシとブラシを擦っていたゲオルグがこれは無理だとヨシュアを見る。

「ヨシュア、これ多分落ちないぞ？」

真っ赤なインクはブラシで擦ろうが、少しも色が落ちていない。

「困りました……壁《かべ》は塗《ぬ》り替《か》えるとしても問題は地面です。これ……石削《けず》るか全部剥《は》がすか……どちらにしろ費用も時間も相当かかっちゃいますね」

改装も殆《ほとん》ど出来上がっていたところでの嫌がらせは痛い。

「ここまで落ちないインクなんて珍《めずら》しいので、調べてみますか」

ふむふむと探偵気分のウィリアムが言い、手っ取り早い手掛《てが》かりであるインクを三兄弟で調べに行くことになった。

ここ王都の商店街は、見つからないものなどないと言われるほど多種多様な商品が揃《そろ》っている。

「でも、どうやって探す？　インクを取り扱《あつか》っている店は沢山《たくさん》あるんでしょ」

スイーツの試食会がインク探しになって名残惜《なごりお》しそうにヨシュアと別れたエマが、ウィリアムに質問する。

「そもそも、あの量のインクを一度に買うのは難しいと思うのです。インクなんて小瓶《こびん》で売っているものですし……店を巡《めぐ》って買い集めるにしても、注文して一括《いっかつ》で買うにしても足はつくと思うんですよね」

三兄弟がヨシュアの店に行くまでに、従業員もヨシュアも色々試したがインクは鮮《あざ》やかな赤色のままであったという。

どんなに試行錯誤《さくご》しても落とせない性質は、明らかに特別な仕様のものだと推測される。

それを店前一面が真っ赤になる程《ほど》の量を用意したならバレない方がおかしい。

特定するのは難しくないだろうと片《かた》っ端《ぱし》から商店街の店を回って探したが、手掛かりを見つけることはできなかった。

「おかしい。どこの店のインクも黒しかない」

「そもそも赤色がないっていうね……」

ゲオルグとウィリアムが早々に弱音を吐《は》く。

前世の記憶《きおく》のせいで勝手に赤色のインクも普通《ふつう》に売っていると思っていたが、商品自体がないのだ。

「この世界での染料ってあそこまで強く色の出る物ってないから、インクかなって思ったけど違《ちが》うのかな？」

絵の具だと水で流せば多少は色が落ちるだろうし、思い付くのがペンのインクだったけど……他《ほか》に何かあったかなとエマが腕《うで》を組んで考える。

パレスの絹の染色を改良しようと色々と試してきたが、あそこまで鮮やかな色が出せる染料は見たことがない。

何度も何度も色を重ねて染色したとしても……難しいだろう。

一度で着色し、しかも落ちない染色剤《ざい》なんて、私が欲《ほ》しいくらいだ。

それだけに、ヨシュアの店へのダメージは大きく、目にした人は血のように真っ赤な色にぎょっとした表情で通り過ぎて行く。

良からぬ噂《うわさ》が広がればヨシュアの店への影響《えいきょう》は考えるだけでも大変そうだ。

これは早く解決しないと……。

「ここにないってなると、もはやお手上げですよ」

「さすが、チビッ子ニート探偵は諦めが早いね」

項垂《うなだ》れるウィリアムにエマがにやりと笑う。

「姉様、何か良い案でもあるの……です……か？　……その顔を見る限りろくな案じゃなさそうですけど……？」

エマを見上げたウィリアムは、これは何か企《たくら》んでいる顔だと確信する。

「取《と》り敢《あ》えず、お昼ご飯食べて着替《きが》えてからね」

沢山歩いたからお腹《なか》すいたわ……とエマはスチュワート家の屋敷《やしき》に向かって歩き出す。


小一時間後、エマの言う通りに一度屋敷へ戻《もど》り、お昼ご飯と着替えを済ませたゲオルグとウィリアムが頭を抱《かか》えている。

「エマ……」

「姉様……」

着替えろと指定された服は、屋敷内で猫《ねこ》と庭で過ごす時にいつも着ている普段着《ふだんぎ》で、流行もお洒落《しゃれ》も関係ないシンプルかつ質素な庶民《しょみん》スタイルである。

スチュワート家では、動きやすくて楽だからと来客の予定がないときは家族全員がこの格好《かっこう》で過ごすことも多い。

何か汚れ仕事《よごと》でもするのかと思っていたら、遅《おく》れて現れたエマは長い髪《かみ》を大きめの帽子《ぼうし》に詰《つ》め込《こ》み、ズボンを穿《は》いている。

男装の麗人《れいじん》マリオンのように格好良くは着こなせてはいないが、細い手脚《てあし》と存在感のない胸のお陰《かげ》で下町の少年にしか見えなかった。

エマの姿に兄弟はお馴染《なじ》みの嫌な予感しかない。

「まさかと思うけど……臣民街へ行くつもりか？」

髪を隠《かく》してわざわざ男装しているエマを見て、ゲオルグが恐《おそ》る恐る尋ねる。

王都は王城を中心に学園、商店街、貴族街、臣民街と綺麗《きれい》に区分けされている。

臣民街は庶民の暮らす街だ。

貴族が馬車にも乗らず護衛もなしで足を踏《ふ》み入れることは殆《ほとん》どない。

「王都の商店街でないものは臣民街で探すしかないでしょう？」

エマは楽しそうに、にっこり良い顔で笑う。

ゲオルグとウィリアムの嫌な予感は的中した。

「この格好でもうちの屋敷の裏口から出ればすぐに臣民街に入るから大丈夫《だいじょうぶ》」

王都のスチュワート家の屋敷の敷地《しきち》は広大で、王城から遠い方の裏口は貴族街と臣民街の境目にあたる道に面している。

スチュワート家の使用人で臣民街から通いで来る者は、この裏口を使っていると聞いたことがあった。

「にゃん♪」

首にリボンをつけたコーメイさんと、かんちゃん、リューちゃんがエマの後ろに控《ひか》えている。

「裏口までコーメイさん達《たち》が送ってくれるって」

ヨイショっと十三歳《さい》とは思えない掛《か》け声と一緒《いっしょ》にエマがコーメイさんの背に乗り、首元のリボンを掴《つか》む。

チョーちゃん以外は毛が短いので、スピードを上げて乗せてもらうときは掴みやすいように首にリボンを着けるようになった。

チョーちゃんには父と母の見張りをお願いし、抜《ぬ》かりはない。……はず。

「駄目《だめ》に決まってるじゃん！」

何言ってんの！　とウィリアムが反対する。

臣民街はこの辺りに比べ、治安が悪く危険なのだ。

「なんで？　誰からも臣民街に行ってはいけないって言われてないよ？」

涼《すず》しい顔でエマが答える。

当たり前過ぎて今まで誰も注意しなかったのを逆手に取ったエマの言い分に、ゲオルグもウィリアムも呆《あき》れ顔だ。

「それに、ヨシュアには普段《ふだん》からお世話になっているしね」

たまには恩返ししないと……と言われると止め辛《づら》い。

ここで駄目だと言って突《つ》っぱねても、勝手に一人で行動するのがエマだと、身をもって知っている兄弟は最終的には折れるしかない。

渋々といった動きで、二人もそれぞれ猫に乗り、いつも猫に乗って遊ぶ時に着けているゴーグルも装着する。

使用人に、庭で猫と遊んで来るねっと声をかけ、そのまま真っ直《まっす》ぐに裏口を目指して猫を走らせる。

猫がいなければ庭が広過ぎて端《はし》まで行くのに小一時間は余裕《よゆう》でかかるのだ。

この庭なら三兄弟の姿が見えなくてもしばらくは心配されることはないからと、未《いま》だに住み慣れない広い屋敷に初めて感謝する。


使用人は、この屋敷でしか見ることのできない猫ライダー達を慣れた笑顔《えがお》で行ってらっしゃいませと見送った。

初めて見た時の衝撃《しょうげき》は凄《すご》かったが、直ぐに、もふもふの可愛《かわい》さに絆《ほだ》されてしまい猫達について文句を言う者は一人もいなかった。

巨大《きょだい》猫のいる職場は王都のどこを探してもここにしかなく、もふもふに魅《み》せられた使用人達はスチュワート家に骨をうずめる覚悟《かくご》で働いている。

何よりも、スチュワート家には聞き慣れない【福利厚生】とかいう使用人のための夢のような制度もあり、給金も良い上に休暇《きゅうか》もあるので働いている者達の不満は一つしかない。

エマ様の虫さえいなければ……とたった一つの不満に大きなため息を吐《つ》く使用人達であった。

◆　◆　◆

臣民街といっても場所によって治安は天と地の差がある。

貴族街に近い場所には富裕層《ふゆうそう》が家を建て、貴族と変わらない生活をしているが、王城から距離《きより》が離《はな》れる程に治安は悪くなり、一部、スラム化している所すらあるのが現状だ。

三兄弟は現在、その丁度、中間地点辺りを散策している。

「なんか……この辺……落ち着くよな」

んーっとゲオルグが大きく伸《の》びをしながら歩く。

王都に来てから何かと（主にエマのせいで）注目されがちだった三兄弟だが、臣民街ではあの針の筵《むしろ》のような視線を感じることがない。

王都という都会で、王族、貴族との交流、豪華《ごうか》すぎる屋敷、慣れない生活が続いたために、この庶民感が半端《はんぱ》なく居心地《いごこち》がいい。

貴族の子供が庶民に変装しても直ぐにバレそうなものだが、三兄弟は地元の子か？　というくらい自然に溶《と》け込んでいる。

そもそも前世なんて、過疎《かそ》化に突き進むド田舎《いなか》のド庶民だったのだから無理もない。

庶民の三兄弟が庶民の格好をした、それだけの話なのである。

夜会のドレスや礼服なんかよりもしっくりと着こなせているのは、喜んで良いのか迷うところではあるのだが。

「美味《おい》しそうな匂《にお》いがする」

エマがくんくんとにおいを嗅《か》ぐ。

雑然としている道端《みちばた》には食べ物の店が立ち並び、大きな肉の塊《かたまり》が回転しながら炙《あぶ》られていたり、道に突き出して作られた窯《かま》では、パンの焼ける良い匂いもする。

「……確かに」

いつもならおやつを食べている時間だ。

貴族街から大分歩いたので、そろそろどこかの店で休もうかと思案するゲオルグに、ドンっと後ろから軽い衝撃が来る。

「ん?」

「ごっごめんなさいっ!」

ウィリアムよりも小さな少年が、ゲオルグにぶつかってきた。

少年はぺこっと頭を下げて、慌《あわ》てて走り去っていく。

「大丈夫、気にすんなー」

ゲオルグが軽く手を上げて返事をする間には、角を曲がって見えなくなった。

「あんなに急いでおつかいですかね?」

ウィリアムが、少年が走り去った方向を見て首を傾《かし》げる。

エマはウィリアムと同じ方向を見るも、何やら考えている。

「うーん……漫画《まんが》、ゲーム、小説なんかだと……このパターンは財布《さいふ》スラれるやつじゃない？」

エマの前世港は、基本オタクなのでこういったテンプレ展開には敏感《びんかん》に反応してしまう。

ゲオルグもウィリアムも何ともなさそうだが、気になって財布ある？　と少しズレかけていた帽子を直しつつ確認する。

「え？　ありますよ？」

ウィリアムがごそごそとシャツの中を探《さぐ》る。

三兄弟の財布持ちはウィリアムで、見えないようにシャツの下に入れた財布をしっかり首から提げている。

ゲオルグとウィリアムは頑《かたく》なにエマに財布を持たせたくないようで、大丈夫と言っても信用してくれない。

「あっ……ないっ……‼」

財布を持っていないゲオルグがポケットを探り、青い顔で声を上げる。

「え？　さっきの子？　ホントにスリ？　え？」

「……財布は僕が持ってるし……何を盗《と》られたのですか？　兄様……」

そもそも普段から財布には大した額は入れておらず、スラれたとしてもゲオルグはあそこまで青くならない。

ガックリと肩《かた》を落として、力なくゲオルグが答える。

「……魔物《まもの》……かるた……」

「「うっわー……」」

ゲオルグの言葉にエマもウィリアムも思わず声が出る。

魔物かるたは三兄弟の手作りで、一点物だ。

この一年間、一枚一枚エマが魔物の絵を描《か》き、色を塗り、ウィリアムが説明の文を書いた。手間と時間を存分に注いだ大事なかるたなのだ。

完成した分は、ちょっとした空き時間に覚えられるようにゲオルグが肌身《はだみ》離さずいつも持っていたのが災いした。

「盗《ぬす》むなら財布にすればいいのに……」

魔物学（初級）に暗雲が立ち込める。

ゲオルグは上級まで合格しなければ爵位を継《つ》ぐことができない。

終わった……魔物学終わった……とぶつぶつ言いながらゲオルグが頭を抱え座り込む。

多分、盗んだ少年も少年で、財布ではないことに今頃《いまごろ》気付いて、がっかりしているだろう。

エマが落ち込む兄の肩をポンポンと叩《たた》く。

「まだ間に合いますよ！　兄様、追いかけましょう」

しかし、少年は角を曲がり見えない所まで走り去ってしまっている。

ゲオルグが無理だろうと顔を上げると、何故《なぜ》かエマは自信たっぷりの笑顔で、長い髪を隠すための大きな帽子を少しだけ上げて中をゲオルグに見せる。

「「あっ！」」

エマの帽子の中には、でかくて、キレイな紫色《むらさきいろ》の蜘蛛《くも》がいた。

ヴァイオレットだ。

ヴァイオレットはスリに気付き、ゲオルグがぶつかられた瞬間《しゅんかん》に透明《とうめい》な糸を吐いて少年に巻き付けていた。

急に帽子の中の蜘蛛が動いたので、エマが慌てて上を見るとチカチカと光に反射した蜘蛛の糸。

ヴァイオレットは意味もなくこんなことはしない。

よく見なければ……よくよく見なければわからない透明な糸は少年が走り去った角へと続いている。

少年にも、ゲオルグにも気付かせずにスリの瞬間、糸は放たれ少年に巻き付いたまま今も繋《つな》がっているのだろう。

この糸を辿《たど》れば少年を見つけることができるそうだ。

相変わらずヴァイオレットはいい仕事をする。

「エマナイス！　ヴァイオレットありがとう！　よしっ追いかけるぞ！」

蜘蛛のアシストに希望を得て、ゲオルグが透明な糸を慎重《しんちょう》に掴む。

「兄様、多分この糸、丈夫《じょうぶ》だから思いっきり引っ張ったらさっきの子、釣《つ》れるかもよ？」

エマも頭の上から伸びる糸を触《さわ》りながら、少し乱暴だが手っ取り早い方法を提案する。

「いやいや、危ないだろ？　あの子が怪我《けが》したら可哀想《かわいそう》じゃないか！」

どこに居るのか分からないままに急に引っ張られたら危ないのは確かだが、スラれた相手の心配までするゲオルグは優《やさ》しい。

「まあ……インクも見つからない事だし、先に魔物かるたを探しましょう」

臣民街でも手頃《てごろ》な店を見つけてはインクを探したが、まだ赤色は見つかっていない。

見つからないインクより、見つけられる魔物かるたが先決……と三兄弟は見えにくい糸を慎重に辿って少年を追うことにする。


三兄弟は少年が見えなくなった角を曲がり、薬屋を抜け、細い細い路地を進む。

段々と建物が隙間《すきま》なくみっちりと並ぶようになり、上へ上へと無計画に増築したアンバランスなものが増えていった。

地震《じしん》大国日本で生まれ、地震によって命を奪《うば》われた田中《たなか》家の記憶を持つスチュワート三兄弟には、危険極《きわ》まりない場所としか思えないが、そんな場所でも人の生活する気配がいたるところから感じられる。

「ここ……危なすぎだよね？　地震もそうだけど、火事になってもこの細い道だと直ぐ隣《となり》に燃え移るし、消火するのも一苦労だよ」

ウィリアムが恐る恐る上を見上げる。

この辺りはどこも崩《くず》れそうな高い建物がぎゅうぎゅうに詰まっていて、道幅《みちはば》も狭《せま》いので心配になってくる。

三兄弟は気付いていないが、そこは既《すで》に臣民街を抜けスラム街に入っていた。

王都で一番治安が悪い街に、糸を辿るのに夢中で気付かずに踏み入ってしまったのだ。

地震や火事の心配よりも、自分たちの身の安全が脅《おびや》かされていることに三兄弟は気付いていない。

肝心《かんじん》の糸はそこから更《さら》にそのスラム街の奥《おく》へと続いており、建物はより高く密集して、まだまだ日の光の当たる時間帯だというのに薄暗《うすぐら》い場所へと三兄弟を連れてゆくのだった。

第三十六話　高位貴族の義務とスラム街。

侯爵《こうしゃく》以上の爵位を持った貴族は、持ち回りで貧しい人々に炊《た》き出しを行う義務が課せられている。

それは、大昔からある慣わしで先祖が自主的に行って来たことがいつの間にか慣例化し、義務化したものだった。

「全く、先祖は面倒《めんどう》なことをしてくれたものだ」

ランス家の長男ロバートはスラム街の一画にある広場で炊き出しの様子をイライラと眺《なが》めている。

働いているのはランス家の使用人で、ロバートは馬車の中から眺めるだけの割に先程《さきほど》から悪態を吐《は》き続けている。

もう少し先に、ここよりも広くスペースの取れる広場もあるが、道が狭《せま》いためにロバートの乗っている豪奢《ごうしゃ》な馬車は通れそうにない。

汚《きたな》くて臭《くさ》いスラム街へ、馬車から一歩も出たくないとロバートは手前の小さな広場で馬車を止め、そこで炊き出しをさせていた。

タダ飯が食えるというだけで、どこから湧《わ》いて来るのか長々とできる行列は小さな広場の外にまで続いていた。

一体いつになったら帰れることやら……と、ため息を吐《つ》くと、向かいに座《すわ》っているブライアンがうんざりした顔でロバートを睨《にら》んでいた。

「なぜ私まで付き合わなくてはならないのですか、ロバート様。うちは先週済ませたばかりなのに……」

いつもは、妹のライラと一緒《いっしょ》に来ていたが、今日は外せないお茶会があるとかでロバートだけが来ることになってしまった。

こんなところで一人で待つなんて耐《た》えられそうもなく、急遽《きゅうきょ》ブライアンを呼び出したのだ。

炊き出しは、爵位を継《つ》ぐ男子の役目とされており、仕方なく来ているだけでロバートは働く気もない。

ノブレス・オブリージュなんて考えはロバートの辞書には載《の》っていないのだ。

「ロバート様、申し訳ございません。パンとスープが残り少なくなってしまいました。追加分を屋《や》敷《しき》に取りに行って参ります」

使用人の一人が、馬車の外からロバートに声をかける。

「何をバカなことを、なくなったのならば今日は終了《しゅうりょう》だ。帰るぞ！」

今から食料を追加してしまえば、帰る時間が遅《おそ》くなる。

そもそも食料を取りに行くために、警備の人数が減ってしまえば、身の安全も心配だ。

ここは、治安の悪いスラム街なのだから。

「いえ、なりません。ロバート様。集まった者、全《すべ》てに食事を提供する決まりでございます」

炊き出しをしていた使用人は集まってくる小さな子供達の痩《や》せ細った姿に心を痛めて、ここでやめる訳にはいかないと食い下がるが、ロバートの意見は変わらない。

「ふん、そんなもの守ったところで誰《だれ》が見ているというのだ？」

さっさと帰るのだと使用人を怒鳴《どな》り付ける。

「ロバート様、スラムの奴《やつ》らに陳情《ちんじょう》でもされたらどうするのですか？」

ロバートの横暴な振《ふ》る舞《ま》いに恐《おそ》る恐るだが、ブライアンが心配そうに言う。

「ブライアン、お前もバカなのか？　あんな奴らの言うことを、誰が信じるというのだ？」

俺様《おれさま》は次期ランス公爵《こうしゃく》だぞ？

ロバートだけに通る理屈《りくつ》でさっさと片付けを始めさせる。

長い行列からは、当然のことに不満の声が上がっている。

「そんなっもう終わり？」

「僕《ぼく》、まだ食べてないよー」

「お腹《なか》すいたよー」

ここ最近、スラムは子供が多い。

ご飯が食べられないとわかり、泣き出す子や使用人にすがりついて何とかならないかと必死で頼《たの》み込《こ》んでいる子もいる。

「ふん、クズ共め」

あろうことか、ロバートは不快そうにその光景を見て、またひとつ悪態を吐く。

炊き出しの突然《とつぜん》の終わりに阿鼻叫喚《あびきょうかん》と化した行列の中から、ロバートの馬車へと走ってきた一人の男が詰《つ》め寄る。

「おい！　話が違《ちが》うだろ！　なぜ食事が行き届いていないのに炊き出しをやめるんだ？」

ロバートは答えない。

施《ほどこ》しをしてやっているのだ。

感謝されることはあっても文句を言われる筋合いはない。

男の形相を見て、怖《こわ》くて答えられなかっただけとも言える。

「頼む、せめて五歳《さい》以下の子供だけでも何か食べさせてやってくれないか？」

無理やり怒《いか》りを抑《おさ》え込み、男はロバートに頭を下げる。

この炊き出しで何も口にできなければ、次の炊き出しまで一週間だ。

命を落とす子供も出てしまう。

「ロバート様……可哀想《かわいそう》ですよ？　ちっちゃい子供だけでも……」

男の必死の願いにブライアンが同情して何とかしてあげましょうとロバートを説得する。

「馬鹿《ばか》か？　こいつらタダで飯が食えるのなら、頭くらい簡単に下げるんだぞ？　プライドなんてないからな！　いちいちそんなもんに構ってやったらキリがないだろう」

ロバートはこの頃《ごろ》ずっと虫の居所が悪い。

学園で受けた屈辱《くつじょく》をまだ根に持っていた。

父親に泣きついて、スチュワート家に苦情の手紙を出してもらったりもしたが、帰って来た返事は長々と書かれていたが、要約すると、え？　それうちの子悪くなくね？　であった。

子が子なら、親も親である。

伯爵《はくしゃく》ごときが公爵に反論するなどあってはならないことなのに。

忌々《いまいま》しいエマ・スチュワートの顔を思い出しイライラ……と？　………スライムゼリーを頬張《ほおば》るエマ・スチュワートの顔が不意に浮《う》かんで心臓がドクンと不自然に跳《は》ねる。

チッ、あそこで謝《あやま》っておけば、少しくらい仲良くしてやっても良かったのにバカな女だ。

頭の中で、アーサーと話すエマ・スチュワートが、第二王子と話すエマ・スチュワートが、そばかす顔の商人の息子《むすこ》と話すエマ・スチュワートが次々に浮かび上がって来た。

少し遅《おく》れたがここで、今までに感じたことないほどにイラァっときた。

普段《ふだん》のロバートなら、男の形相に少なからずビビッたこともあり、炊き出しを続けていたかもしれないが、間の悪い事にここでイライラがＭＡＸに押《お》し上げられてしまった。

「お前らごときに食わせる物はない。目障《めざわ》りだ！」

ダンっと馬車の扉《とびら》を開け、気付けば叫《さけ》んでいた。

使用人も、炊き出しに集まった子供達も、頭を下げている男も驚《おどろ》いて、ロバートを見る。

わざわざ顔を晒《さら》し、激昂《げっこう》する貴族の令息に男はそれでも食い下がる。

男は知っていた。

先週から今週の炊き出しは、一年の持ち回りサイクルの中で魔《ま》の二週間と呼ばれていて、他の貴族の提供してくれる食事より、著《いちじる》しく量も質も悪かった。

他の貴族は、日持ちのするビスケットなどを土産《みやげ》に持たせてもくれるが、この魔の二週間では一度もなかった。

スラムでは、炊き出し以外でまともな物が食べられる保証がない。

ここでキレてしまえば、本当に、本当に子供が死んでしまう。

「たったタダでとは言わない！　どこにも売っていない特別なインクと交換《こうかん》だ！　絶対に消すことができない真っ赤なインクだ」

「はっ？　インク？　そんなもの何の役にも……いや……待てよ？」

男の言葉にロバートは、にやりとお決まりの嫌《いや》な笑《え》みを浮かべる。

そろそろ、そばかす顔の商人の店の新装開店が近かったなと思い出したのだ。

◆　◆　◆

「ゲオルグ兄様、あの建物に繋《つな》がってますすよ」

糸を辿《たど》った三兄弟は、今日、明日に崩《くず》れても不思議ではなさそうな、ボロボロの建物ばかりが並ぶ地域に足を踏《ふ》み入れていた。

「魔物《まもの》かるた……頼む、無事でいてくれ……」

ゲオルグは祈《いの》るような気持ちでヴァイオレットの糸が示す建物を見る。

この国ではよくあるレンガ造りで、木でできていたであろう扉や窓は朽《く》ちてしまったのか、ぽっかりと空いている。

屋根ですら所々崩れ落ちて、隙間《すきま》風どころか雨風全部をしのげそうにない。

ノックは必要なさそうね……なんてエマが呑気《のんき》に考えていたら、例の少年が勢いよく飛び出してきた。

透明《とうめい》な糸に気づく様子もなく、怒気《どき》を孕《はら》んだ声をあげる。

「なんでコレ財布《さいふ》じゃねーんだよっ」

少年が何かをバシッと地面に力いっぱい叩《たた》きつける。

「どうすれば良いんだよ！　このままじゃ、このままじゃ……」

三兄弟の存在に気付いていないのか、その場に泣き崩れる。

ゲオルグとしても、財布を盗《ぬす》んでくれた方が良かったのだが、何やらお取り込み中のようで言い出せる雰囲気《ふんいき》でもない。

黙《だま》って見守っていると、少年は自分の頭をポカポカ殴《なぐ》り出し、俺のバカ、バカ、バカー！　と盛大《せいだい》に一人反省会を始めている。

ますます声がかけ難《にく》くなってしまった。

そんな中、エマはてってってってっと軽い足取りで少年の前にしゃがみ、涙《なみだ》でぐちゃぐちゃになった顔を覗《のぞ》き込みながらふんわりと話しかける。

「ねえ、その魔物かるた、返してもらっても良いかな？」

空気を読まぬこと山のごとし。

それが、エマである。

少年が地面に叩きつけたものこそ、間違えようもない大事な魔物かるただった。

地面がグズグズの雨の日じゃなくて良かった。

急に目の前に現れたエマに驚いた少年が後ろに下がり、逃《に》げようとするも、ゲオルグとウィリアムに阻《はば》まれる。

「なっなんでここがわかったんだよ‼」

慌《あわ》てて少年が涙を拭《ぬぐ》う。

「悪い事ってのは、見つかるもんだからな」

ゲオルグが地面に散らばった魔物かるたを丁寧《ていねい》に拾い集め、一枚二枚……と数を数えて安堵《あんど》のため息を溢《こぼ》す。

「よかった、ちゃんと全部ある」

心底ほっとした声を出し、少年を見る。

前世を含《ふく》めて初めてスリに遭《あ》ったが、エマに言われるまで盗《と》られた事に気付けなかった。狩人《かりゆうど》として鍛《きた》えてきたゲオルグに気付かれることなく盗むのは決して簡単ではない筈《はず》なのに。

「なんなんだよ！　おまえら！　どこのスラムの奴だよ？　こんなとこまで追いかけてきて、縄張《なわば》り侵略《しんりやく》だぞ！」

一瞬《いつしゆん》、少年の言っている意味が分からずに三兄弟は怪訝《けげん》な顔をする。

「臣民街を歩いてても、俺くらいになればわかるんだよ！　そんなツギハギだらけの服着てる奴、あの辺じゃいないからな、そんなんスラム住みだけだぞ？」

どうだ！　この名推理！　参ったか！　と少年は勢いよく立ち上がる。

スラムの少年に三兄弟の普段着《ふだんぎ》は、庶民《しょみん》よりもボロいと言われてしまった。

確かに、猫《ねこ》と遊ぶと不意に爪《つめ》がひっかかり、服が破れることもある。

猫といってもあの大きさで、四匹《ひき》とじゃれるのは楽しいがモフモフと引き換《か》えに服を傷《いた》めるのは致《いた》し方ないことなのだ。

特にここ半年は、猫に乗る練習ばかりしていたので、派手に振り落とされる日もあった。

服なんてちょっと破れたって繕《つくろ》えばまだまだ着られる。

着られる服はもったいないので捨てられない。

見られるのは、屋敷の中の家族と使用人くらいなのだし。

貧乏性《びんぼうしょう》を長く患《わずら》っているスチュワート家に服を新しくするなんて発想はない。

当て布も柄《がら》や色を合わせるなんてこだわりもなく、ローズ様のドレス作りの際に余ったものを使っている。

ベースが地味な服に、色鮮《あざ》やかな当て布は、裁縫《さいほう》の技術だけではカバーできないツギハギを生み出し、少年が言うことも一理ある見た目に仕上がっていた。

ちゃんとした場ではちゃんとした格好《かっこう》を心《こころ》掛《が》けるが、そうでなければ適当で良し。

言わせてもらえば生地《きじ》自体はエマシルクなので、売れば高い……筈。

「いや、あの、僕達《たち》スラム住まいではないんですけど……」

この辺り落ち着くなーなんて言ってた時、周りの臣民街の皆《みな》さんは三兄弟をスラムの子と認識《にんしき》していたかもしれないと思うとなんだか居たたまれない。

いや、それよりもここ、スラム街だったのか……。

「いいって。これ以上は何も訊《き》かないでやるから……。悪かったな、それ、返すから勘弁《かんべん》してくれよ」

生ぬるい笑顔を少年に向けられ、ゲオルグとウィリアムは複雑な気持ちになる。

「ねぇ、なんで泣いてたの？」

少年が見られないように急いで涙を拭ったのも虚《むな》しく、空気を読まないエマが尋《たず》ねる。

「なっ泣いてねーしっ……ってお前、よく見ると顔の傷痕《きずあと》ひでーな？　貴族にでもやられたのか？痛くないか？」

少年は反論しようと顔を上げた拍子《ひょうし》にエマの右頬《みぎほお》の傷痕に気付き、心配そうに覗き込んだ。

帽子《ぼうし》の子の傷は深く、可愛《かわい》い顔に無慈悲《むじひ》に刻まれている。

もしかしたら、可愛いというのが仇《あだ》になったかもしれない。

男だろうが関係なく酷《ひど》いことをしてくる奴もいるらしいし。

自分よりは年上みたいだが、まだまだ子供に見える。

あれだけの傷を負って、よく生きていたな……と少年は勝手にエマに同情した。

「炊き出しの日は要注意だぞ？　親切な奴もいるけど、酷いこと平気でする奴もいるからな？」

特に、お前みたいな細っこい弱そうなやつは狙《ねら》われやすいだろう？　と少年は口は悪いが優《やさ》しい言葉をエマに掛ける。

「貴族に……？」

スラムの人間は、貴族に酷い事をされる？　王都事情に明るくない三兄弟は揃《そろ》って首を傾《かし》げる。

炊き出しはボランティア的なものと認識していたけど、違うのだろうか？

スラムの抗争《こうそう》とかに巻き込まれた等ではなく、傷痕の原因で一番に疑われるのが貴族だなんて変な話だった。

「昨日の炊き出しだって……最悪の貴族の週でさ、全員に食事が出される前に終わらせて帰ろうとしやがったんだ！　このままじゃ飢《う》え死にが出るかもって、俺の兄貴がとっておきの宝をやるから全員に食事をくれって頼んだんだけど……」

先ほど泣いてないと言った割に、少年の瞳《ひとみ》が濡《ぬ》れ始める。

王都の高位貴族が義務付けられている炊き出しのシステムについて、三兄弟は詳《くわ》しくは知らなかった。

普通《ふつう》、集まった人全員に賄《まかな》うのが当たり前ではないのだろうか。

お腹が空いているなかで食べられた者、食べられなかった者が出ては争いの種を蒔《ま》くことにもなりそうだし……治安を悪化させて良い事なんてないよね？

三兄弟の傾《かたむ》いた首の角度がどんどん深くなる。

「え？　宝？」

宝にいち早くエマが反応する。心なしか目が光っている。

スラムで宝って何だろう。

お金なら自分たちで使うだろうし、食べ物ならわざわざ炊き出しには並ばないし。

「あいつら、宝だけ受け取って帰りやがった！」

ギリギリと歯を食い縛《しば》り、少年は思い出して怒りに震《ふる》える。

「えっと、それは……泥棒《どろぼう》なんじゃ？」

貴族である前に人としてどうなのかという話だ。

そして、貴族が持ち帰るほどの宝とは一体何なのか、やっぱり気になる。

「そんで、走り去る馬車を止めようとした兄貴が……馬車に……轢《ひ》かれて……」

とうとう、グジグジと少年が泣き出す。

「えっと、それは……強盗《ごうとう》なんじゃ……？」

少年にハンカチを差し出しつつ、踏んだり蹴《け》ったりであまりに気の毒過ぎるだろうと三兄弟は顔を見合わす。


貴族ってそんなことしても許されるのか？

前世の日本と、辺境のパレスしか知らない三兄弟は頭を悩《なや》ませる。

「それで馬車に轢かれたお兄さんは大丈夫《だいじょうぶ》なの？」

ウィリアムの問いに少年の泣き声が大きくなる。

これは……大丈夫ではなさそうだ。

少年の背中をポンポンと優しく叩いて落ち着かせつつ、ゆっくりで良いから教えて？　とエマが話の続きを促《うなが》した。

「ずっと……寝《ね》てる。ぐったりしてて、脚《あし》から血が出てて……だから、薬買わないとって……金なんか持ってないから、おれ……！」

スリをしたのだと。

少年は少年で、切羽詰《せっぱつ》まった事情があったようだ。

「途中《とちゅう》、薬局に寄ったけど……そん時に、金じゃないって気付いて……」

ここまで聞いては何もしない訳にはいかない。

「俺達、銅貨持ってるから、今から薬局に行こう」

日も暮れ始め、貴族の子供でなくても帰らなければ叱《しか》られる時間が迫《せま》っていた。

しかしながら、三兄弟の精神年齢《ねんれい》はアラフォー&アラサー……両親、特にメルサに怒《おこ》られることは分かっているが、少年を見捨てて帰ることはできなかった。

「いいのか？」

救世主でも見るような目で少年は兄弟を仰《あお》ぐ。

どう見ても、自分よりも多いツギハギだらけの服着たやつが、なけなしの金を兄貴の薬に使ってくれるなんて……どんだけお人好《ひとよ》しだよ。

「んー……取り敢《あ》えず、お兄さんの怪我《けが》の具合を見に行きましょう？　買い物はその後だよ」

◆　◆　◆

「足元、気を付けろよ」

薄暗《うすぐら》い建物に入り、少年が怪我をして動かない兄の元へと案内する。

階段を上り、ギィギィと軋《きし》んだ音を奏《かな》でる床《ゆか》に注意しながら上の階へと進む。

「怪我してるなら、一階にいればいいのに」

ゲオルグがわざわざ階段を上るのは大変だったろうにと不思議に思う。

「一階だと、夜になると何も見えなくなるからな。一番上の階は屋根とか壁《かべ》が部分的に崩れてるとこあるからちょっとは明るいんだ」

それはそれでどうなんだ？　と思いながら三兄弟は少年に続く。

階段は壁と同じレンガでできているが、各階の床は木なので所々腐《くさ》っていたり、穴が空いていたりと危ない。

少年の踏んだ場所に倣《なら》うように足の置き場を探《さぐ》る。

「兄貴、入るよ」

最上階にあたる三階、手前の部屋の入り口の前で少年が声をかける。

「…………」

返事はなかったが、構わずに部屋へ入る少年に続くと、聞いた通り中は下の階よりは少し明るかった。

屋根の真ん中がぽっかりと空いて、夕暮れの空が覗いている。

男が一人横たわっていて、眠《ねむ》っているのかピクリとも動かない。

たたたたっとエマがその男に走り寄って怪我の具合を見始める。

「おおおっあんまり下手に動くと床抜《ぬ》けるからな！」

エマに注意しながら少年とゲオルグ、ウィリアムは慎重《しんちょう》に床を確認しつつ向かう。

依然《いぜん》、男は動かずエマに触《さわ》られるがまま動かない。

「昨日まではちゃんと喋《しゃべ》ってたし、自分で歩いてここまで来れたのに……」

あまり、清潔には見えない布を足に巻いて止血を試みたものの、上手《うま》くいっていないのか、じわじわと布が赤く染まっていた。

その布を剥《は》がし、三兄弟は傷口を観察する。

「……」

「…………」

「…………」

これは……。

「なっなあっどうなってんだよ！　大丈夫なのか⁉」

心配する少年に、エマはにっこり笑いかける。

「大丈夫、そこまで酷い傷じゃないと思う。骨も折れてないし」

出血はあるものの、ちゃんと傷口を洗って化膿《かのう》しなければ直《す》ぐ良くなるはずだ。

ゲオルグとウィリアムもエマと同じ意見だと頷《うなず》く。

医者でもないし、前世での医療《いりょう》知識は微妙《びみょう》だが、三兄弟は魔物の出現するパレス出身だ。

傷の状態の確認も、応急処置の経験も多少はある。

これは少年が泣き出す程の大きな怪我ではない。

「じゃ、じゃあなんで兄貴は、こんな……」

少年は大丈夫と言われても、信じられない。

男はぐったりと力なく横たわり、意識もないのだ。

四人が周りを囲んで痛むはずの傷を確認していてもピクリとも動かない。

「多分……お腹が空《す》いてるのかな？」

男の脚《あし》は細く、肌《はだ》もかさかさで、どう見ても栄養が不足していた。

お腹が空くと力が、出ない。

エマもこの身をもって、よく知っている。

この極限状態からの出血だと、脱水《だっすい》も起こしているかもしれない。

「この人、最後に食べたのいつ？」

男の痩せように驚くウィリアムが少年に尋ねる。

「えーと……炊き出しが昨日の昼だから……でも兄貴はいつも一番最後に食べるから、全員分なかった昨日は食べてない。……その前の炊き出しは一週間前で、いつもなら貰える土産のビスケットとかはなかったから……」

最悪、一週間食べ物らしいものは口にしていないかもしれない。

見た感じ少なくとも数か月以上、まともな食事は摂《と》ってなさそうだった。

「怪我よりもそっちのが問題だよ！」

ウィリアムが叫ぶ。

「あ、兄貴は木の実とか見つけても他の子供にあげちゃうし、炊き出しだって一人前全部食べずに分けちゃうから……」

大の男がそれでは栄養が足りないのは分かりきっている。

よく今まで生きてきたものだ。

それにしてもスラムってもっと殺伐《さつばつ》としたところとイメージしていたが、ここまで世話好きの男がいるとは思わなかった。

「とにかく今、必要なものは……」

財布の中身と相談しながら、考える。

まずは、脱水が心配だから……

「お水……塩と……砂糖？」

「塩も砂糖も高いよ！」

少年が買えるわけないと嘆《なげ》く。

「大丈夫、そんなに沢山《たくさん》はいらないの。計り売りで銅貨一枚分ずつ買って、残りは消化に良さそうな食べ物を……なんかお粥《かゆ》……じゃなくてオートミール？　的なやつミルクで煮《に》ると柔《やわ》らかくなるかな？」

王都の相場はわからないが、パレスなら塩が百グラムで銅貨一枚、砂糖が五十グラムで銅貨一枚くらいだった。

「取り敢えずそれ、ひとっ走り買ってくる！」

少年を連れて、ウィリアムから財布を受け取ったゲオルグが買い物に走る。

残されたエマとウィリアムは前世の記憶《きおく》を総動員した話し合いを始める。

「ウィリアム、ポカリってさ……塩分濃度《のうど》どのくらいだっけ？」

「え⁇　知らないよ？」

「何かで見た記憶があるんだけどなぁー？　何か甘《あま》いから砂糖も頼んだけどあってるんだっけ？」

「え⁇　知らないよ？　頑張《がんば》って思い出して！」

「ぺぇ太はホントマジ役に立たないもんな……」

「いやいやいや！　急にそんな事言われても！」

「多分、海よりは薄《うす》かったんだよね……海水の塩分濃度が三パーセントちょっと？　……あー全然思い出せない！」

「僕が分かるのは、素肌《すはだ》は弱酸性ってことくらいだよ？」

「ビ◯レかよ！」

不毛な会話を続けているうちにゲオルグだけが水の瓶《びん》数本と塩と砂糖を持って帰って来た。

「脱水の分だけ先に持って来たよ。なんかオートミールとか持ってたから、あの子は下でスラムの仲間にカラまれてる。ちっこい子ばっかりだったから、まあ大丈夫だと思うけど少ししたら上って来るだろと言うとゲオルグはさっさと瓶を開け、塩と砂糖を入れる。

「「あっっっ‼」」

エマとウィリアムの声に、瓶を振って混ぜていたゲオルグの動きが止まる。

「え？　何？　なんかした？」

「兄様……塩分濃度とかは？」

恐る恐るウィリアムが尋ねる。

結局二人の間で答えは出ていないが、あまりにゲオルグがあっさりと塩と砂糖を入れるので驚いている。

「水一リットルに、塩二、三グラムと砂糖二十から四十グラムって昔、現場で作業員が熱中症《ねっちゅうしょう》で倒《たお》れたときグッたやつ何となく覚えてたから、それでやってみたけど違った？」

「兄様……最高です……」

一番、そんな知識が遠そうだと思っていた元現場監督《かんとく》の兄に、珍《めずら》しく姉弟《きょうだい》は尊敬の眼差《まなざ》しを送る。

結局あの日の現場、自販機《じはんき》なかったから水道水に弁当に付いてたゴマ塩と飲み物用のシロップで代用したけど効いたかは分からないんだよな……と後から恐ろしいことを言いだす。

……ゴマ塩はほぼゴマなんじゃないかな？

即席《そくせき》の経口補水液をウィリアムがスプーンで少しずつ、ゆっくりと男に与《あた》える間にゲオルグとエマが丁寧に傷口を洗う。

「よし、あの子が戻《もど》って来る前に……ヴァイオレットお願いしてもいい？」

大きな帽子の中から、そっと蜘蛛《くも》を床に下ろす。

夜が近付き、暗くなった部屋でも円《つぶ》らな八つの瞳がキラキラ光る。

いつ見てもヴァイオレットは綺麗《きれい》な紫　色《むらさきいろ》でかわいい。

以前、エマにしたように蜘蛛が男の傷に向け、紫《むらさき》の糸を吐く。

「ヴァイオレット、ありがとう」

エマが礼を言うと、またいつでも言いなっと応《こた》えるようにヴァイオレットが第一歩脚《ほきゃく》で敬礼する。

なんて、男前な蜘蛛なんだ。……雌《めす》だけどね。

そのまま、スススっとヴァイオレットが自らエマの腕《うで》を上り、帽子の中に入ると同時に少年が戻ってきた。


「兄貴の具合はっ？」

少年の後ろから、わらわらと少年よりも更《さら》に小さな子供達がついて来ていた。

「こいつら、この辺のスラムのガキ共なんだけどついて来ちゃって……」

横たわっている男に向かって子供達が心配そうに駆《か》け寄る。

床がギシギシと危《あや》うげな悲鳴を上げ、急に抜けたりしないかドキドキする。

「大丈夫だよ。怪我の手当ては終わったし、水もちゃんと飲めてるし、目が覚めた時に食べられるように皆でごはんを作ろう」

少年からオートミールとミルクを受け取りながら、安心させるようにエマが答える。

「ごはん」と聞いた瞬間、子供達の表情がぱぁっと明るくなるのだから、やっぱりごはんは偉大《いだい》だ。

そういえば鍋《なべ》はあるのかと聞けば、奥《おく》の部屋から大きな鍋とお玉を少年が持ってきた。

「昔、炊き出しで忘れてったやつがあるよ。拾っておいたのは良いけど中に入れる食べ物なんかないから使ったことないけど」

「ん？　じゃあここ、料理できないの？」

オートミールだし、そのままミルクをかけて食べられないこともないが、温かい方が好ましい。

「姉様、あれは？」

ウィリアムが指差す方を見ると暖炉《だんろ》がある。

そこなら火を使っても大丈夫そうだし、崩れたレンガを使って鍋を置く所も作れそうだ。

「じゃ、あとは燃えそうな木……はその辺の床剥がすとして。そろそろ臣民街でも明かりが灯《とも》るころだから、火もらいに行ってくるよ」

ゲオルグがまた元気に部屋を出て、階段を下りる。

王都では暗くなると仕事から帰る人々の為《ため》に、主要な道には松明《たいまつ》が灯る。

その松明から庶民は火を移し、煮炊《にた》きに使ったりすると、ゲオルグは買い物をした店主に聞いていたのだ。

「兄様のサバイバル力……ハンパない」

パレスで狩《か》りに連れていってもらっていただけに、野宿に必要な火と水の確保は完璧《かんぺき》である。

「あれで、あともうちょい勉強してくれたら……」

田中家は、いつだって残念だ。


意識のない怪我人《けがにん》、小さな子供達を残して家に帰る選択肢《せんたくし》はもとより三兄弟にはない。

体は子供だが中身はアラフォー&アラサーなのだ、放《ほう》っておくことはできない。

前世と今世合わせて初めての無断外泊《がいはく》をすることになるかもしれない。

◆　◆　◆

鍋の中でオートミールが柔らかくなるまで水で煮てから、ミルクを追加し、余っていた塩で味を調《ととの》える。

煮ただけで料理と呼べる程でもないが、塩のおかげで味は悪くない。

前世で言うミルク粥《がゆ》みたいなものだ。

子供達が暗くなるにつれて何人か増えた分、水を嵩増《かさま》ししたので少々シャバシャバにはなってしまったが。

「よし、完成！」

エマが振り向くと、子供達はそれぞれカップを持って行儀《ぎょうぎ》よく一列に並んでいる。

「あっこら！　お前らっ、このオートミールは兄貴のためのだぞ？　炊き出しじゃないんだから」

少年が注意するが、子供達は頑《がん》として動かない。

みんなお腹が空いているのだ。

「いっぱいあるから、大丈夫だよ」

一番前の子供のカップを受け取り、エマはミルク粥モドキを入れてやる。

「熱いから気を付けてね」

コクコクと頷いた子供達がフーフーしながらミルク粥モドキを食べ始めると、においにつられたのか、怪我をした男が目を覚ました。

「……あれ？　だれ？　新顔か？」

見慣れぬ三兄弟を見た男は首を捻《ひね》る。

「あっ兄貴！」

「ヒュー？　なにやってってっ！」

少年が男に抱《だ》きつく。

「バカ兄貴‼　心配したんだからな！」

ポカポカと効果音が聞こえてきそうな仕草で男の胸を少年が叩く。

肝心《かんじん》の男の方は何があったのかよく分からないようで、さして痛くもない攻撃《こうげき》を受けながら少年を宥《なだ》めている。

「ヒュー、ちょっと落ち着いて、何か知らんが悪かったな？」

「兄貴、死んじゃうかもって！　ばかーばかー」

よっぽど不安だったのか男の上に乗ったまま泣き出してしまう。

男は昨日、馬車を止めようと近づきすぎて怪我をしたのだったと思い出す。

しかし、不思議と痛みがない。

怪我をした足は紫色の何かに被《おお》われていた。

よしよしと少年の頭を撫《な》でている男にゲオルグがミルク粥モドキを差し出す。

「ご飯、食べられそうですか？」

ごくり……と男の喉《のど》がなるが、受け取ろうとしない。

「これは、どこから手に入れた？　ヒュー？　お前っまた、スリなんてしてないだろうな？」

「しってないよ！　これは、あいつらが金を出してくれたんだ！」

当たらずとも遠からずな男の言葉に少年がびくっと体を震わせるので余計に疑われている。

「冷める前に食べちゃって下さい。考えるのは後でもできますよ」

ゲオルグの言葉に、男は一週間ぶりの食事を断ることができる訳もなく、ミルク粥モドキを受け取る。

「うまっ！」

男は、夢中でミルク粥モドキを口に運ぶ。

「ゆっくりよく噛《か》んで食べて下さい。体がびっくりしちゃいますよ」

子供達におかわりをよそいながらエマが男に声をかけるが、聞こえてなさそうだ。

大量に作ったミルク粥モドキが空になるころ、やっと今日の出来事をウィリアムが男に説明する。

「つまり、ヒュー、お前やっぱりスリしてたんじゃないか」

ゴチンと少年にげんこつをして男が三兄弟に向き直る。

「悪かったな、こいつは俺の弟分なんだが、俺に会うまではスリで生計を立てていたらしく、一度痛い目にあってるってのに困るとすぐに手癖《てくせ》が悪くなる」

スラム街に住んでいる男の言葉とは思えない謝罪に、三兄弟も笑って気にすることはないと返す。

「それに、怪我の手当てに食事まで用意してもらって、なんと礼を言っていいか……正直、助かった。俺は、ハロルドという。成り行きでこの辺の子供たちの面倒をみてやってる」

「いえ、たまたま対処できることだったので、俺はゲオルグ、あっちがあー……弟のエマとウィリアムです」

エマも男の子の格好でいるので、弟ということにする。

「あ、俺はヒューイ。ヒューって呼んでくれ」

げんこつを貰った少年が自分の頭を撫でながら、にかっと笑う。

ハロルドが目覚めてやっと笑顔が戻ったようだ。

「それにしても、小さい子供が多いように感じるんですが……」

今日一日、何度かスラムと臣民街を行き来したゲオルグは、不思議に思っていた。

ざっと見てもエマやウィリアムよりも小さな子供ばかりで、スラムに入ると大人が見当たらない。唯一《ゆいいつ》いたのが、目の前の痩せた男なのだ。

「最近は、働き口に困ることはないからな。大人になれば、スラム出でも雇《やと》ってくれる所が増えて働ける年になれば、みんなスラム卒業できるんだ」

ここ一年は、クーデターで壊《こわ》れた建物の解体や修理で力仕事は引く手数多《あまた》なのだと、何故《なぜ》か少し誇《ほこ》らしそうにハロルドが説明するが、働ける年なのに働いてないこの男は一体……。

「まあ、昨日は運が悪かったんだ。俺も間抜《まぬ》けに怪我までしてこいつらに心配かけちまった」

少年だけでなく、集まった子供達の頭を乱暴に撫でながら男はしきりに反省する。

お腹が満たされ、男の怪我も大丈夫だと安心したのか子供達に睡魔《すいま》が訪《おとず》れる。

「お前らも今日はここに泊《と》まっていけ、この時間に外をうろついても碌《ろく》なことがないからな」

そのまま、ぽつぽつと男と会話していたが、三兄弟もいつの間にか眠ってしまっていた。柔らかいベッドや温かい布団《ふとん》がなくても、すんなり眠れてしまう三兄弟の神経は図太い。

翌朝、エマは久しぶりに猫に起こされることなく、目を覚ました。

穴の空いた天井《てんじょう》から朝日が差し込む位置に顔があり、眩《まぶ》しくて起きてしまった。

「むにゃ……マーサ……眩し……ん？」

いつもの柔らかいベッドの感触《かんしょく》じゃないことに違和《いわ》感を覚え、目を開ける。

隣《となり》にゲオルグとウィリアムも並んで雑魚寝《ざこね》している姿を見て、スラムに泊まったことを思い出す。

「……はれ？」

男の姿が見当たらない。

大きな怪我ではなかったにしろ、動き回れるようになるまでもう少しかかりそうなのに。

何処《どこ》に行ったのかと、エマは軽く伸《の》びをして強《こわ》ばった体を動かし、立ち上がる。

「いてっ！」

「あっごめん」

そこら中で、子供達が寝ているので一人踏んづけてしまう。

「何やってんの？」

踏んづけられた少年が目を擦《こす》りながらエマを見る。

「ハロルドさんがいないなって思って」

「兄貴？　あー多分隣《となり》で描《か》いてるんじゃねーにょ……」

「かく？　何を？　って、ねえ？」

すぅっと吸い込まれるように少年がまた眠ってしまったので、エマは仕方なく自分で確認しようと部屋を出る。

隣の部屋の入り口からは、さっきまでいた部屋の何倍もの光が洩《も》れている。

眩しさに目を細めて部屋を覗く。

「わっ」

隣の部屋は正面の壁が全て崩れ落ちていた。

眩しいはずである。

目の前に青空が広がっていた。

「ありゃ？　起こしちまったか？」

ハロルドがエマに気付き、振り返る。

「え？　なにこれ？　すごい！」

ハロルドの後ろの壁《かべ》一面に鮮やかな色彩《しきさい》で絵が描《か》かれていた。

まるで、植物園にでも迷い込んだのかと錯覚《さっかく》するほどのリアルで繊細《せんさい》なタッチは素人《しろうと》とは思えない出来栄《できば》えであった。

「ふっふっふっ上手いもんだろう？」

男は自慢気《じまんげ》にキャンパスとして使っている壁をエマに見せる。

「はい。本物みたいです！　遠近法もズレなく描けてるし、影《かげ》の付け方にも違和感ないし……何より色が素晴《すば》らしいです。こんな鮮やかな色彩はこっちでは見たことないです」

「ん⁇　あ、ああ」

男がぽかんとエマを見る。

想定外に専門的な褒《ほ》められ方をして驚いていた。

ヒューからは別のスラムに住む子供だと聞いていたが、昨晩の会話内容を思い出す限りきちんと教育を受けて、自分で考える力のある大人のようにも感じる。

「お前、なにもんだ？」

ハロルドは訝《いぶか》しげにエマを見つめる。

ふふふと満足そうにエマもまた、男を見つめ返す。

思っていた通りであった。

ヒュー少年が、兄貴と呼んでいたがその実、ハロルドと少年の年の差は兄弟よりも、親子、いやそれ以上にも見える。

昨夜の薄暗い隣の部屋の中、頭に蜘蛛を乗せた状態のエマだけが密《ひそ》かに気付いていた。

もしかしたら、蜘蛛がいなくてもその身に備わった能力でも気付いたかもしれない。

ガリガリに痩せてはいるが、知的なオレンジ色の瞳、ボサボサではあるが瞳よりも少し濃《こ》いオレンジの髪色《かみいろ》。立ち上がった姿で身長も高いことが分かる。

なかなかのイケオジなのであった。

国王がワイルド系ガチムチイケオジなら、目の前の男は、サブカル系インテリイケオジだろうか。萎《しな》びた感じもこれはこれで良い。

「ねえ、描いてるとこ見せて」

ハロルドの色彩豊かな絵は、ヨシュアの店の前にぶちまけられた赤いインクと同じ種類のインクで描かれていて、エマは知らず知らずのうちに目的に辿り着いていたことになる。

だが、そんな事よりも目の前のイケオジが真剣《しんけん》に絵を描く姿が見たいと切望するのがエマなのであった。

◆　◆　◆

「つまり、君たちの友達《ともだち》の店の前にこのインクがぶちまけられていたと?」

ゲオルグとウィリアムも起きて来たので、インクの話をハロルドに相談する。

「真っ赤なインクでした。どんなに擦《こす》っても全く色が落ちることもなく、困っているんです。何か良い方法はないですか?」

「赤……炊き出しの時に貴族のガキにやったインクと同じ色だな……。すまない、あのインクは消すことができないんだ。ここに描かれた絵も全て同じインクを使っているが、褪色《たいしょく》どころか、滲《にじ》んでもないだろう?」

一面の壁が崩れている部屋で、雨風にさらされているはずの絵は見事な保存状態を保っていた。何か方法があればと期待したが、残念ながらインクを消すことは不可能らしい。

「炊き出しをケチって、インクを奪《うば》ってヨシュアの店にぶちまける奴……犯人の心当たりが一人……」

こんなダサい行動に出る人物に、最近出会った覚えがある。

ゲオルグも、ウィリアムも思い浮かべる顔は同じだ。

「このインクはどこで売られているものなのですか?」

商店街でも、臣民街でも見つけられなかったインクが、まさかスラム街で各色揃って見つかるとは驚きだった。

「どこにも売ってないに決まってるだろ、これは俺が作ったんだから」

ハロルドがインクを自慢気に並べ、見せてくれる。

どれも鮮やかな液体のインクが簡素な入れ物に入っている。

「手作り⁉　ハロルドさんの？」

まさかである。

手作りのレベルを超《こ》えている。

あれほど消えずに鮮やかな色を保っているインクなんて前世でも見たことがない。

「俺は、元々放浪《ほうろう》しながら絵を描いて生活してたんだが、稼《かせ》ぎよりも画材の方が高くてな。仕方ないから自分で色々工夫《くふう》して作ってたら、何かハマっちまって……色んな物片っ端《ぱし》から試《ため》すようになったんだ。まあ、最近は、放浪せずにここでガキの面倒見《めんどうみ》ながら壁に落書きしてるだけだけどな」

何でもないように笑ってハロルドは言うが、急な景気で、働ける者はスラムから出ていく中、取り残されていく子供達を放っておくことができなかったのだろう。

一人暮らすのならば、こんなガリガリに痩せて倒れることはないのに、このお人好しのイケオジは、ヒューから聞いた話によればスラムの子供全員をなんとか救おうとしている。

自分のことは後回しで。

「お前達も、行くところがなくなったらここに住めば良い。直ぐに働ける年になるし、読み書きくらいなら教えてやれるぞ」

三兄弟のツギハギだらけの服とエマの傷痕を見て、ハロルドが面倒を更に請け負《う》うと言い出す。

「いえ、俺たちは大丈夫です！」

慌ててゲオルグが答える。

「そうか？　無理しなくていいんだぞ？」

そんなに、自分達兄弟はお金に困っているように見えるのか……。

ハロルドだけでなく、周りに集まって来ていた子供たちにも、遠慮《えんりょ》しなくて良いんだぞ？　なんて優しく声をかけられてしまう。

一度染み付いた貧乏臭《びんぼうしゅう》は、なかなか落ちないのかもしれない。

三兄弟がそれぞれ、お互《たが》いの顔を見合わせ首を捻る。

学園の友人達にもこの兄弟貧乏臭いな、なんて思われてないだろうか心配になってくる。

「あれ？」

一瞬、壁の崩れた面からの光が遮《さえぎ》られ、暗くなる。

……ったしん。

軽《かろ》やかな着地音に何者かが部屋に侵入《しんにゅう》したことに遅れて気付き、音の方へ皆が目を向ける。

光が遮られるほどの大きな獣《けもの》がそこに……いた。

「え……？」

「なっっ化け物!!」

「うわー!!　まっ魔物??」

突然現れた大きな獣に子供達が叫ぶ。

三階の高さをものともせず、壁の崩れたところまでジャンプして入ってくるなんて人間では無理だ。

スラムといえど、王都で暮らす子供達がここまで大きな獣に出くわすことはまず、ない。走って逃げたいのに、凍《こお》りついたように動けなくなってしまっている。

「にゃーん♪」

大きな獣は、三兄弟を見つけると狙ったように一直線に向かって来る。

あんなに大きいのに、殆《ほとん》ど足音もなく跳《と》ぶように動く。

「おっおい、危ないぞ！　こっちに来い！　逃げろ！」

ハロルドが気付いて、三兄弟に手を伸ばすが間に合わない。

獣は一瞬で三兄弟の元へと到達《とうたつ》する。

驚いた三兄弟が獣を見て叫んだ。

「「「コーメイさん⁉」」」

「にゃーん♪」

エマにすり寄って喉をゴロゴロ鳴らしている。

大きな獣はスチュワート家の飼い猫、コーメイだった。

「どうして外にいるの？」

エマのほっぺたを朝の日課とザリザリ舐《な》めだした猫を撫でながら聞いてみるが、答えはない。

エマを見つけて夢中で甘えている。

うちの子、ホントにマジ可愛い。

「おっおい？　大丈夫なのか？」

ハロルドが恐る恐る声をかける。

一見して、化け物がエマを襲《おそ》っているようにも見えなくもないが、三兄弟は笑顔でその化け物を撫でていた。

「え？　大丈夫も何も……この子は家で飼っている猫で、コーメイさんっていいます」

じりじり近付いて来たハロルドにウィリアムがコーメイを紹介《しょうかい》する。

コーメイも自分の話をしていると察して、エマを舐めるのを中断してハロルドの方へ顔を向ける。

「にゃん！」

「コーメイさんがよろしくって言ってます」

エマが慣れた様子で通訳する。

「それはそれはご丁寧にって、へ？　猫？　いやいやいや!!　猫ってそんなでかかったっけ？　あれ？　いやでも……にゃんって言ったな今……いやでもデカ過ぎるだろ！」

ハロルドの混乱と驚きは至極《しごく》真っ当な反応であった。

フォルムは、猫と言われれば猫……だな。

鳴き声もまぁ、猫……なんだけど……とにかくデカいぞ、デカすぎるぞ……。

「ねー猫ってなあに？」

「猫？」

超高級品《ちょう》ペットとなってしまった猫の存在自体、スラムの子供達は知らないらしく、ハロルドを見る。

好奇心《こうきしん》には勝てず、触りたそうにうずうずしている。

「猫は、金持ちが飼う動物の中でも一番高いやつだ。一匹《ぴき》で家一軒《けん》買える値段がするらしい……いやでも……こんなにデカくない筈なんだが……俺が知らないだけなのか？」

ハロルドの知っている猫は、膝《ひざ》に乗るくらいのサイズで、目の前の猫と呼ばれているのは、エマよりも余裕《よゆう》でデカい。

「高級品⁉　すっげー‼」

「家一軒⁉　って動物に？　金持ち意味わかんねー！」

緊張《きんちょう》の解けた子供達が、我慢《がまん》できずにコーメイに触ろうと近くへ寄って行く。

「おっおい！　危ないぞ！　あんまり寄っていくな！」

まだ、猫と確信できていないハロルドが止めるが子供達は既《すで》にコーメイの周りを取り囲んでいる。

「ふあぁぁ！　もっふもふだ！」

「なんかゴロゴロ言ってるー！」

「お日様のにおいがする！」

「でっかいけど、かわいいーねー！」

コーメイさんは、子供達に触られるがままに大人しくしている。

子守《こも》りは得意なのだ。

「でも、高級品の猫をゲオルグ達はどうやって手に入れたんだ？　盗んだのか？」

ヒューが不思議そうに尋ねる。

高級な猫を飼っていると言っても三兄弟が伯爵家の令息、令嬢《れいじょう》とは気付かず、あくまで貧乏なのは変わらないらしい。

三兄弟が本当はお金持ちよりも、この大きさの猫を盗む方がヒューにとっては現実的なのかとウィリアムは苦笑《くしょう》する。

「コーメイさんは野良猫《のらねこ》だったんですよ。他にもあと三匹います」

「野良猫？　それって野良犬みたいなの？」

スラムでは野良犬ならよく見かける。

この世界でも犬は狩りでもよく使うし、庶民のペットとしてもお馴染《なじ》みの存在であった。

「でも、コーメイさん？　どうやって来たの？」

屋敷の扉を開けたり、塀《へい》を飛び越えたりはコーメイさんにとって朝飯前ではある。

でも外に出てはいけないよ、と約束しているのでコーメイさんが単独でここまで来ることはない筈なのだ。

三兄弟に危険があれば話は別だが、今のところ三人とも元気だし、危ない目にも遭《あ》っていない。

「あっ……」

ゲオルグは嫌な予感がした。

コーメイさんが一匹でここまで来ることがないとすれば、誰かが連れてきたんだ。

そんなの思い付くのは一人だけなのだ。

「私が連れて来たんだよ。ゲオルグ」

部屋の入り口の方から声がかかる。

「げっ！」

「あっ！」

「お父様！」

コーメイに遅れて、階段からレオナルドが上って来ていた。

眉間《みけん》に皺《しわ》が寄り、これは割と怒っている。

「ゲオルグ、ウィリアム‼　お前達は連絡《れんらく》もせず、無断外泊なんてして心配するだろう！」

「「すっすみません！」」

ゲオルグとウィリアムがビッと背を伸ばし謝る。

レオナルドは二人に一発ずつげんこつする。

ゴッと鈍《にぶ》い音が二回、相当痛いやつだ。

「……エマに何かあったらどうするんだ？」

「「すっすみません！」」

「エマもあんまり心配させないでおくれ？」

レオナルドはエマを抱き抱《かか》え、優しく念を押す。

スチュワート家における兄弟格差は酷い。

この甘やかしがエマの非常識に一役買っていると思うものの、兄弟が父に進言する勇気はない。

「ごめんなさい、お父様。色々あったから」

ぎゅうとエマが父に抱きつく。

「よしよし、危ないことはなかったかい？　帰ってこないから心配で眠れなかったよ。朝一でコーメイさんに案内してもらってここまで来たんだからな」

久しぶりにエマから抱きついて来たので、レオナルドは嬉《うれ》しそうにデレている。

抱きついたエマはニヤリと、悪い顔で笑っていることにレオナルドは気付かない。

「あの……三人のお父、様……ですか？」

ハロルドが恐る恐る、レオナルドに話しかける。

金髪《きんぱつ》に、紫色の瞳。

三兄弟に親がいたとは知る由《よし》もないのだが、父親だという男の体格の良さに焦《あせ》る。

ケンカしたとしても、絶対に勝てないだろう。

服装もラフなものではあるが、庶民では手の出ない仕立ての良さが際立《きわだ》っている。

「ああ、うちの子供達が世話になったようで……私は、レオナルド・スチュワートと申します」

レオナルド……スチュワート……。

聞き覚えのある名前にハロルドが飛び上がる。

「すっスチュワートってあの？　パレス領のスチュワート伯爵ですか？」

「ん？　ああ、そうです。今は子供達を学園に通わせるために一家で王都に住んでいるんですよ」

少し前まで、国中を放浪していたハロルドは、スチュワート伯爵家について色々な噂《うわさ》を聞いていた。

家を継いで直ぐに、王家の無茶ぶりで魔物の出現する三領を治めることになった。

僅《わず》か数年で、絹織物で成功し国内有数の豊かな領を作り上げた。

病的なまでに娘《むすめ》を溺愛《できあい》し、自領で生産される最高級の絹に娘の名前をつけた。

たしか、そのひっくり返るような値段の絹の名前は、【エマシルク】……。

レオナルドに抱き抱えられている少年、エマは……あの、伯爵溺愛令嬢……エマ・スチュワート？？？　……ひ、ひぃぃぃ！

「も、申し訳ございません！　だっ大事なお子様をこんな汚いところで、一泊させてしまい……」

ぞわぁと体に悪寒《おかん》が走る。

貴族の子供がスラム街で一晩過ごすなんて普通に考えて許されることではない。

どうなる？　投獄《とうごく》？　鞭打《むちう》ち？　……ギロチン⁉

「いやいや、子供達も元気そうだし問題ないよ。無事じゃなかったら……まぁ、アレだっただろうけどね」

あははとレオナルドは笑うが、ハロルドの悪寒は酷くなる一方である。

「お父様、ハロルドさんは凄《すご》いインクを作っているのよ？　私、絹の染色に使ってみたいわ」

レオナルドの冗談《じょうだん》に震えるイケオジを愛《め》でながらエマは父親に強請《ねだ》る。

ずっとネックであった絹の染色工程において、このインクは理想的だった。

鮮やかな色が一回で染まり、しかも色落ちしないのだから。

従来の洗っては染め、染めては洗う、を繰《く》り返す染色方法に革命が起きる筈だ。

パレスで貴重な水も殆ど使うことなくコストダウンも期待できる。

「エマがやりたいなら直ぐ試してみなさい。えーとハロルドさん？　そのすごいインクとやらは買わせてもらえるのだろうか？」

子供のエマの意見を鵜呑《うの》みにレオナルドは、ハロルドにインクの購入《こうにゅう》を申し出る。

いくらでも出すので、言い値で買うとまで言い出す始末だ。

娘への溺愛は噂ではなく本物だとハロルドは確信する。

「おっお待ち下さい‼」

部屋の入り口から、息を切らしたヨシュアが現れた。

階段を駆け上ったレオナルドにおいていかれたようだ。

「あれ？　ヨシュア？」

ゲオルグとウィリアムがげんこつをもらった頭を擦りながら振り向くと、同じ様に頭を擦るヨシュアがいた。

とばっちりで先にヨシュアも怒られていた。

「レオナルド様、事業に関する購入品はロートシルト家を通して頂かないと困ります」

息を整えながらヨシュアが割って入る。

この一家の商売下手は呪《のろ》われているのではと疑うレベルで、放っておけば一瞬で貧乏伯爵に戻ってしまうのは火を見るより明らかだった。

何度注意してもこの伯爵は、言い値で買うとかお金はいらないから持っていきなさいとか言ってしまうのだ。

ただでさえ膨大《ぼうだい》なスチュワート家の資産を狙う者は後を絶たない。

その全てを千切っては投げ、投げては千切り、ロートシルト親子は資産を守ってきた。

金貨千枚を一瞬で失いかねない領主のストッパーの役割を何年も人知れずこなしている。

「突然失礼致します。ヨシュア・ロートシルトと申します。ロートシルト商会、王都支店の店長兼《けん》、スチュワート家の事業アドバイザーでもあります。今後の契約《けいやく》については必ず僕を通すようにお願いします」

どう見てもそばかすが少々目立つただの子供が、折り目正しく自己紹介&商談を持ちかけてくる姿に、またハロルドの悪寒が酷くなる。

おい……今、何て言った？

「ロートシルト……商会？」

王国一の豪商《ごうしょう》である。

国内外に太いパイプを持ち、扱《あつか》っていないものなどないと言われている。

今、目の前にいるのは国一番の金持ち商人と金持ち伯爵なのだった。

ここはスラム街の中の壁と天井の崩れた部屋の中……だぞ？

「あっ！　もしかして、インクぶちまけられたのってお前のところの店？」

状況《じょうきょう》が掴《つか》めないなりにも三兄弟の話を聞いていたヒューが、ヨシュアに尋ねる。

「はい、そうです。その、うちの店のインクは消すことは可能でしょうか？」

期待を込めた目でヨシュアがハロルドを見るが、答えは変わらない。

「残念ながら……」

そうですか、とヨシュアは肩《かた》を落とす。

オープン前の店に真っ赤な血のようなインクなんて風評《ふうひょう》被害《ひがい》も甚《はなは》だしい。

床石を削《けず》るにしても、剥がすにしても金はかかるだろうし、あの赤いインクをぶちまけられた店として客足にも影響《えいきょう》を及《およ》ぼすことになる。

ヨシュアの店のターゲットは学園に通う令嬢達。

そんな曰《いわ》く付きの店で誰が買い物したいだろうか。

「なんか悪いな……」

「いえ、もともと嫌がらせの多い店舗《てんぽ》なので覚悟《かくご》はしていましたから」

気にしないで下さいと力なくヨシュアは笑う。

「ハロルドさん？　このインクって重ね塗《ぬ》りできるの？」

いつの間にか、エマがレオナルドから離《はな》れハロルドの描いた壁の絵を見ている。

鮮やかな色彩の植物の絵だ。

「ん？　ああ、一度乾《かわ》けば絶対に落ちないけど、上から塗る分には色が混ざったりもしないし絵を描くには良いインクだぞ」

さっきから謝りっぱなしのハロルドだが、もともとインクは自分の描く絵のために作ったものだ。壁だろうとどこだろうと、しっかり着色し、落ちない。

乾いた上に色を重ねれば混ざらず下の色に負けることもない。

画家にとって夢のようなインクなのだ。

「ヨシュアの店も、ハロルドさんに上から描いてもらったら？　赤いインクだから……苺《いちご》とか可愛いと思う！　きっとインスタ映《ば》えするよ」

インクが落ちないなら、描けばいいのよとエマがヨシュアに提案する。

「この壁の絵は全部、貴方が描いたのですか？　なるほど……確かに、これは目立つかも？」

ハロルドの描いた壁の絵は、仕事柄数々の絵画を見てきたヨシュアでも納得《なっとく》するだけのものがあった。

あの鮮やかな赤も、エマの言うように苺として描かれれば、おぞましい血の海ではなく、可愛いと認識されるだろう。

血のようなインクが嫌がらせで店にぶちまけられたのではなく、苺を描くための下塗りだったという言い訳も立つ。

第一に、エマの提案を採用しないなんて選択肢はヨシュアにはない。

【いんすたばえ】が何かは全く分からないが。

「ハロルドさん、店の前に苺……を描いて頂くことは可能でしょうか？　勿論《もちろん》、お代は出します。評判次第《しだい》で、季節ごとに定期的に新しく描いてもらうっていうのも良いかもしれません。季節に合ったフルーツや期間限定スイーツの絵もいいですね」

「ええ？　そら……構わないけど……」

「では、ロートシルト商会の専属画家として、とりあえず一年契約してもらえますか？　こちらはインクの方とは別件です。インクは、今日のところは必要分だけ購入、その後、試作を何着か作製して製品化になりそうなら、インクも専属契約を結びましょう」

「ええ？　そら……構わないけど……」

目まぐるしく、ヨシュアが契約を進めて行く。

いつも肌身《はだみ》離さず持っている契約書《けいやくしょ》に、必要な文章を素早《すばや》く書き込んでサインする。

「この内容で良ければハロルドさん、サインを頂けますか？　こっちが専属画家の契約書、こっちは、インクの製品化が決まるまで、他の誰にも売らないという誓約書《せいやくしょ》です」

「ええ？　……そら……構わないけど……」

何が何だか、どうなっているのか理解できず、ハロルドはふわふわした返事しかできない。

「あっ兄貴！　さっきから同じことしか言ってないぞ？　大丈夫か？」

ヒューが心配そうにハロルドの服の裾《すそ》を引っ張る。

「あ、ああ。俺からすれば願ってもない話だし……内容に不備は……ない」

ただ、夢みたいな話だとハロルドは渡《わた》された契約書に記された金額を見て己《おのれ》の目を疑う。

「こちらとしても、床石を削ったり剥がしたりするよりは大分安くなりますし、客層は学園の令嬢をメインターゲットにしているので、店が可愛く目立つなら願ってもないことです」

ヨシュアも満足そうにハロルドの名前の書かれた契約書と誓約書を受け取る。

お互いに納得のWin-Win商談がさくっと決まる。

「あ、兄貴、何がどうなったんだ？」

ことの成り行きを理解できない子供達がハロルドに詰め寄る。

ヨシュアが入ってきてから十分と経《た》たずに状況が一変した。

「あー……俺に絵の仕事が見つかったって事だ。お前ら全員少なくとも一年は毎日飯が食えるぞ」

子供達が顔を見合わせる。

毎日？　ごはん？　そんな夢みたいな話があるのか？

「兄貴、それ騙《だま》されてないか？」

良い話には裏がある。

スラムの子供達がそれは絶対怪《あや》しいぞとハロルドを心配する。

「失礼な！　ロートシルト商会は、騙しなんてしませんよ？　そのための契約書です」

ヨシュアが憤慨《ふんがい》する。

うちの福利厚生はスチュワート家同様に手厚いですから、と重ねてハロルドに提案する。

「ここはうちの店舗から遠いので、スラムでなくて臣民街の方に引っ越ししますか？　うちの商会で幾《いく》つか建物も持っているので……」

「いや、引っ越しはできない」

イエスマンに徹《てつ》していたハロルドが、これだけはきっぱりと断る。

「広い建物を用意しますよ？　子供達が全員住めるくらいの」

更にヨシュアが破格の提案をするが、ハロルドは首を縦にふらなかった。

頭をガリガリ掻《か》いて、内緒《ないしょ》だぞと声を潜《ひそ》める。

「実はこの、スラム街の地下にインクの原料があるんだ。ここを離れると違う奴が住み着いた場合に何かと面倒だ。インクが作れなくなるかもしれない」

どうしても必要な原料なのでここからは動けない。

この崩れそうな建物の地下に群生しているキノコは放浪の末にやっと見つけた幻《まぼろし》のキノコだった。

「それは、インクの作り方が公《おおやけ》になると乱獲《らんかく》のおそれもあるね」

原料確保のため、ハロルドと子供達は引き続きスラムで暮らすことで落ち着いた。

「……えーと、あと……失礼ですが、その格好で貴族の多い商店街で作業してもらうのは良くないですね……必要経費の範囲《はんい》内でこちらで服を用意しますので絵の方、明日から早速《さっそく》お願いできますか？」

ハロルドの服は子供達よりも更にボロボロで、馬車に轢かれた際に破れた箇所も目立っていた。

「あ、ヨシュア！　ハロルドさん、絶対にハンチング帽《ぼう》似合うと思うの。あと、あんまりひらひらしたのは作業の邪魔《じゃま》になるからシャツはシンプルに……」

自分の着ている服はツギハギだらけなのに、エマが張り切ってハロルドの服装に口を出す。

「スゲー！　兄貴服貰えんのか⁉」

「金持ちに見えそうじゃん！」

「新しい服なんて俺、着た事ねーし！」

エマの怒濤《どとう》のコーディネートを聞いて、スラムの子供達が羨《うらや》ましいと声を上げる。

子供達の中には明らかにサイズの合っていない子や破れてそのままの子もいて、寄付で持ち寄られたものや捨てられたものを拾って適当に着ているみたいだった。

「ああ、では皆の分は、私が仕立ててあげよう。王都に来て狩りもないし、時間に余裕があるからね」

それくらいは良いだろう？　とレオナルドがヨシュアを見る。

「駄目《だめ》です！　お父様！　お父様のセンスはちょっと特殊《とくしゅ》なので、デザインは私がします。お父様は縫《ぬ》う方に集中して下さい！」

慌ててエマが父を止める。

レオナルドに一からデザインを任せると、高度な技術を駆使《くし》して上下エマの顔の刺繍《ししゅう》をいっぱい敷《し》き詰めた服が出来上がってしまう。

幼い頃から虫にしか興味のなかったエマもさすがに嫌だったらしく、率先して服もドレスもレースもデザインを考えるようになった。

「え？　伯爵が縫う？　伯爵が……裁《さい》……縫《ほう》？　い、いや、ここにいるだけで十人以上いますけど？」

仕立て屋に注文ではなく、今縫うって言った？

母さんが夜なべして～じゃなくて……あの人、伯爵領主様だぞ？

「大丈夫ですよ？　僕達も手伝いますし」

「ここにいない子のも作るから、人数教えてもらえると助かります」

その伯爵領主様の息子さん達も何故か縫う気満々《まんまん》だった。

「服縫えるって貴族ってスゲーんだな？」

初めて尊敬したとヒューが感心している。

「ヒュー？　普通の貴族はそんなことしないからな？」

変な事覚えるなよとハロルドが左右に高速で首を振る。

「エマ様デザインの服を身に着けられるなんて……なんて羨ましい、子供達羨まし過ぎる‼」

そんな中、ヨシュアは一人憤慨していた。


話が一通りまとまり、三兄弟とレオナルドは一旦《いったん》屋敷に帰ることにする。

「メルサも心配しているからね。早く皆で帰って安心させてあげないと」

メルサの名前を聞いた途端《とたん》、エマがビクッと震える。

「あの、お母様って……怒ってました？」

エマを怒るのは、スチュワート家では母親のメルサだけだ。

男のゲオルグとウィリアムの無断外泊よりも女の子のエマの方が怒られそうな予感がする。

これぱっかりは、甘々《あまあま》の父も、コーメイさんでも助けてはくれない。

急激にエマのテンションが下降した。

「どうしよう……一週間おやつ禁止とかなったら……」

ヒューが、おやつがあるって贅沢《ぜいたく》なんだぞ！　親に怒ってもらえるのも贅沢なんだぞ！　と言って聞かせるも、エマの馬車に乗り込む足取りは重たい。

三兄弟、ヨシュア、レオナルドが乗り、やや定員オーバー気味になった車内へ、最後にコーメイさんがぬるっと入って来た。

さすがに王都中に巨大《きょだい》にゃんこの姿を見られる訳にはいかない。

王都での目標は【とにかく目立つな】だし。

帰りは三兄弟もいるのでぎゅうぎゅう詰《づ》めで帰る。

「あれ？　これ……コーメイさん体、どうなってんの？」

馬車の中の隙間という隙間がコーメイで埋《う》まっていた。

絶対全員乗るのは無理だと思ったのに、難なく猫が収まっているのが信じられない。

「……ほら、猫って液体だから……」

「にゃーん♪」

モフモフのコーメイさんでいっぱいの馬車は、メルサに怒られるまでの束《つか》の間の癒《い》やしを提供してくれるのだった。

◆　◆　◆

「ハロルドさん⁉」

学園帰りのゲオルグとウィリアム、ヨシュアが店の前で絵を描いているハロルドの姿に驚く。

「これは……見違えたといいますか……」

ロートシルト商会が用意した服を着たハロルドは、昨日お腹を空かせて倒れていた男と同一人物とは思えない、こじゃれた品の良いイケオジに大変身していたのである。

エマの見立ては完璧だった。

枯《か》れ専の為せる業《わざ》なのか、ハロルドからはスラムのスの字も想像できない。

学園帰りの令嬢達がチラチラと盗み見ては、桃色《ももいろ》のため息を吐いている。

「よお！　お前ら、じゃなかった……君たち本当に貴族だったんだな」

制服姿のゲオルグとウィリアムに、ハロルドは深めに被っていたハンチング帽を上げて挨拶《あいさつ》する。

「ん？　一人足りなくないか」

三兄弟の真ん中、エマがいない。

「あー……姉様は……」

「エマは……ちょっと……」

ゲオルグとウィリアムは気まずそうに言葉を濁《にご》す。

昨夜、スラムから帰ったエマは母のメルサにこってりとみっちりと怒られた。

罰《ばつ》として学園が終わった後、母親の実家であるサリヴァン公爵家で礼儀《れいぎ》作法を学びに行かなくてはならなくなった。

メルサの母親は、王国一マナーに厳しいと恐れられている。

王都に到着《とうちゃく》して一度顔を見せに行ったが、母よりも強面《こわもて》で迫力《はくりょく》満点の御《ご》婦人であった。

その罰を受けたら、大好きな猫達と遊んだり、学園のお友達と帰り際にお茶したり、ヨシュアの店のカフェのメニューの試作品を食べたりできなくなると、エマは必死で抵抗《ていこう》したのだが、母の意志は固かった。

そして早速《さっそく》、サリヴァン公爵家の馬車が学園の門の外でエマを待ち構えていた。

馬車に乗せられ連れて行かれるエマの諦《あきら》めたような物悲しい表情のせいか、ゲオルグとウィリアムの脳内には、しばらくドナドナが流れていた。


「な、なんか……ごめんな？」

ハロルドは恩人であるエマに申し訳ない気持ちになる。

「いえ、姉様も少し反省してもらわなければいけませんから」

「ヒルダおばあ様の力で何とか少しでも大人しくなればいいけど……」

ウィリアムとゲオルグはそれが儚《はかな》い夢であると薄《うっす》ら気付いている。

「……ヒルダ……おばあ様……!?」

四大公爵家、ヒルダ・サリヴァン女史。

社交界で礼儀作法に厳しいと有名な彼女《かのじょ》の娘がスチュワート伯爵家に嫁《とつ》いでいたことをハロルドは思い出す。

【マナーの鬼《おに》】と二つ名まで付けられ恐れられている。

……なんか……ごめんな？　エマちゃん……。

ハロルドは天を仰ぎ、もう一度心の中で謝った。

第三十七話　罪と罰とおばあ様。

「ううぅ」

スラムに行ってから二週間が経《た》った。

刺繍《ししゅう》の授業中にもかかわらず、ずっとエマの大きなため息が止まらない。

「エマ様、今日も学園が終わったら行かれるのですか？」

ぐったり生気のないエマを心配して、フランチェスカが気の毒そうに話しかける。

「ええ。今日も、ですわ……」

大きなため息をまたひとつ吐《は》き出して、出来上がったコースターをそっと重ねる。

ダルダルな表情に反して、刺繍されたコースターはどんどん積み上がってゆく。

どんなときでも手は動かすのがスチュワート家の鉄則だ。

無断外泊《がいはく》の罰として一か月、エマは放課後の四時間を母親の実家であるサリヴァン公爵家《こうしやくけ》で過ごすことになった。

「おばあ様……お母様の百倍厳しいんですの……」

エマだって前世の記憶《きおく》も込《こ》みで、必要最小限の作法は身に付けている。

身に付けてはいるが、ヒルダは厳しい。

恥《はじ》をかかない程度できれば、と思っているエマとは求めるものが格段に違《ちが》うのだ。

サリヴァン公爵邸《てい》の夕食は、スチュワート家で食べるものよりも高級で、毎晩どこの結婚式《けっこんしき》だと疑いたくなるようなフルコースを食べさせてもらえるが、食事の際のマナーにもうるさい。

せっかくのステーキが冷めるまでナイフとフォークの優雅《ゆうが》な持ち方について語られてはたまったもんじゃない。

「しかも、週末には夜会に連れて行かれそうなんですの」

ずっと、参加していなかったお茶会も夜会も、少しくらいは招待を受けなければ失礼だと、祖母に叱《しか》られてしまったのだ。

半ば強引《ごういん》にエマが連れて行かれる夜会は、王城で開かれる晩餐《ばんさん》会で、ダンスがないのだけが救いだ。

「まあ、週末の夜会なら私達も行きますわよね、ケイトリン」

「まあ、週末の夜会は私達も行きますわ、キャサリン」

双子《ふたご》も同じ夜会に招待されているらしく、エマが夜会に出るなんて珍《めずら》しいと言い合っている。

「ううう、キャサリン様もケイトリン様も夜会はよく行かれるんですか？」

入学時以来の社交の場に、エマの気は重い。

夜会にはおばあ様も同行するので尚更《なおさら》だ。

同い年の双子が既《すで》に夜会慣れしているように見えて普通《ふつう》に尊敬する。

「私達は月に二度くらい行ってるかしら？　ケイトリン」

「私達は月に二度くらい行ってるわね、キャサリン」

双子は貿易の盛んな領出身のため、王都で催《もよお》される夜会やお茶会の中でも、外国からのゲストが出席する時の案内役として一緒《いっしょ》に参加する事が多いらしい。

ちゃらんぽらんだと思っていた双子でさえ、ちゃんと仕事しているのだからエマも行きたくないなんて我儘《わがまま》は通りそうにない。

「お二人共、会場でお会いできたら色々教えて下さいね」

何かやらかす前に、おばあ様に怒《おこ》られる前に助けてほしいと双子に頼《たの》み込む。

精神年齢《ねんれい》だけなら大分年上だが、そんなことは言ってられない。

「週末の夜会は、どこかの国の王子も出席されるそうなので、規模の大きいものになると聞いているわよね、ケイトリン」

「週末の夜会は、どこかの国の王子も出席されるから、規模が大きいと聞いているわ、キャサリン」

「ううぅ……」

選《よ》りに選っておばあ様も、そんな大変そうな夜会に出席すると決めるなんて嫌《いや》がらせとしか思えない。

慣らし保育的な心遣《こころづか》いはなかったのだろうか？

「大丈夫《だいじょうぶ》ですわ、エマ様。規模の大きい晩餐会なら伯爵《はくしゃく》家同士きっと席も近くになる筈《はず》よね、ケイトリン」

「大丈夫ですわ、エマ様。規模の大きい晩餐会だから伯爵家同士きっと席は近い筈よ、キャサリン」

エマの沈《しず》みように双子ですら気を使って励《はげ》ましてくれる。

ああ、週末は夜会なんか行かないで新しいインクでローズ様のドレスを染めて過ごしたい……。

頭の中には試《ため》したいアイデアがいっぱいあるのに時間が足りない、自由もない。

「ううぅ……」

また一つため息が溢《こぼ》れる。

「ベル家からは兄が出席するから私は行かないんだ。ひらひらのドレスは似合わないし、男装が許される場でもないからね」

お気の毒に……と上手《うま》く夜会を断ったマリオンがエマに同情する。

「そんな事ないですわ、マリオン様は、背も高くて姿勢も良いですし、ドレスお似合いになると思いますわ」

男装ばかりしているマリオンだが、スタイル抜群《ばつぐん》なのだ。

胸もないように見せているだけで、何気にデカい。

エマは一目見ただけでサイズがわかるので間違いない。

体にぴったりしたデザインのドレスとか絶対に似合うと思う。

ざっくり胸の開いた漆黒《しっこく》のドレスがポンと浮《う》かぶ。

「ううぅ。マリオン様に似合うドレス、作って差し上げたいっ」

普段《ふだん》から鍛《きた》えてあるマリオンだからこそ着られる、ちょっとエロかっこいいドレスのデザインが更《さら》に続けてポンポンと浮かんでは消える。

「これ以上忙《いそが》しくしてどうするんだい？　エマ様……私のことより自分のドレスを心配しないと」

普段から夜会に行かないエマにドレスのストックなどない。

専《もっぱ》らローズ様のドレスばかり新調している。

「私、前の時に着たドレスがあるから大丈夫ですわ」

成長期とはいえ、この前作ったばかりのドレスが入らなくなっていることはないだろう。

胸だって絶好調になんの変化もないのだし。

「ダメですわ！　エマ様！　同じドレスで夜会に行くなんて。今回の夜会の方が格式が高いのですから尚更です」

フランチェスカが驚《おどろ》いた様子でエマに注意する。

同じドレスで社交界に出るなんて、年頃《としごろ》の令 嬢《れいじょう》がする事ではない。

確かにあの時のドレスは素敵《すてき》だったが、その分記憶に残ってしまっているから絶対にばれてしまうと。

「ええー！　そんな決まりあるのですか？」

なにその付き合いたての女子のデート服みたいな発想。

それならもうちょっとファストファッション的な値段のドレスとかあっても良さそうなのに……

令嬢のドレスは物凄《ものすご》くお金がかかる。

ん？　作ったら売れるかな？

……いや、なんか貴族って高級志向だから、安かろう悪かろうって買ってくれないか。なら、庶《しょ》民《みん》の皆《みな》さんは……あ、夜会行かないな……。

パレスの絹も一回しか着れないドレスになっていたなんて勿体《もったい》ない話である。

あんなに丈夫《じょうぶ》で、洗濯《せんたく》にも耐《た》えるように品種改良を繰《く》り返してきたのに……。

「ううぅ。とりあえず自分のドレス作りますわ」

とは言っても時間がない。

ローズ様のドレスなら湯水の如《ごと》くアイデアが湧《わ》くのに自分のドレスとなると、こだわりがなさ過ぎて逆にデザインに少々時間がかかる。

エマは出せる肌《はだ》も限られているし、出せる胸など皆無《かいむ》。

お尻《しり》もないし、脚《あし》だって細すぎるので見せびらかすようなものでもない。

結局、代わり映《ば》えのしないデザインを父のレースやら刺繍やらで個性を出すしかないので張り合いがない。


高速でコースターの刺繍を重ねていく中で頭ではドレスのデザインを考え始めるも、上手くいかなかった。

どうしても雑念が押《お》し寄せてくる。

男装の麗人《れいじん》マリオン、あこがれの銀髪褐色《ぎんぱつかっしょく》肌の双子、勝ち気な酒豪《しゅごう》フランチェスカと個性豊かな美少女に囲まれていては、ついついそちらの方へ、デザインが浮気《うわき》していく。

マリオンはエロかっこよく、双子は勿論《もちろん》、双子コーデの色彩《しきさい》反転のデザイン、フランチェスカはレースをいっぱい使った柔《やわ》らかいデザインで新たな魅力《みりょく》を……。

「ううぅう。皆さまが可愛《かわい》い過ぎて、自分のドレスなんて考えられませんわ……」

エマのため息が止まらない。

あらあら……と四人の令嬢は項垂《うなだ》れるエマを困ったように笑い合うのだった。

◆◆◆

……どうしてこうなった？


残り五日でなんとか自分のドレスを仕上げて出席した晩餐会。

黙《だま》っておばあ様の後について、大人しくご飯を食べたら終わりの簡単なお仕事のはずだった。

「エマ、今日のドレスとても似合っているね」

第二王子のエドワード殿下《でんか》が、慣れない夜会で借りてきた猫《ねこ》状態のエマに気を使ってドレスを褒《ほ》めてくれる。

「あ、ありがとうございます、殿下」

おばあ様の監視《かんし》じゃなくて……心配する視線が痛い。

何をしてもしなくても後で怒られそうな気がする。

「本当に可愛いドレスだね、エマ嬢《じょう》。瞳《ひとみ》と同じ色の若草の模様が新鮮《しんせん》で新しいデザインだ」

ベル家代表として出席したアーサーもマリオンが頼んでくれたのか、いつもの倍の甘《あま》いマスクで褒めてくれる。

今日のエマのドレスは白地に若草と小花のボタニカル柄《がら》である。

ヨシュアの店に絵を描《か》きに来たハロルドを捕《つか》まえて直接ドレスに例のインクで描《えが》いてもらった。

地震《じしん》で一家全滅《ぜんめつ》するちょっと前の前世でボタニカル柄が流行《はや》っていたのを思い出し、デザインが思いつかないエマが苦肉の策で考えたのだ。

プリント技術のないこの世界で、ここまで色鮮《あざ》やかな模様のドレスは珍しく評判は上々だ。

生地《きじ》でも糸でもエマの瞳と同じ色にするためには、今までなら十五回程《ほど》の、染めて洗ってを繰り返さないと思う色はでなかった。

しかし、今回急遽《きゆうきよ》頼まれたハロルドは持って来ていたインクを何色か混ぜ合わせるだけで簡単に色を作ってしまった。

そのまま筆で直接ドレスに模様を描いただけで終わってしまったのだ。

時間がなくてインクの染色の試作には手を付けられないでいたが、もうこれは試さなくても完成じゃん‼　と家族で脱力《だつりよく》したのだった。

何かと厳しいおばあ様もエマのドレスは露出度《ろしゆつど》が低く、色味もサリヴァン家の色である緑をメインに使ったのが良かったのか、小言は一切《いつさい》なかった。

何より、ここにはニ〇リがないので、ボタニカル柄を着ても「ニ〇リのカーテンみたいな柄だね？」なんて無粋《ぶすい》な事を言われる心配もない。

これホントに大事。

しかし、ネックだと思っていたドレスが褒められても、エマの緊張《きんちよう》は解けない。

夜会で給仕《きゅうじ》に案内され座《すわ》ったのは、おばあ様と別のテーブルの席だった。

初めは怒られる回数が減ってラッキーと思っていたが……。

暫《しばら》くしてアーサーが左隣《どなり》に座り、次にエドワード殿下が右隣に座った。

そして今、滅茶苦茶《めちゃくちゃ》不機嫌《ふきげん》な顔で正面にロバートが給仕に案内され座った。

「…………」

ここで一言、言いたい。

スチュワート家は、伯爵だ。

王族の下に公爵、侯爵《こうしゃく》、伯爵、子爵、男爵の順で位がある。

なのに、エマはどう見ても不釣《ふつ》り合いな席に座っていた。

学園では仲良くしてくれているベル家のアーサーも、学園では犬猿《けんえん》の仲のランス家のロバートも共に公爵家だ。

あれ？　キャサリン様とケイトリン様が遥《はる》か遠いテーブルに並んで座っている……伯爵家同士、席は近いって話どこ行った⁉。

そして、ロバートの隣にはきらびやかな、胸を盛りに盛った今の王都の流行を全《すべ》て体現したデザインのドレスを纏《まと》った令嬢が座った。

「やあ、ベアトリクス様。今夜も輝《かがや》いているね」

言い得て妙《みょう》な褒め言葉を礼儀《れいぎ》としてアーサーが令嬢に向ける。

令嬢は胡散臭《うさんくさ》そうにエマを見る。

「ああ、こちらはパレス領のエマ・スチュワート伯爵令嬢だよ。今年から学園に通っているんだ。エマ嬢、こちらはベアトリクス・スペンサー公爵令嬢だよ」

気を利《き》かせて、アーサーが紹介《しょうかい》してくれるがベアトリクス嬢はツンとそっぽを向いてしまう。

明らかに身分の低いエマは、公式の場でおいそれと話しかけることもできない。

エマにできるのは、おばあ様に習ったばかりの【椅子《いす》に座った状態での最上級の礼】のみである。

そう、【マナーの鬼《おに》】直伝《じきでん》の礼。

……座って礼をするだけ、これを永遠と何時間も繰り返したっけ……本当にあれは地獄《じごく》だった。


スッと目を伏《ふ》せて長い髪《かみ》がテーブルにかからない絶妙《ぜつみょう》な角度のエマの礼に、王子やアーサーだけでなく、別のテーブルからも感嘆《かんたん》のため息が漏《も》れる。

王子と公爵家の令息、令嬢の中で一人だけ場違いのように座っていたエマは、本人の意図しない所で少なからず注目されていた。

ヒルダから付け焼き刃《ば》とはいえ、直接手ほどきを受けたエマの礼は誰《だれ》よりも美しく完璧《かんぺき》だった。

「何故《なぜ》、あそこに伯爵家の令嬢が混じっているのかと思ったが、なんて美しい所作なのだ……」

「あら、ご存じありませんの？　エマ嬢の母親は、あのサリヴァン公爵家の出なのですよ？　もし、第二王子とご婚約《こんやく》なんて話になりましたら、伯爵家では少々家格が不安かと。きっと公爵家に養子という形で迎《むか》えられるのでは？」

「そういえば、エドワード殿下がエマ嬢にご執心《しゅうしん》だと噂《うわさ》を聞いたことがある。まさかとは思ったが、あの作法なら納得《なっとく》だな」

「つまり、あの席は未来の王国を担《にな》う若者が集められている席ということか。第二王子、四大公爵家の令息、令嬢。その中には王子の伴侶《はんりょ》もいるなんて……」


ヒソヒソと大人達の話す声はエマには聞こえていない。

遠くに見えるおばあ様が、まあ、合格でしょうと頷《うなず》く様子を確認《かくにん》して、ただただ安堵《あんど》していた。

「エマ、あまり緊張し過ぎては疲《つか》れるよ。食事を楽しみに来たと思えば良い。今日は王城のシェフが腕《うで》によりをかけた料理が出てくるからね」

ヒルダの視線を気にするエマに王子が優《やさ》しく声をかける。

かしこまった晩餐会も、大人達の視線も慣れっこの王子は何があってもフォローするから安心しな……と笑う。

「ありがとうございます、殿下。お料理楽しみですわ」

普段よりも三倍大人しく心掛けているエマが、正式の場で王子に対する返事にふさわしいように伏し目がちに答える。

伏せた色素の薄《うす》い長い睫毛《まつげ》が白い肌に影《かげ》を落とし、細い首筋と相まって儚《はかな》げなエマの姿に思わずコクンと王子の喉《のど》が鳴る。

いや、王子だけでなく、アーサーも、うっかりロバートも、周りで様子を窺《うかが》っていた貴族紳士《しんし》ですらもだった。

蝋燭《ろうそく》の火に照らされた肌には大きな傷跡《きずあと》が可哀想《かわいそう》なくらい目立っていたが、それすらもエマの儚げな美しさに花を添《そ》えていた。

エマはやればできる子だった。

会場に音楽が流れ始め、俯《うつむ》いていた顔を上げると国王と王妃《おうひ》が異国の王子を連れて現れたところだった。

公式のイケオジ国王の装《よそお》いに、今度はエマがコクンと喉を鳴らす。

いつ見ても国王は良い。最高峰《さいこうほう》のイケオジだ。

王都に来てかたっ苦しい思いをすることの多いエマにとって、イケオジ遭遇《そうぐう》率の高さだけが唯一《ゆいいつ》の癒《い》やしなのだった。

「皆《みな》、今宵《こよい》はよく集まってくれた。皇国のタスク・ヒノモト皇子を紹介しよう。噂に敏感《びんかん》な者なら知っているかと思うが、長らく国を閉じていた皇国が我《わ》が王国と国交を結ぶことになった。タスク皇子にはしばらく滞在《たいざい》してもらい、王国の文化に触《ふ》れてもらおうと思っている」

タスク・ヒノモト……？　なんか凄《すご》い日本を匂《にお》わす名前……。

あーそうなのよ、国王陛下って声まで良いのよね、なんて思っていたエマが皇子の名前に正気に戻《もど》る。

短く整えられた青色の髪、髪と同じ色の瞳、はっきりとした目鼻立ち……と皇子の見た目に日本人的な雰囲気《ふんいき》は感じられない。

もちろん噂に敏感でないエマは皇国自体、どこにあるのかも知らない。

「ご紹介、痛み入ります。まだ、こちらの、言葉は、勉強中で、不慣れなこと、もあると存じますが、皆様《みなさま》、どうぞ、よろしくお願いいたします」

ゆっくりと慣れないであろう王国語で挨拶《あいさつ》し、綺麗《きれい》な日本的なお辞儀《じぎ》をした皇子は、拍手《はくしゅ》と共に迎えられ、自然な流れで晩餐会の席に案内される。

その、皇子の席こそエマの机で最後に一つだけ空いていた、エドワード殿下とロバートの間の席だった。

……いや、もうこの席……この晩餐会のメイン席やん。

メジャーリーグの選手の中に一人だけ公立高校の野球部の少年が混ざっているような恐《おそ》ろしく場違いな気分になる。

「同席の、皆様、よろしくお願いいたし、ます」

席に座る前に少しはにかんでからお辞儀した皇子は、まさに野球部の少年のような好青年ぶりだった。

「ようこそ、王国へ。私は第二王子のエドワード・トルス・ロイヤルです。同席の者を紹介しても？」

慣れたようにスムーズに王子がホスト役をかって出る。

タスク皇子が頷くのを確認してから如才《じよさい》なく王子が紹介してくれたので、エマは先程《さきほど》のように礼をするだけで済んだ。

ツンとしていたベアトリクス嬢もさすがは公爵令嬢、皇子には完璧な礼をした後に、にっこりと笑う余裕《よゆう》まで見せていた。

ロバートもアーサーも慣れたもので全く緊張していない。

ううぅ……一人だけ場違いが辛《つら》い。

なんら前世の記憶なんて役に立たないブルジョワ感！

国王が席のメンバー紹介が終わったことを確認してから、晩餐の始まりの挨拶をする。

「では、今日は特別に趣向《しゆこう》を凝《こ》らし皇国風の料理を用意した。皆もタスク皇子同様に異文化交流を楽しんでくれ。……タスク皇子？　皇国で、食事の際にする作法等はありますかな？」

国王に話を振《ふ》られ、タスク皇子がシャキンと直立して答える。

「はいっ。両の手の平を、合わせ、『いただきます』と言います」

「イタ……タキヌス？」

「あ、いえ、『いただきます』です」

「なるほど、では皆も一緒に、手を合わせて……イタダキムス」

国王に従い、皆が手を合わせ一斉《いつせい》に声を合わせる。

「「「タタタキムス」」」

皆に合わせながら、エマはたらたらと冷や汗《あせ》を流す。

【いただきます】って……いや、それって日本語……だよね？

あと、王国人のヒヤリング適当だな！

もう、原形が何か分からないタタタキムスを合図に給仕が料理を運び始める。

「……前菜でございます」

コトンとエマの前に置かれた料理を見て、エマの冷や汗が加速する。

……ほうれん草の胡麻和《ごまあ》え？　茄子《なす》の田楽《でんがく》？　だし巻き……玉子？　……だと⁉

この世界で出会う筈のない、前世の日本では定番の、和食だった。

「皇国では、こちらを使って食事をするそうです。宜《よろ》しければお試し下さい」

極《きわ》めつきに給仕が目の前に置いてくれたのは……箸《はし》だった。

一本ずつ箸を握《にぎ》ったロバートがタスク皇子に話しかけている。

「タスク皇子、これはどのようにして使えばよいのでしょうか？」

エマに対する無礼な態度と違い、公《おおやけ》の場にふさわしい振る舞《ま》いだ。

普段はどうであれ公爵家の生まれ、悔《くや》しいが所作がこなれている。

「これは『箸』、言います。片手で二本を持って食べ物を掴《つか》む、です」

皇子は慣れないであろう王国語で、にこやかにロバートや箸を使ったことのない同じ席の面々に
実際に見せながら説明を始める。

「おっとっ……これは、難しいですね」

「あっ、グーで握るの、なく私の手、見て、ください」

「皇子、こうでしょうか？」

「いえ、少し惜《お》しいです。こう、箸がクロスするのは良くありません。ペンを持つようにですね……」

なるほど、しっかり異文化交流である。

皇子は箸を使ったことのないロバート、ベアトリクス、アーサー、エドワード殿下に慣れない王国語で丁寧《ていねい》に教えている。

「ああ！　エマ嬢、大変お上手、ね」

何も訊《き》いてこないエマを皇子が気にかけると、丁度だし巻き卵を箸を使ってパクりと食べる瞬間《しゅんかん》であった。

もともと箸の持ち方は、前世で頼子《よりこ》に厳しく躾《しつ》けられている。

「エマ嬢！　凄いね。バシ？　使ったことあるのかい？」

「エマは器用だな」

アーサーと王子もエマの箸捌《さば》きに驚き、褒めてくれるのだが、エマはだし巻き卵の一切れをそのまま豪快《ごうかい》に口に入れたので直《す》ぐに返事ができない。

タスク皇子に見つかったタイミングが悪かった。

エマはだし巻き卵を急いで咀嚼《そしゃく》して飲み込んだあと、にっこり誤魔化《ごまか》し笑いで答える。

「はい。以前に少し使ったことがありまして」

皆に合わせて、箸を習う振りをしておけば良かったのだが、久しぶりの和食を目の前に出されては食欲を抑《おさ》えられなかった。

昆布《こんぶ》だしの効いた、だし巻き卵……もっと味わって食べたかったのに。

それに、こういう時にしゃしゃり出るのは良くないとおばあ様に叱られそうだ。

うん、貴族も作法もやっぱり面倒《めんどう》くさい。

「タスク皇子、この茄子に絡《から》めてあるソースは不思議な味ですね。今まで食べたことのない風味ですわ」

エマ一人目立つのは面白《おもしろ》くないとベアトリクスが料理の感想を述べる。

箸を一旦《いったん》諦《あきら》め、一緒に置かれていたナイフとフォークで食べたようだ。

「ああ、それは『味噌《みそ》』ですね。えーと……『大豆を発酵《はっこう》……?』……『こうじ菌《きん》……?』すいません、言葉が慣れず、お伝え難しい、我が皇国ではよく使う、そーす? です」

皇子が味噌の説明に苦戦している。

王国語は国交が決まってから勉強したので、細かい単語は難しく、わからないと皇子はもどかしそうに謝《あやま》っている。

「スソ? 変わった響《ひび》きですね。味はこくがあって美味《おい》しいです」

「確かに、食べたことのない味ですね、でもこのスス? とても美味しいです。我が王国には、ない食材です」

エドワード王子とアーサーも茄子の田楽に舌鼓《したつづみ》を打つ。

タスク皇子はやや困ったように笑う。

王国人のどこまでも雑なヒヤリングに苦笑いしているのかと思ったが、その笑顔《えがお》を見たエマは突《とつ》然《ぜん》、懐《なつ》かしい感覚に襲《おそ》われる。

あ、この笑顔……私、知ってる……と思った瞬間、前世の記憶が甦《よみがえ》ってきた。

それはエマ、というか港《みなと》にも身に覚えがある笑顔だった。


貴族は貴族でも、独身貴族だった港はよく一人旅をしていた。

お気に入りは京都、そこで不思議と港は高確率で外国人に道を尋《たず》ねられるのだ。

日常生活では、全く尋ねられないのに、観光地に行くとexcuse me～と声をかけられる。

これは、超絶平凡《ちようぜつへいぼん》日本人顔の宿命なのだろうか?

もともと英語の成績は悪くはなかったが、実際に話しかけられれば普通に焦《あせ》る。

ただ、真っ直ぐに進んで右側に神社があるので通りすぎたら駅が見えて来ますよ、と伝えたいだけなのだが。

何年も勉強してきた筈なのに急に振られた英単語は、仕舞《しま》い込みすぎて引き出しが見つからない。

伝えたいのに伝わらない、もどかしいあの気持ち。

最終的に、その時は一言。

「ゴー、ストレート!」

と苦々しくも微妙《びみよう》な答え方をしてしまった。

あの時の自分の笑顔は、きっと今の皇子と同じような笑顔ではなかったか?

「殿下、『味噌』は大豆を菌で発酵させたものですよ。大豆なら我が国でもお馴染《なじ》みの食材ですね」

思わず、皇子の伝えたいだろう言葉を引き継《つ》いで説明していた。

しゃしゃり出たらおばあ様に叱られるかもしれないのに、口が勝手に動いたのは、あの日の記憶があまりにも鮮明《せんめい》に甦ったせいだ。

「大豆……ソソが？　全く分からなかった。エマは物知りだな？」

「発酵ってことは、ヨーグルトみたいな感じかな？　へぇ、本当によく知っていたね」

「女の癖《くせ》にしゃしゃり出るなよ」

「…………」

王子とアーサーが素直《すなお》にエマを褒め、ロバートが面白くなさそうに文句を言う。

ベアトリクス嬢は少し驚いたようにエマを見ている。

やっと彼女《かのじょ》と視線が合ったのでにっこりと笑顔を返しておく。

ロバートの文句は華麗《かれい》に無視した。

「あの、エマ嬢は、なんと言ったですか？　今の難しい単語、多くて……」

もどかし気な笑顔のまま皇子が尋《たず》ねる。

何となく雰囲気で笑って流すこともできるだろうに、皇子は会話に参加しようと頑張《がんば》っていた。

……良い子だ。

ロバートみたいにすれてないし、ロバートみたいに女をバカにしないし、ロバートみたいにスラムで強盗《ごうとう》しないだろうし……見習えよロバート……。

皇子は自己紹介や、箸の持ち方を教える会話は想定内であらかじめ調べてきていたのかもしれない。

日常会話に支障がないレベルになるのはもう少し勉強が必要そうだった。

『エドワード殿下が味噌の事を王国にはない食材だとおっしゃったので、味噌は大豆を菌で発酵させたもので、大豆なら王国にもありますよと、説明しました』

皇子にも分かるように、日本語に訳してエマが先程の会話を説明する。

…………!?

…………!?

…………!?

……?………ん？　あれ？

急に会場が静かになったような？

この席での会話は周りから聞き耳を立てられているのはうすうす感じてはいたが、ここまでシンと静まるなんてことは……え？　私、また何かやらかした？

…………あっ！

『いただきます』とか『味噌』とか『発酵』が偶然《ぐうぜん》、日本語と被《かぶ》ってただけで皇国語＝日本語ではなかった……とか？。

え？　それ、めちゃくちゃ恥《は》ずかしいんじゃ……!?

急に、どや顔で意味不明な言葉を喋《しゃべ》り出す令嬢はさすがにヤバ過ぎるわ！

「あ、あのですね？　……えっと今のは……」

どうしよう…何の言い訳も、誤魔化しも思い付かないぞ。

この格式高めな晩餐会で……おばあ様のいる晩餐会で……ヤバい奴《やつ》認定⁉

このままだと罰の期間延長もあり得るかも⁉　それは嫌だ！　嫌過ぎる！

「エ、エマ様？　もしや皇国語を、お話し、できるですか？」

ガタンっと勢いよくタスク皇子が席を立ち、エマの席まで移動して、がしっとエマの両手を握る。

「あっ……私……あの、ちゃんと言葉、通じましたでしょうか？」

皇子の言葉に、おずおずとエマが訊《き》けば皇子はぐわっと更に近づいて、ぶんぶん首を縦に振る。

何故か、異様に興奮している。

「すごい、です。発音も、文法も、敬語まで何もかも皇国語でした。王国の方は、我が皇国の、言葉は困難と言われましたが、こんな、こんな話せる人、初めてです！」

よほど嬉《うれ》しかったのか、皇子はハグでもしてきそうな勢いであった。

エマは現状把握《はあく》が追い付かず、え？　え？　え？　と周りに答えを求めるも、王子もアーサーもロバートもベアトリクスも大人達も、なんならおばあ様すら驚いた顔でこっちを見ている。

皆固まってないで皇子に抱《だ》きつかれる前に助けてほしいのですけど！

これが前世なら皇子の手を払《はら》って、落ち着いてって言えるが、今、晩餐会真っ只中《ただなか》だし、おばあ様も、どころか会場中ガン見してるし……でも、このまま抱きつかれたら令嬢的にアウトなのは私でも分かることで……。

……ねえ？　やっぱり、私が騒《さわ》ぎを起こしてるんじゃないよね？

騒ぎの方がやって来てるよね？

今、騒ぎが押し寄せて、来てるよね？

エマの声なき心の叫《さけ》びが届いたのか、皇子が後ろから引っ張られなんとか無事に握られていた手が解放された。

顔を上げると別席にいた筈の国王陛下が、皇子を引き剥《は》がしてくれていた。

さすが、イケオジ陛下！　ありがとう！　と、思ったのも束の間。


「ちょっエマちゃん‼　こっ皇国語が話せるの⁉」

今度は陛下がエマの両方の二の腕を掴み、随分《ずいぶん》焦った様子で声を上げる。

ヘイ！　ヘイヘイヘイヘイ⁉　なんで……なんで、陛下まで騒ぎに参戦しちゃうの⁉

おばあ様、ホントにホントに恐《こわ》いんだからね？

ここからエマの冷や汗が激増したのは言うまでもない。


王都での目標が音を立ててガラガラと崩《くず》れてゆく。

【とにかく目立つな】というメルサの言葉空《むな》しく、間違いなくエマは晩餐会の会場で【誰よりも目立って】いた。

また一つ、騒動《そうどう》の起こる嫌な予感しかないエマなのであった。

書き下ろし特別編2　君を花に譬えるなら。

とある授業の終わり。

生徒たちが使った教材を鞄《かばん》にしまい、次の教室へと移動し始めるころ、事件は起きた。

これは珍《めずら》しく、エマが全く関与《かんよ》していないところで起きた事件。


花束を抱《かか》えた令息が一人、入ってきた。

教室を見回し、目当てを見つけると、こくんと浅く頷《うなず》き、迷いのない足取りで一人の令嬢《れいじょう》の前に跪《ひざまず》く。

持っていた花束を令嬢に差し出すように掲《かか》げ、緊張《きんちょう》した面持《おもも》ちで口を開く。

「エミリー、君を心から愛してる。僕《ぼく》が一生君を守ると誓《ちか》う。僕と結婚《けっこん》してくれないかい？」

エミリーと呼ばれた令嬢は顔を赤く染め、驚《おどろ》いてふるふると震《ふる》えている。

「ローガン……どうして……」

「エミリー？」

「どうして結婚してくれないかなんて、訊《き》くの……」

「エ、エミリー？」

「そんなの、私が断る訳ないでしょう？」

「エミリー‼」

エンダアァァァァァァァァァァァイヤァァァァァァァァァァ…………。

◆◆◆

「……という事件が起きたのよね、ケイトリン」

「……という事件が起きたわね、キャサリン」

食堂棟《とう》の中庭。

刺繍《ししゆう》の授業で仲良くなったメンバーは午前中が別の授業の日でも、昼食後の休み時間は自然と中庭に集まって過ごすようになっていた。

フランチェスカから学園の決まり事を教えてもらったり、マリオンから騎士《きし》団の裏話を聞いたり、噂《うわさ》好きの双子《ふたご》が色々な内緒話《ないしよばなし》を話したりといつも楽しい時間を過ごしている。

本日の話題は双子が午前中に受けていた授業の終わりに起きた事件の話。

学園では、年に数回は起こるらしい公開プロポーズについてだった。

「ローガン様は赤色の可愛《かわい》らしいチューリップの花束を、エミリー様にプレゼントしていたわね、ケイトリン」

「ローガン様はエミリー様のイメージにぴったりの花を選んだって言っていたわね、キャサリン」

事件の興奮冷めやらぬ様子の双子が頬《ほお》に手をやり、ほぅ……とため息を溢《こぼ》す。

「お二人は家格のつり合いも良いし、もともと幼馴染みだとか」

「学園在学中のプロポーズは貴族令嬢の憧《あこが》れだとさっき女の子達が騒《さわ》いでいたのは、あの二人のことがあったからなんだね」

フランチェスカとマリオンは学園在籍《ざいせき》が双子やエマより長いので件《くだん》の二人のことも知っているようだった。

ヨシュアが用意した菓子《かし》に夢中で、いつもは口は食べることに集中して聞き役になっているエマが珍しく話に加わる。

「？　学園在学中にプロポーズされると何か良いことがあるのですか？　マリオン様」

双子によれば、ローガンもエミリーも十六歳《さい》、前世の感覚では早すぎるのではと思ってしまう。

この世界では常識だろうとも、記憶《きおく》を思い出す前の十一歳までのエマには、その辺りの基本的な共通認識のようなものがない。

虫の事しか頭にない残念仕様の令嬢に何も期待してはいけない。

「何か良いことって……エマ様は面白《おもしろ》いね」

エマの心底分からないといった顔にマリオンは少し困ったように笑う。

学園に通う一般《いっぱん》的な貴族令嬢の最も恐《おそ》れている事は、嫁《とつ》ぎ先が見つからない事。

学園を卒業して数年も経《た》てば行き遅《おく》れと揶揄《やゆ》され、生家では厄介者《やっかいもの》扱《あつか》いされ、肩身《かたみ》の狭《せま》さに耐《た》えきれずに大半が修道院に身を寄せ、神に仕えることになる。

「貴族令嬢は結婚が決まると、学園の卒業資格が得られるのですわ、エマ様」

不思議がるエマにフランチェスカが【何か良いこと】の何かに当たるものを教える。

貴族の令息には必須《ひっす》科目で合格点を出さなければ卒業資格は与《あた》えられない。

領地を継《つ》ぐ者は更《さら》に求められる科目のレベルが高くなる。

その点、令嬢にはそれがない。

学園は花嫁修業《はなよめしゆぎよう》の場としての顔もあり、礼儀《れいぎ》作法や社交界での人間関係を築く礎《いしずえ》となる場でもある。

「？　結婚したら、令嬢は学園で勉強してはいけないのですか？　フランチェスカ様」

「いえ、そんな……事は……ん？　あるのかしら？」

エマの質問で、これまで何人もの学生結婚の話を聞いて来たが、結婚後も学園に通っているなどという令嬢の話は聞いたことがない。

「エマ様の考え方は不思議ね？　ケイトリン」

「エマ様の考え方は不思議だわ！　キャサリン」

そんなことを言う令嬢は今までいなかったと双子がそっくりな顔を見合わす。

「……そうなのですか？」

学園の勉強は科目数が多く、あらかじめ自分が好きな科目を選択《せんたく》し受けることができるので、エマにとっては学園の授業は普通《ふつう》に楽しいものだった。

特に昆虫学《こんちゆうがく》なんて最高だし……何故《なぜ》か昆虫学を受ける生徒は少ないようだけど。

話の中で結婚することで、勉強できなくなるのは少々勿体《もつたい》ないとエマは思ったのだ。

でも前世の自分だって学校は嫌《きら》いだったっけ？　とも思い出す。

社会人になって働き始めてやっと、手取り足取り教えてもらえるのがありがたいことだと分かるのだったなと。

「エマ様、エマ様が勉強したいのなら僕、待ちます」

悪い虫は物理的かつ速《すみ》やかに排除《はいじょ》しますけど……とヨシュアがエマに見られない角度で悪い顔で笑った時、エドワード王子とアーサーがエマ達《たち》のいる四阿《あずまや》に合流する。

「あれ殿下《でんか》、珍しいですね？　今日は王城に戻《もど》られなかったのですか？」

エマの隣《となり》で大人しく本を読んでいたウィリアムが王子達に気付き、声をかける。

「ああ、今日は朝の時点で大方終わらせてきた。たまには学園で昼休みを過ごそうと思ってな。何やら盛り上がっていたようだが？」

王子はエマの正面に陣取《じんど》っていたヨシュアの隣に座《すわ》る。

「ちっ……殿下、良いところだったのに……」

ヨシュアが小さな声で悪態を吐《つ》く。

「何か言ったかヨシュア？　ああ、アーサーが座れるように、もう少し寄ってもらえると嬉《うれ》しいのだが？」

涼《すず》しい顔で王子がヨシュアに命令する。

ヨシュアが寄らなくてもアーサーが座れる場所は十分あるが、一人分ヨシュアがずれることで、自動的にエマの正面が王子になる。

「………どうぞ」

数秒、葛藤《かっとう》したヨシュアだが王子の命令に背《そむ》ける訳もなかった。

ピリッとした空気を和《やわ》らげるべく、マリオンが王子の質問に答える。

「殿下、午前中のローガン様とエミリー様のお話はご存じですか？　キャサリン様とケイトリン様が同じ授業を受けていたので、話を聞いていたところなのです」

「ああ、私が先程《さきほど》受けた授業でも話題になっていた」

学園でプロポーズがあると、その後、数日間は感化された生徒が意中の令嬢にアタックする現象がオプションで付いてくることを王子は知っていた。

だからこそ今日の仕事は急ぎのものがないことを確認《かくにん》し、王子は急遽《きゅうきょ》エマのいる中庭に向かったのだ。

案の定、商人が抜《ぬ》け駆《が》けするところで、間一髪《かんいっぱつ》間に合って良かったと胸を撫《な》で下ろす。

この商人、相変わらず油断も隙《すき》もない。

「それにしても、恋《こい》バナなんて珍しいね？」

いつもは授業やスイーツの話題が多く、恋愛《れんあい》の話題なんて皆無《かいむ》だったけど、やっぱり皆《みな》女の子だね、とアーサーが甘《あま》いマスクを更に甘くして何故か嬉しそうに微笑《ほほえ》む。

「お兄様、分かっていないようですね？」

マリオンが兄の言葉にため息を吐く。

「他人の恋バナは蜜《みつ》の味ですわ、アーサー様」

エマがニヤリと笑う。

語ろうにも存在しない自分の恋愛事情に比べ、他人の恋バナ程楽しいものはない。

好き勝手言える上に、傷つくこともない。

「な、なるほど?」

相鎚《あいづち》を打つものの、アーサーには理解し難《がた》い言葉だった。

恋愛なんて見るよりする方が楽しいに決まっているじゃないか、と思うのだが。


その後も女の子達はそれぞれイメージに合う花をお互《たが》いに言い合って、きゃっきゃと楽しそうにしている。

どうせならプロポーズしてほしい意中の令息の話とかすればいいのに……。

妹もその友人もアーサーの知っている女の子とは根本的に何かが違《ちが》うのだ。

そして、思いっきり意中の令嬢が目の前にいるというのに、隣のエドワード王子はニコニコその様子を眺《なが》めているだけだった。

隣に最大のライバルがいて、そのライバルは事あるごとにエマ様にはこの花が似合うだの、あの花が似合うだのとアピールしているというのにだ。

見ていてもどかしいったらない。

「……殿下?　殿下ならエマ嬢《じょう》にどんな花を贈《おく》りますか?」

エマと昼休みを過ごせるのが嬉しいのは分かるが、もう少し何か会話をしろとアーサーが助け船を出す。

「？　エマに……花？」

ふむ、としばらく考え込《こ》んでから、王子は口を開く。

「……スズランだな。エマの淑《しと》やかで可愛い雰囲気《ふんいき》は、スズランに似ていると思わないか？」

「ぶっっっっ！！！　げほっ！　げほっ！」

王子の言葉に、ウィリアムが飲んでいた紅茶を盛大《せいだい》に噴《ふ》く。

「で、殿下……それは……げほっ、誰《だれ》の話で……」

姉が淑やかだったことなんか前世を含《ふく》めて一度もない。

「なんだ？　ウィリアム、不満でもあるのか？」

「い、いや、あの……げほっ、ごふっ」

王子はもっと現実を見た方がいい。

僕たちが暮らす王国のために、何よりもご自分のために。

喉元《のどもと》まで出かかった言葉は盛大に噴いた紅茶に咽《む》せて声にならなかった。

「ウィリアム？　大丈夫《だいじょうぶ》？　急いで食べたり飲んだりしてはダメよ？」

咽る弟の背中を擦《さす》りつつ、エマは姉らしく注意する。

「ごほっ……（姉様だけには言われたくない）」

好き勝手にやりたい放題の癖《くせ》に本当に何でこんなにモテるんだ⁉

「ウィリアムは優《やさ》しくて淑やかで可愛い姉がいて幸せだな」

王子が普段《ふだん》の冷たい表情とはかけ離《はな》れたとろとろの笑顔でエマを見ている。

ウィリアムに話しかけてはいるが、視線はエマにくぎづけだった。

「っ………（だったら、一回代わってみて下さいよ！　僕が、僕がどんなに大変な思いで日々を過ごしていることか！）…………………………………………はい……」

叫《さけ》び出したい気持ちを抑《おさ》えて、ウィリアムは返事を絞《しぼ》り出した。

「ならば……ウィリアム君は？　エマ嬢に何の花を贈る？」

アーサーが面白がって王子に言った質問をウィリアムにも訊く。

「姉様に……花……」

シャイで奥手《おくて》な日本男児には、中々に厳しい質問であった。

女の子に花を贈った事なんてない。

しかも、相手は姉って……考えても何にも楽しくないぞ。

「うーん……あっ」

「思いついた？」

マリオンが優しく促《うなが》す。

「はい。姉様は、オジギソウ……いや、ウツボカズラ？　ですね！」

姉が喜ぶ花……となると食虫植物かカネノナルキくらいしか思い付かない。

ウツボカズラの甘い香《かお》りでおびき寄せられた虫は、消化液の入った捕虫袋《ほちゆうぶくろ》に落ちれば這《は》い上がることは難しい。

ウィリアムの目にはヨシュアや王子が、甘い罠《わな》に掛かった哀《あわ》れな虫に映っていた。

「ウィリアム様ったら！　そんな花の名前聞いたことがないわね、ケイトリン」

「ウィリアム様ったら！　そんな花の名前聞いたことがないわ、キャサリン」

真面目《まじめ》に答えて下さいと双子が怒《おこ》る。

「え？」

スズランも、チューリップもあるのに？

前世と同じ植物がそのままある訳ではないのかと思ったが、ウィリアムは引っかかる。

今話しているのは日本語ではなく王国語だ。

オジギソウもウツボカズラも王国語に当たる言葉があって、それを自分は知っている……？

「ウィリアム、それ、植物系の魔物《まもの》だよ？」

「あ！」

エマに指摘《してき》されてウィリアムは思い出す。

この世界では、前世の食虫植物の類《たぐい》は一部が魔物に進化？　変化？　していたことを。

植物系の魔物は北大陸に多く、南大陸にある王国ではあまり見ないので失念していた。

「ウィリアム君は……自分の姉を魔物なんかに譬えるのかい？」

アーサーの声のトーンが下がり、非難めいた視線がウィリアムに向けられていた。

つい先日、ロバートがエマの目の前にスライムを模したゼリーを出した事でアーサーは激怒《げきど》したばかりだった。

ウィリアムの言葉はロバートのやった事と根本的には同じではないかと。

「ウィリアム、魔物は洒落《しゃれ》だとしても……お前、酷《ひど》いやつだな」

「ウィリアム様、見損《みそこ》ないました」

エマが特別大事な王子と、意図を理解しているであろうヨシュアまでもウィリアムを責める。

「ええぇ？　僕、そういうつもりじゃ……」

昨日の敵は今日の友。

エマを悲しませる者は弟でも許し難《がた》いと二人は結託《けったく》して詰《つ》め寄る。

「ならばどういうつもりなんだ？」

「納得《なっとく》する説明をして下さい」

「…………」

更には後ろで見守っているアーサーの圧が殊更《ことさら》強い。

「あの、えっと、ですね？　皆さん、落ち着いて？」

この、軽蔑《けいべつ》した目……前世でバイトに五日連続で遅刻《ちこく》してクビになった時以来だな、とウィリアムは懐《なつ》かしくなる。

生まれ変わっても、またもやこんな視線を受ける事になるとは思わなかった。

いつもならフォローしてくれるゲオルグは今はそれどころではないし、元凶《げんきょう》の姉も面白がっているしで望みは薄《うす》かった。

そこへ、

「ああ！　つまり、ウィリアム様は、あれですのね。エマ様にプロポーズするためには、植物の魔物……人間では命を懸《か》けたとしても手に入れることの難しい花を、持ってこられるくらいの男性でなければお姉様を渡《わた》さない、と言いたいのですね？」

助け舟《ぶね》……ではないが、パンっと両手を打って急に思い立ったようにフランチェスカが謎《なぞ》の解釈《かいしやく》を披露《ひろう》した。

「えええ？」

「あら？」

「まあ！」

「へえ？」

「そうなのか？　ウィリアム？」

軽蔑の目は回避《かいひ》できそうだが、これはこれで素直《すなお》に「そうです」とは言いたくないぞ。

言いたくないのだが、激おこの時のアーサーは怖《こわ》かったし一国の王子を敵に回す度胸もない。

ウィリアムは涙《なみだ》を呑《の》んで保身を優先した。

「…………は、はい。そう…………ですね」

背に腹は代えられない。

ウィリアムは色々なものを失うことになったが、フランチェスカの謎解釈のお陰《かげ》で修羅場《しゆらば》になりかけていた場だけは嘘《うそ》みたいにほっこり和んだ。

「そうよね？　ウィリアム君。お姉様大好きですものね？」

「ウィリアム君も賢《かしこ》いけれどまだまだ、子供なんだね？　お姉ちゃん離《ばな》れはできてないってことか」

「何だか可愛いですわね？　ケイトリン」

「何だか可愛いですわ、キャサリン」

ふふふふっと皆のウィリアムを見る目が生温《なまぬる》い。

「もう、ウィリアムったらっ」

その中に、エマも笑いを堪《こら》えながら混ざる。

「っ………」

……

……………………はい……………ボク、オネイサマダイスキデス」

エマのニタニタ顔が余計にウィリアムの勘《かん》に障《さわ》ったが、ここは道化《どうけ》になりきるのだと血の涙を流しながら言葉を絞り出した。


「ところで、さっきからゲオルグは何をしているんだ？」

王子が端《はし》で一人、三角座りで項垂《うなだ》れているゲオルグを指す。

「殿下、今はそっとしておいてあげて下さい」

アーサーが王子に耳打ちする。

「ゲオルグ兄様……古代帝国語《ていこくご》の授業の後はいつもああなるのです」

「？」

「先生が何を言っているのか全く理解できないみたいで……」

ウィリアムが気の毒そうに兄を見る。

古代帝国語の授業を受けながら、ゲオルグは顔を青くしてエマとウィリアムに尋《たず》ねた。

「なあ、あの先生、一体何を話しているんだ？」

「？　今は魔物の名称《めいしょう》はほぼ古代帝国語で付けられているって話ですが？」

大丈夫かとウィリアムは顔色の悪い兄を見る。

「……おいそれ、王国語か？　全く頭に入ってこないんだけど……」

「は？」

「兄様？　古代帝国語は魔物学（中級）以上を合格するには絶対に覚えなくてはいけないとお母様が言っていたではないですか？　魔物学、合格点が取れないと領を継げないどころか……卒業できないですよ？」

「それは、分かってるけど！　俺《おれ》の脳みそが全力で拒否《きょひ》反応をだな」

前世でも英語が大の苦手だったゲオルグが嘆《なげ》く。

「兄様、集中です。とにかく、集中して先生の話を聞いて下さい！」

「…………なあ、エマ？　先生の話している内容を王国語に訳してくれないか？」

「落ち着いて、兄様。先生は今ずっと王国語しか話してないですよ？」

「嘘だろう？　エマ、嘘だと言ってくれ！」

「兄様、集中です。とにかく、集中して先生の話を聞いて下さい」

「ウィリアム、頼《たの》むから、先生に王国語で話してくれって言ってくれないか？」

「「…………」」

相性《あいしょう》の問題なのか、ゲオルグには古代帝国語が全く理解できなかった。

何故なんだ、世の中にはラックル、ロックルで会話が成り立つ国もあるというのに、唯一《ゆいいつ》取っている外国語が全く頭に入ってこないなんて。

「兄様？　王国語と帝国語は殆《ほとん》ど同じですが、古代語は別物です。大昔の言葉ですが、魔物の資料は太古からの積み重ねです。古いものを学んでこそ、新しいアイデアも生まれるのです」

頭を抱えるゲオルグにウィリアムが頑張《がんば》れと応援《おうえん》する。

基本の古代帝国語（初級）が理解できないと、魔物学（中級）の答えを書く前に問題が読めない可能性があると母が言っていたのだ。

「いや、これ絶対嫌《いや》がらせだろ？　皆で俺を騙《だま》してるんだよな？　頼むからそうだと言ってくれよ！」

「ゲオルグ様、あともう少しです。あと少しで休憩《きゅうけい》時間です！　何とか耐えて！」

五分、十分、一時間……と授業が進むにつれてゲオルグがどんどん萎《しぼ》んでいくように見えたと、ヨシュアは後に語った。

「兄様も頑張って集中して話を聞こうとしているのですが……授業が終わると毎回この有り様で……」

セミの抜け殻《がら》だってもう少し魂《たましい》が残っているとエマが言うくらいには疲《つか》れ果てている。

「ゲオルグ様……狩人《かりゅうど》の実技では、どれだけ走っても息切れしないのに……」

謎だ、とヨシュアはあごに手を置き考える。

ヨシュアには古代帝国語の何が難しいのか分からず、教えてあげようにも取っ掛かりすら掴《つか》めないのだ。

「「「殿下、今はそっとしておいてあげて下さい」」」

アーサーと同じセリフをエマとウィリアム、ヨシュアは呟《つぶや》いた。

◆　◆　◆

そんな楽しい学園生活を満喫《まんきつ》していた数日後、エマは恐怖《きょうふ》の事態に直面していた。

学園の授業が終わった後、母の実家であるサリヴァン公爵邸《こうしゃくてい》に招かれたのだ。

招かれたと言えば聞こえは良いが、実際は学園帰りに待ち伏《ぶ》せされ馬車に無理やり乗せられ連行されていた。

やり口だけ見れば攫《さら》われたと言っても過言ではない。

「エマ、メルサから簡単にではありますが聞いています。何度も騒動《そうどう》を起こしていると」

「お、おばあ様？　誤解なのです！　騒動を起こしているのではなく、騒動の方がやってくるのです！」

スラム街での無許可外泊《がいはく》の罰《ばつ》としてメルサの母親、エマにとっては祖母に当たるヒルダ・サリヴァン公爵から徹底《てってい》的に礼儀作法を教わることになった。

ヒルダは王都貴族で知らない者はいないと言われるほど、作法に厳しいことで有名な婦人だった。

【マナーの鬼《おに》】という恐ろしい二つ名まである。

「エマ、この花を見なさい」

花瓶《かびん》に美しく生けられた花を、ヒルダはエマに見せる。

淡《あわ》いピンク色と白色のガーベラとカスミソウ。

可愛らしい色合いの花と、目の前のおばあ様とのギャップが何とも言えない。

「き、きれいですね？」

花を見せられて、何が正解なのか分からずに、当たり障りのない感想がエマの口から零《こぼ》れる。

「令嬢はこの花のように美しくなければなりません」

「は、はい」

「騒動を頻繁《ひんぱん》に起こす貴女《あなた》は、差し詰《ず》めこのピンクのガーベラでしょう」

花瓶の花の中で一番目立つピンク色の花を一本抜き取り、ヒルダはそっとエマに差し出す。

「は、はい？」

ヒルダが何を言いたいのか測れずにおずおずとエマは美しく咲《さ》くピンクの花を手にする。

「目立てば、目立つ程に粗《あら》は目につくものなのです」

「あっ……はい」

一瞬《いっしゅん》、会話を見失いそうになったが、これは結局説教につながるやつだとエマは観念する。

「ピンクのガーベラの花びらの一枚でも欠けていたら？　虫食いがあったら？　それは白色のガーベラよりも非難されやすいのです。逆に、カスミソウの花びらが一枚欠けたところで、一体どれほどの人が気にしますか？　騒動を起こし、目立つということは自らピンクの……いえ、真っ赤なバラになるということなのです」

「ううぅ……申し訳ございません、おばあ様」

「学園入学前のパーティーの噂は私のところまで届いています」

「ひぃっ……申し訳ございません、おばあ様」

ヒルダは別の花瓶から、わざわざ赤いバラを一本抜き取り、エマに渡す。

「最早《もはや》、貴女は白色のガーベラになることはできないでしょう。大勢の人が貴女に注目しているのですから」

恐ろしいまでの深いため息を吐いて、ヒルダはゆっくりと首を振《ふ》る。

「そ、そんなっ！　おばあ様！」

右手にピンクのガーベラ、左手に真っ赤なバラを持ったエマはこれから待ち受ける苦難に絶望する。

「真っ赤なバラになってしまった以上、一枚の花びらの欠けもほんの少しの虫食いも許されないのです。エマ？　これから貴女には完璧《かんぺき》な礼儀作法を身に付けてもらいます」

「ひぃっ……」

「ここまで目立ってしまった以上、王都で貴女は誰よりも美しい礼を、誰よりも美しい所作を、誰よりも完璧なマナーを身に付けなくてはならない。でも、心配は要《い》りません。私が、【マナーの鬼】ヒルダ・サリヴァン公爵が、責任を持って手取り足取りみっちり指導してあげますから」

「ひぃっ……いやぁぁぁぁぁぁぁぁ――――!!」

その日から、夕方になるとサリヴァン公爵邸から悲痛な少女の悲鳴が絶えず聞こえてくるようになったとか、ならなかったとか……。

◆◆◆

「エマさん？　最近元気がないようですが、大丈夫ですか？」

更に数日後、昼休みにエマに菓子を差し入れてくれた令息が心配そうに声をかける。

「大丈夫ですわ、心配ありません」

「あの、もし、エマさんが花束をもらうとしたら、どのような花が良いですか？」

ローガン&エミリーのプロポーズの話題は、まだ根強い人気を誇《ほこ》っていた。

学園内で令嬢に花を贈るのが密《ひそ》かに流行《はや》っている。

しかし、エマにとって花は、おばあ様の鬼のように厳しい特訓の象徴《しょうちょう》になっていた。

「私は、真っ赤なバラでもピンクのガーベラでも、白のガーベラですらなく、カスミソウ……になりたいです……」

連日の特訓で疲れ果て、弱々しく微笑みながら嘘偽《いつわ》りのない願いがエマの口から零れる。

一枚の花びらが欠けようとも気付かれない、つまりは、おばあ様に怒られない。

虫食いがあろうとも気付かれない、つまりは、おばあ様に怒られない。

どんなに目立とうとしても目立てない、つまりは、おばあ様に怒られない。

私はそんな奇跡《きせき》のような素敵《すてき》なカスミソウになりたい……と。

「エマさん、貴女という人は……なんて、なんて謙虚《けんきょ》な……」

エマに質問した令息だけでなく、周りで聞き耳を立てていた学園の生徒たちが、エマの答えに驚き、感動していた。

蝶《ちょう》よ花よと育てられ自己主張の強い貴族令嬢が多い中、一人カスミソウを選ぶ儚《はかな》げな女の子……逆に目立つ。

カスミソウは繊細《せんさい》で奥《おく》ゆかしい、控《ひか》えめな花なのだ。

「淑女《しゅくじょ》の鑑《かがみ》だ」

「あんな令嬢、今までいなかった……」

「守ってあげたい……」

誰にも気付かれず、怒られない事を願ったエマの言葉は瞬《また》く間に学園中に拡がり、誰よりも注目される事になる。

翌日から、王都の花屋からカスミソウが消え、また一つ騒動を起こすことになるのだった。

書き下ろし特別編3　メルサと猫達。

「うーん……」

屋敷《やしき》に届いた手紙の仕分けを終え、メルサは大きく伸《の》びをする。

子供達は学園へ、夫は王城に呼ばれ出かけている。

王都に越《こ》して来てからはこうした一人になれる時間が増え、嬉《うれ》しい反面寂《さび》しくもある。

「それにしても……」

なかなか思い通りにはいかないな、とメルサはため息を溢《こぼ》す。

今日はゲオルグに十通、エマに十二通、ウィリアムに八通の手紙が届いていた。

殆《ほとん》どが似たようなお茶会の招待状で王都の到着《とうちゃく》が遅《おく》れたせいで未《いま》だにどこのお茶会にも顔を出していないのが現状だった。

もう、今更《いまさら》参加しますなんてちょっと言いにくい雰囲気《ふんいき》すら醸《かも》し出しはじめている。

本当にエマには困ったものだが、何故《なぜ》なのか送って来るお見合い用の肖像画《しょうぞうが》は三兄弟で一番多く、どの令息もまともそうな優良物件ばかりだった。

選び放題の恵《めぐ》まれた環境《かんきょう》にあるというのに……本人は肖像画をちらりと見ただけで断ってしまう。

「まだあと……三、四十年早い……」

そう呟《つぶや》いてはスキップしながら嬉しそうに虫の世話に行ってしまう。

エマの好みがあと二十年縮まってくれないものかと思うが、前世の記憶《きおく》がしっかりとあるが故《ゆえ》になかなか難しい。

メルサの深いため息は止まらない。

いやそれよりも、まずは長男のゲオルグだと気を取り直して一通の手紙を手に取る。

可愛《かわい》らしいピンク色の手紙は、パレス近くの領からはるばる届いたもの。

一年前からゲオルグと文通をしているマリーナ嬢《じょう》からだ。

「大好きなゲオルグ様へ」から始まる可愛らしい恋文《こいぶみ》を、平気で母親に見せてくる程《ほど》の恐《おそ》ろしく鈍《にぶ》い息子《むすこ》で、彼女《かのじょ》の気持ちは伝わっていないようだった。

また一つため息を溢す。

マリーナ嬢からはもう一通、ウィリアムにも届いていた。

ゲオルグとは明らかに違《ちが》う普通《ふつう》の白い手紙は、封《ふう》を開けなくても物悲しい気持ちにさせられる。

毎度毎度の「拝啓《はいけい》、ますますご清栄のこととお喜び申し上げます」から始まるビジネスライクな手紙にくじけることなく手紙を返し続ける次男が、親ですらたまに怖《こわ》くなる。

前世も今世も思い通りにはいかないのだが、ありがたいことに最終的にはこの世界、子供の結婚《けっこん》は親が口を出しやすい環境にある。

前世のように子供達に任せていては、同じことの繰《く》り返しになるのは目に見えている。

同じ轍《てつ》は踏《ふ》むまいと心に固く誓《ちか》う。

それでも一応、貴族ばかりの学園で友人もでき、楽しそうに通っているのでもう少しだけ静観してみようかと、これが最後だからとまた、ため息を溢す。

「さて……」

執務《しつむ》で凝《こ》り固まった体を少し動かそうと思い立って窓越《まどご》しに庭を見る。

今日もいい天気だ。


「コーメイ、劉備《りゅうび》、関羽《かんう》、張飛《ちょうひ》――！」

庭に出て猫達を呼ぶ。

四匹《ひき》は子供達や夫を見送った後、それぞれお気に入りポイントで一回目のお昼寝《ひるね》をし、そろそろ縄張《なわば》り巡回《じゅんかい》タイムが始まるころだった。

「にゃ！」

「にゃーん！」

「うにゃ！」

「にゃ？」

メルサの声に方々から猫達が集まってくる。

「今日の縄張り巡回に同行してもいい？」

「にゃ！」

メルサは時々、王都の屋敷の広いにも程がある敷地《しきち》を猫の背に乗って見回る事にしている。

猫達は縄張りの巡回を毎日してくれるが、敷地内の建物の傷《いた》みや破損のチェックまではしてくれないので、たまに同行して確認《かくにん》するのだ。

普通の伯爵《はくしやく》夫人はこんな雑用はしないのだが、パレスでの長い生活に慣れたメルサはそのことに気付かない。

今では潤沢《じゆんたく》な資産があるのに使用人を多く雇《やと》わないのは、貧乏《びんぼう》時代の感覚が抜《ぬ》けないせいだ。

使用人も家族も一緒《いつしよ》になって手分けして働くのがスチュワート家である。

猫とて例外ではない。

「にゃ？」

途中《とちゆう》、かんちゃんが天を仰《あお》いで鼻をひくつかせる。

「かんちゃん？　どうしたの？」

「にゃ♡」

チョーちゃんに乗っていたメルサを一度振《ふ》り返り、嬉しそうに黒猫《くろねこ》が駆《か》けていく。

「大きなセミでも見つけたかしら？」

メルサが首を傾《かし》げ、かんちゃんの走って行った方向へ他《ほか》の三匹《びき》と共に追いかける。

「うぎゃぁぁぁぁぁぁぁぁぁぁぁぁぁぁ！」

外側から塀《へい》によじ登って庭に下りようとしていた侵入者《しんにゆうしや》に、かんちゃんが飛びかかっていた。

スチュワート家の広い敷地を囲む塀は、高さ優に三メートルはある強固なもので、つい出来心で登るなんて人間はいない。

門をくぐらずに、塀から現れるのは客ではなく泥棒《どろぼう》というやつだ。

パレスでは泥棒なんて入られたことはなかったが（入られたとしても盗《ぬす》まれるものもなかったが）王都に越してきてからは、ここ数週の間に何度かこうした不届き者が現れるのだ。

「ひぃぃぃぃぃぃぃぃぃ!?　ぶっ！　ばっ！　ひぃぃぃぃ！　化物！　だ、だずげ……」

泥棒はかんちゃんに引きずり下ろされた後、猫パンチの連打からの甘噛《あまが》み、甘噛みからの連打を受け叫《さけ》んでいた。

かんちゃんなりに手加減は加えているようなので、大きな怪我《けが》はしないだろう。

「ちょっ……！　ぶっ！　べっ！　ぐわっ！　ひぃぃぃぃ」

たまに逃《に》げる隙《すき》を与《あた》え、走らせては捕《つか》まえ、猫パンチからの連打、甘噛みを繰り返す。

「にゃ♡　にゃ♡　にゃ♡」

完全に遊んでいた。

パレスと違い魔物《まもの》の出現のない王都の生活は武闘《ぶとう》派のかんちゃんには物足りないようで、たまに侵入して来る泥棒が良い遊び相手になってくれる。

貴族街にある殆どの屋敷では、門番以外にもたくさんの護衛を雇い、侵入者がいないか見張りが目を光らせている。

大通りに面した人目の付く屋敷でも見張りがいるというのに少し奥《おく》まった場所にあるスチュワート家にはそれが一人もいない。

初老の門番だけである。

越してきたばかりの田舎《いなか》貴族の屋敷と侮《あなど》り、意気揚々《ようよう》と侵入してきた泥棒は何故見張りがいなかったかをその身をもって知ることになるのだ。

「あ、おいっあんた……ぶっ！　うわっ！　だずげで……！　ぐわぁぁ！」

泥棒がかんちゃんに玩《もてあそ》ばれながらもメルサに気付き、助けを求めるように手を伸ばす。

「かんちゃん」

「にゃ？」

泥棒を咥《くわ》えたままでかんちゃんが振り向く。

「遊び終わったら、ちゃんと門番のエバンさんに届けるのよ」

「にゃーい♡」

「え？　た、たすけっ？　え？　嘘《うそ》だろ？　ひっ！　ひぃぃぃぃぃぃ！」

泥棒の悲痛な叫びを無視してメルサはかんちゃん以外の三匹と巡回を再開する。

猫に乗ることで大幅《おおはば》に時間短縮できるものの、それでも広いので丁寧《ていねい》に見て回れば一、二時間は過ぎてしまう。

用意しておいた敷地の地図に巡回中に見つけた、傷んで修理が必要そうな箇所《かしょ》にチェックを入れておく。

もろもろの修理は前世からＤＩＹの得意なレオナルドの仕事だ。

器用なので何でもやってくれる。

普通の伯爵はこんな雑用はしないのだが、パレスでの生活に慣れたメルサはこのことにも気付けない。

「にゃ！」

チョーちゃんがメルサに擦《す》り寄る。

「にゃん」

リューちゃんがメルサに擦り寄る。

「にゃあ」

コーメイさんがメルサに擦り寄る。

「……遊びたいの？」

「「「にゃ♪」」」

かんちゃん程ではないにしろ、三匹の猫達も退屈《たいくつ》していた。

普段《ふだん》から、他の家族にべったりの猫達がメルサにここまでデレるのは珍《めずら》しい。

「ふふふ、仕方ないわね？」

満更《まんざら》でもない顔でメルサはお手製の新体操の競技で使うようなリボンを取り出す。

生地《きじ》は丈夫《じょうぶ》な【エマシルク】製で簡単には破れない巨大《きょだい》な猫達仕様だ。

「ほれ！　ほーれほれ！」

「「「にゃ！」」」

リボンをクルクルと動かすと猫達の目の色が変わる。

「ほら、こっちよ！　おっと！」

「にゃあ！　にゃ♪」

「うぬにゅあ！」

「にゃ⁉」

猫達がリボンを掴む前にひらりとかわし、またクルクルと動かす。

猫も本気だが、三対一。メルサも本気だ。

「ふふふ」

「にゃあ！」

「ほら、こっちよ！」

「にゃ♪」

「おっと、残念」

「うにゃあ！」

猫達とメルサは日頃《ひごろ》の運動不足解消と庭を駆け回る。

こんな姿、家族にも使用人達にも見られれば恥《は》ずかしいのだが、この広い庭ならその心配はない。

「はぁはぁ……ちょっと休憩《きゅうけい》しましょうか？」

「「「にゃん！」」」

チョーちゃんを枕《まくら》にして芝生《しばふ》の上に寝《ね》っ転がる。

コーメイはメルサのお腹《なか》を、リューちゃんはメルサの脚《あし》を枕にゴロゴロ喉《のど》を鳴らす。

「たまにはこういう日もいいわねぇ」

遠くでかんちゃんに玩ばれる泥棒の悲鳴を聞きながらメルサは呟く。

「よし、もう一回遊ぶ？」

休憩終了《しゅうりょう》！　とまたメルサはリボンを握《にぎ》る。

「ん？」

間違いなくメルサの提案に飛びつくと思っていた猫達からの返事がない。

「コーメイ？　チョーちゃん？　リューちゃん？」

三匹は耳をピンと立たせて門の方を凝視《ぎょうし》している。

「どうしたの？　ほら、リボンよ？」

先程《さきほど》のようにクルクルとリボンを動かすも反応がない。

「おーい……」

メルサのリボンは空《むな》しく弧《こ》を描《えが》く。

「…………」

「…………」

「…………！」

「「「にゃあ♡」」」

「あ、ちょっとねぇ！」

三匹が一斉《いっせい》に門に向かって走り出す。

「うううううぎゃぁぁぁっぁぁっぁあああ‼」

更《さら》にかんちゃんが泥棒を咥えたまま猛《もう》ダッシュで門へと走る姿が見えた。

「ああ………子供達が、帰って来たようね」

あれだけ楽しく遊んでいたのに、けんもほろろに猫達の優先順位は子供達が一番だった。

寂しいような、嬉しいような複雑な気持ちでメルサは無言でリボンをしまった。

あとがき

皆様《みなさま》、改めまして、こんにちは。猪口《ちよこ》でございます。

この度は、イケオジ好きのイケオジ好きによるイケオジ好きのための転生小説「田中家、転生する。2」を手に取って頂き誠にありがとうございます。

一巻であれだけ王都での生活が始まる……なんて書いておきながら始まらなかったらどうしようかと続刊のお話を頂けるまではしばらく動悸《どうき》、息切れが再発しておりました。

しかしながら二巻は二巻でちょっと気になる終わり方にしてしまったので、この動悸、息切れは治まるどころか加速することになりそうです（きっと健康なはず）。

物語は王都学園編ということで、新キャラが一気に増えました。新キャラ祭りです！

そんな新キャラ祭りのキャラデザを引き受けて下さったｋａｗｏｒｕ様には感謝の一言に尽《つ》きます。イラストが届く度にご褒美《ほうび》を頂いている気持ちになりました。一巻同様、最高です！ 本当にありがとうございます。

未《いま》だに慣れない書籍《しよせき》化作業でお世話になりっぱなしの担当様にもお礼申し上げます。

そして、何よりもウェブ連載《れんさい》時から読んで下さっている読者様、書店やウェブストアで見つけて下さった読者様、こんな私を応援《おうえん》して下さる皆様に感謝申し上げます。

これからも続けて読んで下さると嬉《うれ》しいです‼ よろしくお願い致《いた》します‼

猪口

DRAGON NOVELS
ドラゴンノベルス

田中家、転生する。2

2021年1月5日　初版発行
2023年5月25日　6版発行

著　者　猪口《ちょこ》

発行者　山下直久

発　行　株式会社 KADOKAWA
〒102-8177　東京都千代田区富士見 2-13-3
電話 0570-002-301（ナビダイヤル）

編　集　ゲーム・企画書籍編集部

装　丁　杉本臣希

D T P　株式会社スタジオ２０５

印刷所　大日本印刷株式会社

製本所　大日本印刷株式会社

DRAGON NOVELS ロゴデザイン　久留一郎デザイン室+YAZIRI

●お問い合わせ
https://www.kadokawa.co.jp/（「お問い合わせ」へお進みください）
※内容によっては、お答えできない場合があります。
※サポートは日本国内のみとさせていただきます。
※ Japanese text only

定価（または価格）はカバーに表示してあります。

ISBN978-4-04-073953-3　C0093